はかなく散った夢

ダイアナ・パーマー 作

霜月　桂 訳

ハーレクイン・プレゼンツ・スペシャル

東京・ロンドン・トロント・パリ・ニューヨーク・アムステルダム
ハンブルク・ストックホルム・ミラノ・シドニー・マドリッド・ワルシャワ
ブダペスト・リオデジャネイロ・ルクセンブルク・フリブール・ムンバイ

UNTAMED

by Diana Palmer

Published by Harlequin Japan, a Division of K.K. HarperCollins Japan, 2016

はかなく散った夢

主要登場人物

クラリス・キャリントン……フォトジャーナリスト。
マリア・キャリントン……クラリスの母。故人。
ペグ・グレーンジ……クラリスの友人。
ウィンスロー・グレーンジ……ペグの夫。
ルイ・カルヴァハル……クラリスの友人。医師。
スタントン・ローク……クラリスの幼なじみ。
K・C・カンター……ロークの元後見人。
キャッシュ・グリヤ……警察署長。
ティピー・グリヤ……キャッシュの妻。

1

いったい、いつになったら外に出られるんだ。スタントン・ロークは心の中でいらだたしげにつぶやいた。彼が乗っている飛行機から乗客を降ろしても大丈夫かどうか、いま当局が安全を確認しているところだった。むろんアフリカが常に緊張状態にあることはロークも承知している。しかもこの飛行機が降り立ったのは紛争が激化している小国ンガワだ。ンガワはスワヒリ語でジャコウネコという意味だが、この同じ場所にロケット弾発射機を積んだ民間機が降り立ったのはつい先週のことだった。

ロークは戦争を恐れてはいない。長年のうちにすっかり慣れてしまったのだ。彼が呼ばれるのは主として防諜《ぼうちょう》活動のプロが必要とされる場面だが、彼のスキルはほかにもあった。だが、いまの彼は外交術のスキルをもっと身につけるべきだったと思っている。タットを連れもどすためにンガワに来たのだが、彼女はそう簡単には応じないだろう。

タット。南米のバレラで会ったときの彼女の姿を思いおこし——エミリオ・マチャド将軍がロークや彼の傭兵《ようへい》仲間の協力を得てバレラの政権を奪還する直前のことだ——彼はうめき声をもらした。タットの本名はクラリス・キャリントンというのだが、子どものころから知っているロークにとって、彼女はいつだってただのタットだった。

タットはマチャドの国を乗っとった独裁者アルトゥーロ・サパラの手下により、ナイフで拷問されたあとだった。ブラウスを血で汚した痛々しい姿がいまもまぶたに焼きついている。サパラの飼い犬はマチャドの政権奪還に向けての動きについて、タットが知っていることをしゃべらせようとしてナイフを使ったのだった。

タットは見た目はかよわそうだ。ブロンドで目はブルー、非の打ちどころのない繊細な顔だちに、男の視線を引きつける完璧なプロポーション。だが、脅されたときの彼女は決してかよわくはなかった。かたくなに口をつぐみ、いかなる情報ももらさなかった。そのうえワシントンの名士だった彼女がロークも驚くほどの胆力をもって、とらわれていた大学教授二人と自分自身を言葉巧みに解放させ、なんとか脱出したのだ。そして、マチャドがサパラを倒すのに役立つ貴重な情報を提供したのだった。

タットはフォトジャーナリストの身分証を持っているが、ロークはその仕事を単なる手慰みだと思っていた。彼女がイラク侵攻の取材をした成果も三面記事的なものにすぎず、ロークが考える真の報道にはほど遠かった。それが、バレラでの出来事以降は変わった。

タットはある通信社と契約して海外特派員になり、戦闘地域に出向くようになった。最近の仕事がこのンガワでの取材で、タットは襲撃されたばかりの難民キャンプに駐留していた。

ロークはワイオミングおよびテキサスで悪徳政治家や麻薬カルテルの犯罪を白日のもとにさらすのを手伝いながら、何週間も苦悩した末に飛んできたのだった。時間をかけたくはなかった。タットが殺されてしまうのではないかと心配でたまらなかった。なぜなら彼はタットの知らないことを知っているから。彼女やその地域にいる外国人たちにとってきわめて重大な情報を。

彼はポニーテールにしている長いブロンドの髪に手をやって直した。アイパッチで隠されていないほうの淡いブラウンの目が悩ましげに曇る。ロークはもう何年も前、紛争地で大怪我《おおけが》を負い、片方の目を失っていた。だからといってそうした仕事から手を引きはしなかったが、以来それほど荒っぽくない仕事にも目を向けるようになり、いまは海外で政府の秘密工作に携わっていないときは、K・C・カンター率いる民間の準軍事組織で諜報のプロとして働いている。

K・Cはロークが危険に飛びこんでいくのを好まなかった。だが、ロークはこの年上の男がいくらいやがろうが頓着しなかった。ただ、長いことK・Cが自分のほんとうの父親なのではないかと疑い、K・Cもまた同じ疑惑を抱いていると確信していた。どちらもDNA鑑定を受けて真実を明らかにする度胸はなかった。それでも、ロークは自分の父親とされている男のDNA鑑定を医師に依頼した。

その結果は不穏なものだった。父親との親子関係が否定されたのだ。父親はK・Cの親友だった。ロークの母親は聖女だった。ロークの知るかぎり、母が父を裏切ったことはなかったけれど、亡くなる間際、母はロークの友人である医者に小声でささやいたそうだ。愛する女性が修道女になってしまってK・Cはかわいそうだ、と。そして詳しい説明をする間もなく息を引きとってしまった。ロークは母の言葉についてK・Cに直接訊《き》くことはできなかった。K・Cが怖いからではない。ただ、互いに抱きあっている尊敬の念を失いたくなかったのだ。

しかし、タットのこととなると話は別だった。ロークは目をつぶり、心の中でうめいた。十七歳のときの、それまで見たこともないくらい美しい女性に成長した彼女の姿が思い出される。可憐《かれん》な顔を縁どる柔らかなブロンドの髪にブルーの大きな目。グリーンのドレスが体にまつわりつくようでいながら地味な感じだったのは、彼女の両親がとても信仰心の厚い人たちだったからだ。ロークは彼女をからかい、彼女は声をあげて笑った。その瞬間ロークの中で何かがはじけ、彼はたいせつな宝物をかき抱くようにタットを抱きよせてキスしはじめた。いや、実際にはキス以上のこともした。それが断ち切られたのは彼女の母親が突然現れたからで、母親は内心ひどく憤った。

　それでもその場では憤りを隠して表面をとりつくろったけれど、彼女はそのあとロークにこっそり耳打ちし、彼の人生を打ち砕くようなことを告げた。その晩からロークはタットに冷たくなった。タットは彼に嫌われたのだと思ったが、そう思わせることこそがロークの目的だった。タットは彼にとって、自分のものには絶対にできない女性なのだ。

　ロークはひとつしかない目をあけ、また心がのみこまれてしまう前に記憶をしゃにむに抑えこんだ。タットに手を触れたことが心底悔やまれる。あの無《む》垢《く》な唇やあこがれに満ちた目がいつも夢に出てくるのだ。彼は怒りに任せてタットをほかの男たちの腕の中に押しやったが、それで得られたのはさらなる痛みだけだった。自分のせいだと知りながら、ロークは彼女を蔑んだ。ほかに道はなかったのだ。ほんとうのことを言うわけにはいかなかった。タットは母親を崇拝していたから。その母親はのちに病人の世話をしていてウィルスに感染したため亡くなった。父親と妹も数カ月前に小旅行先のピラニアがうようよいる川で命を落とした。

　ロークはその葬儀に出た。自分の思いは変えようがなかった。タットが傷ついたり苦しんだりしているときには、必ずそばにいた。彼女が八つのとき――彼女の一家がK・Cの隣に引っ越してきたときから知っているのだ。そのときにはK・Cがアフリカにおけるロークの法的な後見人になっていた。

　そしてタットが十歳で、ロークが十五歳のとき、ジャングルで毒蛇に噛《か》まれた彼女を抱きかかえて医者のもとに連れていったときから、ずっと面倒を見てきた。たとえ手出しはできなくても、彼女がピンチに見舞われたときには放っておけなかった。自分の態度にタットがとまどっているのはわかっていた。ふだんのロークは彼女の最大の敵なのに、タットがおびえ、あるいは傷ついたときには、決まってロークが飛んでくるのだ。いまのように。

すでにタットの携帯電話にはかけてみたけれど、彼女は出てくれなかった。きっとロークの番号を覚えているのだ。だから応答しなかったのだ。

いま彼女はどこか、この近くにいる。だが、ロークは彼女がどんな状態にあるのか、ほとんど情報を得られていなかった。バレラで血を流し、憔悴《しょうすい》しきった青白い顔で、それでも毅然《きぜん》としていた彼女の姿がまた脳裏によみがえる。

客室乗務員が通路を歩いてきて、飛行場を占拠している反逆者グループは交渉の末に乗客を解放してくれるはずだと言った。微笑さえうかべて。

ロークは身をかがめ、ブーツの中にひそませた銃を目立たぬように軽く叩《たた》いた。必要とあらば自分が交渉に当たってもいいと思いながら。

ロークはこの国の数少ない友人のひとりに電話して、難民キャンプまで車で送ってもらうことにした。タットに関する唯一の情報を教えてくれたのがこのボブ・サテルだった。

「こっちではひどいことになっているよ」ボブは砂利道に車を進めながら言った。「ミス・キャリントンが同僚にリポートを送ってる。難民、とくに子どもたちの窮状に誰よりも心を痛めているんだ」

「ああ」ロークは上の空で言った。「彼女は子ども好きだからな。モサネに殺されなかったのが不思議なくらいだ」残虐と悪名高い過激派のリーダーの名前を出して続ける。

「モサネは殺そうとはしたんだ。だが、やつらの中にも彼女の味方がいてね。実際、彼女を助けたのはモサネの手下だったんだよ。やつらは彼女を処刑するつもりで……」ロークがあえぐように息をのんだので、ボブはそこで口をつぐんだ。

ロークは感情を封じこめた。「北大西洋条約機構《NATO》は軍を送りこむと脅している」内心の苦悩をごまかすために言葉をつぐ。自分の知っていることをもらすわけにはいかなかった。機密扱いなのだから。

「こんな状況を許しておくわけにはいかないよな」ボブは言った。「国内の政治的問題によその国が干渉するというのは気に入らないけどね」

「しかし今度ばかりは許せない」ロークは言った。

「できるものなら、この手でモサネをくびり殺してやりたいよ」

友人はくすりと笑った。「われわれのアフリカだからな」

「そうだ、われわれのアフリカだ。間違ったことはわれわれの手で正すべきなんだ。何年も他国の支配を受けてきた反動が、いまここで起きているんだ。われわれみんな、よそ者を追いだしたくてうずうずしている」

「俺のうちと同様、あんたの家族も何世代も前からここで暮らしてきたからな」

「だから、お互いこうして帰ってきてるんだろう？」ロークはなんとかほほえんでみせた。「あとどのくらいだ？」

「もうすぐそこだ。道の先にテントが見えるだろう？」車は赤十字のマークをつけたトラックの横を通りすぎたが、そのトラックは爆撃を受けたらしく、無残なありさまになっていた。「せっかく送られてきた医療用品があのざまだ。何を送られても難民のもとには届かないのに、よそ者たちは支援物資を送っておおいに貢献した気でいる」

「まったくだ。かりに敵に破壊されなくても、没収されて闇市場で売られるのが落ちだ」ロークはため息をついた。「ああ、こんな紛争だらけの世界にはうんざりだ」

「身をかためて家庭を持てよ」友人は笑いながら言った。「世界観が変わるぞ」

「遠慮しとくよ」ロークは機嫌よく応じた。「ぼくはいろいろ試してみたいたちなんだ」

じつはそれほどでもない。だが、彼の求めるたったひとりの女性は手に入らないのだ。


難民キャンプはばたばたしていた。白衣を着た二人の人物が大きなテントの中で寝台に横たわる怪我人たちの手当てをしていた。ロークはブロンドの頭を捜していくつもの人だかりに視線をさまよわせた。心配で胸が張り裂けそうだが、それを見せるわけにはいかない。

「あそこだ」ボブがふいに指さした。


その先に彼女がいた。引っくりかえした木箱に腰かけ、アフリカ人の幼い男の子を抱いて哺乳瓶の中身を飲ませている。顔は笑っているけれど疲労の色が濃く、髪も洗う必要があった。カーキのスラックスとブラウスは皺《しわ》だらけだ。ブランドもののドレスでオペラに出かけるような育ちの女性にはとても見えない。ロークにとってはぼろを着ていても美しいが、彼はそういう目では見まいと気を引きしめた。

クラリスは視線を感じ、顔をあげてロークを見ると、その顔に驚きをあらわにした。

ロークは片方だけのブラウンの目をきらめかせ、かたい表情のまままっすぐ近づいていった。

「ここを見て」彼が何も言えないうちにクラリスが口を開いた。「これがわたしの人生なの……」

ロークは片膝をつき、まじまじと彼女を見つめながらかすれ声で言った。「大丈夫かい?」

クラリスは涙が出そうになって唇を噛んだ。彼女が傷ついたとき、危険な目にあっているとき、おびえているとき、彼は必ず来てくれる。海を越え、地の果てまでも来てくれる。だけど、それでもわたしを求めてはくれないのだ。

「ええ」クラリスも声をかすれさせて答えた。「わたしは大丈夫」

「ボブから、きみがつかまって殺されそうになったと聞いた」ロークは歯ぎしりせんばかりの口調になった。

クラリスは腕の中の子どもに目を落とした。「ペンダントのおかげで助かったわ」

「あの十字架……」ロークは彼女が母親からもらって肌身離さず身につけていた――いや、一度だけ、ロークがマチャドとともにバレラの首都に向かうとき、お守りがわりに彼の首にかけてくれたことがあったが――十字架を思った。

「違うわ」クラリスはブラウスの一番上のボタンをはずし、革紐《かわひも》に貝殻を通したペンダントを見せた。

ロークは眉根を寄せた。

「この子には――」クラリスは腕の中の子どもを目顔でさして続けた。「お姉ちゃんがいて、そのお姉ちゃんが虫垂炎で命を落としかけたの。でも、わたしが車と運転手を借りて病院に連れていき、なんとか助かったわ」哺乳瓶を子どもの口からはずし、軽く背中を叩いてげっぷをさせる。「それで彼女のお母さんがお礼にこのペンダントをくれたのよ」クラリスはほほえんだ。「それがわたしをとらえた部隊の隊長の目にとまり、こっそり村から逃がしてくれたというわけ」クラリスは子どもにおかしな顔をしてみせて笑わせた。「この子は彼の息子なの。彼の娘と奥さんは、いまあそこで毛布を配るのを手伝ってるわ」そう言うとキャンプの奥のほうに顎をしゃくる。

ロークは低く口笛を吹いた。

「人生って驚きの連続だわ」クラリスは締めくくった。

「まったくだ」

クラリスはロークに目をやり、すぐにその目をそらした。「わたしがさらわれたと思って、はるばるここまで来てくれたの?」

ロークはかぶりをふった。「きみがつかまったことは、ここに着くまで知らなかった」

「だったらなぜ来たの?」

ロークは深く息をついた。クラリスが子どもをあやすのを見て、ふと微笑する。その微笑には皮肉な翳《かげ》はいっさいなかった。「子どもを抱いたきみはずいぶんくつろいで見えるよ、タット」

「この子、ほんとうにかわいいでしょう?」

そこに子どもの母親がやってきて、ロークにおずおずと笑いかけると、子どもを抱きとってまた仲間のほうに戻っていった。

「なぜ来たの?」クラリスが繰りかえした。

ロークは立ちあがり、カーキのスラックスのポケットに手を突っこんだ。「きみをここから連れだすためだ」かたい表情で言葉少なに言う。

「わたしはここを離れないわ。この地域にはほかにジャーナリストがいないの。ここで起きていることを誰かが世界に知らしめなくちゃ」

「それはすでにきみがなしとげた」ロークは言った。「もうここを離れなくてはならないんだ、タット。今日のうちに」

クラリスは顔をしかめた。ロークに接近しないよう気をつけながら、自分も立ちあがる。彼は近寄られるのが嫌いなのだ。クラリスが彼のほうに動いただけでも後ずさりする。もう何年も前から、まるで彼女を不快と感じているような態度をとっている。きっとほんとうにそう感じているのだろう。わたしのことを、野良猫程度の倫理観しか持ちあわせていない女だと思っているのだ。これほど深刻でなかったら笑ってしまうところだ。実際には、この体に触れさせたことがあるのはロークだけなのだから。

「あなた、何を知っているの、スタントン?」クラリスはファーストネームで呼びかけてやんわりと尋ねた。

ロークの表情は厳しいままだった。「それについては口外を禁じられている」

クラリスは彼の顔に目をこらした。「何かが起きそうなのね……?」

「そういうことだ。だから文句を言わずに荷物をまとめて、いっしょに来るんだ」

「でも――」

ロークは彼女の唇に人さし指を押しあて、それから蜂にでも刺されたかのようにぱっとその指を引っこめた。「議論している暇はない」

敵の動きについて何か知っているけれど、人に聞かれるのを恐れて言えないのだ、とクラリスは気づいた。

「きみを連れて帰る」彼は近くの人たちに聞こえるくらいの大きな声で宣言した。「文句は言うな。フォトジャーナリストごっこはもう充分だろう。ここを離れるんだ。いますぐに。さもないと、ぼくがかついで運びだすぞ」

クラリスは唖然《あぜん》としたが、もう何も言わずに荷物をまとめた。そして、このキャンプで友だちになった人々に別れを告げると、ロークがすでに乗りこんでいる車の後部座席におさまった。それから空港に着くまで、彼女はひとことも口をきかなかった。

クラリスと並んでビジネスクラスのシートでくつろぎながら、ロークはスペイン語で書かれた新聞を読むばかりで、ヨハネスブルグに着くまでほとんど無言を貫きとおした。

ヨハネスブルグでロークと夕食をとったあと、クラリスはアトランタ行きの便に乗りかえる手続きをした。出国審査を通過すると、彼女は国際線のコンコースに通じるゲートで立ちどまった。「わたしはアトランタからまっすぐワシントンに飛んで、記事をまとめるわ」

ロークはうなずいた。苦しげな表情でじっと彼女を見つめる。

「なぜなの？」クラリスは思わず同じ質問を繰りかえしていた。

「きみを死なせるわけにはいかないからだよ」ロークは冷笑をうかべた。「きみが死んだら嘆く男が多すぎる。そうだろう、タット？」

希望に満ちた表情が彼女の顔からはがれ落ちた。

「わたしがンガワを離れなければならなかった理由は、いずれ何かで読むことになるんでしょうね？」

皮肉を返しはせずに、そう問いかける。

「そうなるだろうね」

クラリスはあきらめたように深々と息をついた。

「わかったわ。いろいろありがとう」目をあわせはしない。

「きみは帰ってカクテルパーティでも開くといい」ロークはつぶやくように言った。「紛争地帯にはもう近づくな」

「あなたに言われたくないわ」クラリスは言いかえした。

ロークは返事をせずに、無言で彼女を見つめた。

その顔があまりに苦しげなので、クラリスは思わず彼の頬に手をやった。

その手を払い、ロークは体を引いて冷たく言った。

「さわるな」

クラリスは胸の痛みをこらえた。「何も変わってないのね？」

「変わるわけがない。念のために言っておくが、たとえこの世の男の半分がきみを求めて焦がれ死にしようが、ぼくはその中には入らない。昔のよしみでできるかぎりのことはするが、勘違いするなよ。きみに対しては生理的な嫌悪感があるんだ。なにしろきみは娼婦《しょうふ》とたいして変わらないんだからな、タット。唯一の違いは、金をとる必要がないってことだけだ。だから、ただで身を投げだすんだ」

クラリスは彼の言葉が終わらないうちにゆっくりと向きを変えた。ふりかえりはしなかった。涙を見られたくなかったのだ。

ロークは通りかかった男がぎょっとして避けていくような険しい表情で彼女を見送った。それからナイロビに戻る飛行機に乗るため、きびすを返した。彼女と会ったときに決まって感じるいつもの痛みをなだめながら。彼女を傷つけたくはないけれど、仕方がないのだ。彼女を近づけるわけにはいかないのだから。

ロークはナイロビに戻った。ほんとうはテキサスに行って、自分が加わっているプロジェクトを完遂するつもりだったが、タットを傷つけたあとでは気が進まなかった。自分が落ち着くまで、チームのリーダーがなんとかやってくれるだろう。

時差ぼけやタットとのやりとりで心身ともにぐったりした状態のまま、彼は迎えに来ていた従業員とともにナイロビの空港から自分の所有する自然動物公園に向かった。

K・C・カンターはいつもと変わらぬ姿で居間にいた。ロークが入っていくと、彼は立ちあがった。

例によって、ロークは相手の淡いブラウンの目や、豊かなブロンドの髪に——K・Cの髪にはいまやグレーのものがまじっているけれど——自分自身を見ているような気がした。二人は身長や体つきもよく似ていた。だが、どちらも確かめてはいない。ロークは自分が確かめたいのかどうかもわかっていなかった。自分の母親が夫を裏切っていたと考えるのは愉快なものではない。自分が長年父親と呼んでいた男がほんとうの父親ではなかったと知ったことも。

ロークは複雑な感情を押し殺して言った。「やあ、調子はどうだい？」

「いろいろと不安定だ」淡いブラウンの目がロークを凝視した。「旅に出ていたそうだな」

「噂《うわさ》が広まるのは早いな」

「ンガワに行っていたとか」

そこまで知られていてはごまかしようがない。ロークはグラスに氷を入れてウィスキーをついだ。一口飲んでからふりかえる。「難民キャンプにいたタットを連れもどしに行ったんだ」

K・Cは顔をしかめた。「例の攻撃について知っているんだな？」

「ああ。彼女には言えなかったけど、出国はさせられた」ロークは床に視線を落とした。「彼女は赤ん坊をあやしていた」胸が痛み、目をとじる。

「きみは彼女にぞっこんなのに、近づこうとはしない。いったいどういう事情があるんだ？」

「それはそちらの事情に関係しているんじゃないかな」ロークは遺恨をこめて言いかえした。

「え？　どういう意味だ？」

胸の痛みが激しくなり、ロークは顔をそむけてぐいとウィスキーをあおった。「失礼。ちょっと気が立っているみたいだ。時差ぼけのせいだな」

「あんな思わせぶりなことを言っておいて、冗談か時差ぼけのせいにしようとしている」年上の男は歯を食いしばるようにして言った。「言いたいことがあるなら、はっきり言ったらどうだ」

ロークはK・Cに向き直った。「なぜなんだ？」思いつめたような口調で詰問する。「どうしてあんなことをした？」

K・Cは一瞬ひるんだ。「なんの話だ？　あんなこととはなんだ？」

「なぜタットの母親と寝たんだ？」

K・Cは目を稲光のように光らせたかと思うと、いきなりロークを殴りつけてソファーの向こうに吹っ飛ばし、さらにパンチをお見舞いしようとソファーをまわりこんだ。ロークはすかさず立ちあがって後ろにさがった。K・Cはかっとなるとじつに恐ろしい。怒った彼を見ることはめったにないけれど、いま間合いをつめてくるK・Cに金融界の巨人らしさはない。いまは戦闘や危険から金をもぎとる傭兵だったころの冷酷な顔を見せている。

「わかった！」ロークは片手をあげて言った。「話しあおう。殴るのはやめてくれ！」

「まったくなんだというんだ？」K・Cはひややかに難詰した。「タットの母親は聖女だった。生涯一度も道を踏みはずさなかった。夫を愛していたんだ。たとえぐでんぐでんに酔っ払っても、ほかの男には指一本触れさせなかっただろう！」

ロークが衝撃に目を見開いたので、K・Cは足をとめた。

「話を聞こう。いったい何があったんだ？」

ロークはなかなか言葉が出なかった。「彼女が言ったんだ」

「彼女とは誰だ？　何を言ったんだ？」

ロークは腰をおろさずにはいられなかった。グラスをつかんで中身を喉に流しこむ。これは悪夢だ。しかも永久に覚めそうもない。

「ローク？」

ロークはもう一口飲んだ。「タットが十七歳のときだった。ぼくは仕事でマナウスに行った」かすれ声で続ける。「クリスマスイブだったから、やめたほうがいいと思いながらも彼女の家に寄ってみた。タットはグリーンのシルクのドレスを着て、それが彼女の完璧なボディラインを際立たせていた。彼女の両親が部屋から出ていくと……」目をとじて言葉をつぐ。「ぼくは彼女を抱きあげてソファーに運んだ。彼女はいやがらなかった。何も言わずにぼくをあの……。ああ、あの目にたたえられていたのが何だったのかはいまもわからない。とにかく、あの目でぼくを見つめるばかりだった。ぼくが手を触れると、彼女は小さくうめいて体をぼくに押しつけた。お互い無我夢中だったから、彼女の母親が入ってくる足音にはぎりぎりまで気づかず、慌てて離れてなんとかばつの悪い思いをせずにすんだ。だが、母親はやはり感づいていた」

「それじゃ、彼女は怒っただろう」K・Cが言った。

「信心深い女性だったからな。十代の娘をもてあそぶ男に好意は持てまい。まして当時のきみはあちこちで女をものにしては捨てていると評判だった」

「わかっている」ロークは目を伏せた。「タットにキスをしただけでぼくは夢中になり、彼女のすべてがほしくなった。それも、そのひと晩だけではない。ぼくの心は未来に向かって走りだしていた」そこで口ごもる。「だが、彼女の母親はぼくが真剣だとは気づかなかった。まあ、無理もない。ぼくを放蕩者《ほうとう》だと知っていたからね。おそらくタットを誘惑したあげくに捨てるつもりだと思ったんだろう」

「実際、そうなっていたかもしれない」

「そんなことはない」ロークはK・Cに視線をすえた。「あんなに優しく美しい娘を……」言いかけて目をそらし、深いため息をつく。「彼女の母親はあとでぼくを部屋の隅に引っぱっていって、涙ながらに言った。昔あなたと——K・C、あなたのことだ——過ちをおかしたことがある、と。あなたの愛する人が修道女になってしまうというので、あなたは動揺し、悲嘆に暮れていた。そんなあなたを慰めるためにいっしょに酒を飲み、グラスを重ねるうちに間違いが起きてしまったのだ、と。タットはその結果なのだ、と」

「タットはきみの母親違いの妹だと、そんなでたらめを彼女が言ったというのか？　なんて女だ！」

ロークも同感だったが、それを口にするには虚脱感が大きすぎた。グラスの中身を見おろし、彼は言った。「そういうことだ。それでぼくはタットを突き放し、遠ざけるようになった。ぼくがつらく当たったせいで、彼女は娼婦とたいして変わらない女になってしまった。そしていま、ぼくは八年もたってから、遅ればせながらそれが嘘《うそ》だったと知らされたんだ！」

ロークは涙をこらえた。傷ついた目のほうも涙が刺激するのは、涙腺が多少残っているためだ。K・Cに見られないよう顔をそむける。

K・Cは唇を噛んだ。ロークの肩を軽く叩いて言う。「それはさぞ無念だろう」

ロークは涙をのみこみ、残っていたウィスキーを飲みほした。「ああ、無念だよ」声をつまらせて答える。「いまさらそんな事情をタットに話せるはずもないし、彼女を苦しめてきた八年間はもうとりかえしがつかないんだから」

「きみは激しい衝撃を受けたばかりだ」K・Cは言った。「それにほんとうに時差ぼけにもかかっているんだろう。二、三日は何もせずに頭をひやしたほうがいい」

「そうかな」

「ローク」K・Cの口調がためらいがちになった。「彼女がきみに言ったことはほんとうなんだ」

「なんだって？　いまでたらめだと言ったばかりじゃないか！」

K・Cはロークをソファーに座らせた。「事実なんだよ。間違いの相手がタットの母親ではないというだけでね」そう言うと目をそらす。「相手はきみの母親だった」

室内に不気味な沈黙が立ちこめた。

K・Cは窓辺に移動し、両手をポケットに入れてアフリカの宵闇を見つめた。

「メアリー・ルーク・バーナデットがわたしよりも神につかえる道を選んだことで、わたしは酒に溺れた。彼女を愛していたんだ。永遠に。だからついに結婚しなかった。彼女はいまも生きているし、わたしはいまも彼女を愛している。わたしの名づけ子で、メアリーの亡き姉の子ども、ケイシーのことは話したことがあるだろう？　ケイシーはモンタナのキャリスター家に嫁いだんだが、その近くにメアリーは住んでいる」

「ああ、ケイシーの話は覚えているよ」ロークは静かに言った。

K・Cは目をとじた。「きみの母親はわたしの荒れようを見て、慰めるため酒につきあい……そしてことが起きたんだ。彼女は恥じ入った。わたしも恥じた。彼女の夫はわたしの一番の親友だったんだ。その親友に自分たちのしたことを言えるわけがない。だから、わたしと彼女は苦しみながらも二人だけの秘密として口をとざした。そして九カ月後、きみが生まれた」

「しかし、あなたは……確かめはしなかった」

「ああ。だから、いまも断言はできない。調べてもらうだけの勇気がないんだ」彼はふりかえって吠《ほ》えるように続けた。「ほら、笑え！　遠慮は無用だ」

ロークはかすかに震えながら立ちあがった。今夜はほんとうに衝撃的な夜になった。「どうして勇気を出せないんだ？」

「事実であってほしいからだよ」K・Cは歯噛みするように言い、つらそうな目でロークを見た。「わたしは親友を裏切り、きみの母親を誘惑した。どれほどひどい目にあっても仕方のないことをしたんだ。

だが、それでもきみがほんとうに自分の息子であってほしいと、何よりもそれを願っている」

ロークは涙がこみあげるのを感じたが、今度は隠そうとはしなかった。

K・Cがやにわにロークを引きよせ、きつく抱きしめた。彼の目も涙に濡《ぬ》れている。ロークはしっかりと抱きかえした。長年仲間として時間を共有してきた相手だ。いま、この世に彼以上にかけがえのない相手はいない。彼を尊敬しているし、それ以上に愛している。

K・Cがつと体を引き、向きを変えた。涙を振り払うように頭をふりながら、またポケットに手を突っこむ。

「スタッフに医者はいないのかい？」わずかな間をおいてロークは尋ねた。

「いる」

「それじゃ、調べてもらおう」

K・Cはゆっくりとロークに向き直り、自分と同じ顔、同じ優雅なたたずまいを見た。

「ほんとうに調べたいのか？」

「ああ」ロークは答えた。「それはあなたも同じはずだ」

K・Cは小首をかしげ、しかめっつらでロークの顔を見た。

「なんだい？」

「ひどいあざになりそうだ」痛ましげな口調だ。

ロークはにやりと笑った。「構わないよ。父親がいまでも自分の面倒は自分で見られると確認できたんだからね」

K・Cも顔をほころばせた。

2

ロークはその晩酒を飲んで過ごした。K・Cから聞いた話に気が動転していた。ロークはタットを自分との不義の関係から守るために突っぱねてきたのだ。そしてその結果、傷ついた彼女は娼婦《しょうふ》とさして変わらない女になってしまった。

バレラで会った彼女の姿が目にうかぶ。洗っても消えない血のしみに汚れたブラウスや、人でなしのミゲルがエミリオ・マチャド将軍に関する情報を引きだそうとして切りつけた胸の上にある傷を。

ロークはミゲルを始末した。冷酷に、手際よく殺害した。そしてその死体を傭兵《ようへい》仲間のカーソンとともに、鰐《わに》だらけの川に運んで投げ捨てた。良心の呵《か》責《しゃく》など毛筋ほども感じなかった。やつはタットを拷問したのだ。やつ以外にアルトゥーロ・サパラの手下がいあわせなかったら、おそらくレイプもしていただろう。ロークと同様にタットも傷を負い、拷問された記憶を心にとどめることとなってしまったのだ。彼は目をつぶり、身震いした。ずっとタットを守ってきたのに、こんなことになってしまったなんて、耐えがたかった。

ロークは立ちあがり、またウィスキーをついだ。ふだん強い酒は飲まないのだが、自分の人生の破滅に直面することなどそうしょっちゅうあるものではない。自分とタットは血がつながっている、母親違いのきょうだいなのだと言われ、タットを人の道にはずれた関係から守ろうとしてきたものの、その半分は嘘《うそ》だったのだ。

まさか彼女の母親の告白が嘘だとは疑いもしなかった。信心深く誠実なミセス・マリア・キャリントンが嘘をつくなんて夢にも思わなかったのだ。だが、彼女は娘のタットを愛していた。たぶん次女のマチルダ以上に深く愛していたのだ。それに地元の教会の中心人物として、ミサには欠かさず出席し、常に困っている人を助け、寄付を求められれば快く応じた。ほんとうに聖女のような人物だった。

だからK・Cに誘惑され、酩酊《めいてい》のうちに応じてしまったと彼女が告白したときには、その言葉を信じて疑わなかった。だからタットを突き放し、嘲り、自分を憎むよう仕向けたのだ。少なくとも憎まれるよう努力した。

だが、タットは彼を憎もうとはしなかった。きっと憎むことなどできないのだろう。ロークはグラスを額に押しあて、その冷たい感触にひたった。バレラの首都に侵入する前、タットは自分がいつも身につけていた十字架を彼の首にかけ、お守りだからはずさないでくれと言った。その言葉に彼の胸は痛んだ。タットを抱きしめ、唇を貪り、熱い体を押しつけてどれほど彼女を求めているかわからせたかった。だが、そんなことはできるはずがなかった。二人の関係が近すぎるから。だから十字架を返したときにも、ロークはあえて冷たく無関心な態度を貫いた。

バレラを去るときに彼が言った言葉は、彼女を傷つけ、悲しませた。ンガワから出国させ、ヨハネスブルグの空港できつい言葉を口にしたときにはもっと傷つけた。

それもこれも、すべて無駄な努力だったのだ。二人のあいだに血のつながりはなかったのだから。彼女の母親の話は嘘だったのだから。ああ、なんという母親だ！

ロークはグラスを窓ガラスに叩《たた》きつけたい衝動をかろうじて抑えこんだ。そんなことをしたら、自然動物公園の動物たちが興奮し、従業員たちが怖がってしまう。それに、やはり今夜のように酒に逃げた晩のこと――マリア・キャリントンから偽りの告白を聞かされた晩のことを思い出してしまうだろう。あのときは一週間も酒に溺れつづけた。行く先々のバーで暴れ、喧嘩《けんか》をし、彼が住んでいたナイロビの近くの村の人々を憤慨させた。K・Cでさえロークを落ち着かせることはできなかった。そばにも寄れなかった。頭に血がのぼっているときのロークはK・C以上にたちが悪いのだ。みんな遠巻きにして、彼の気がすむのを待つしかなかった。

だが、いつまでたっても気がすむことはなかったのだった。

ロークはウィスキーを飲みほし、グラスを置いた。氷がグラスに触れる音が静かな室内で大きく響いた。外でライオンが低く吠《ほ》えた。ロークは悲しげにほほえんだ。そのライオンは彼が子どものころから育ててきたライオンだ。家に帰ると、まるで子犬のように彼にまとわりついてくる。だが、ほかの人を近づけるのは危険だ。K・Cにはよその動物園に寄贈すべきだと言われたけれど、ロークは拒否した。あのライオンは友だちであり、数少ない楽しみなのだ。もとは二頭いたのだが、同業者のオーナーがほしがったので、一頭を譲った。それで、いまは一頭しかいない。その一頭をロークはリーウと呼んでいた。ライオンを意味するアフリカーンス語からとった名前だ。

ロークは目をつぶり、深く息を吸いこんだ。タットはぼくを許さないだろう。彼女にどうやって近づいたらいいのかもわからない。彼女のキスや柔らかな体、愛しあうときのことを想像し、彼はうめき声をあげた。

だが、頭にうかんだのと同じ素早さで、そんなことはありえないと思った。八年間ずっと邪険にしてきたのだ。いきなり訪ねていって抱きしめるわけにはいかない。近寄らせてもくれないだろう。いままではロークが近づいても、彼女は逃げるように後ずさりする。

ロークは彼女がほかの大勢の男たちとつきあってきたことを思った。それも彼自身のせいなのだ。もしロークのものになっていたら、タットはほかの男には指一本触れさせなかっただろう。彼の勘がそう告げている。だが、ロークは彼女をほかの男との情事に突き進ませてしまった。彼女の名前は何人もの億万長者や、国会議員とともに取り沙汰されてきた。高価なドレスに身を包んで彼らと笑っている写真も新聞や雑誌で見たことがある。演技しているだけだ、と自分をごまかしてきたけれど、演技なんかではあるまい。タットはもう二十五歳だ。二十五歳で男を知らない女などいるわけがない。タットだってバージンであるはずはない。ぼくが拒絶し、怒らせ、苦しめ、屈辱を与えてきたのだから。

だが、なんとかして彼女に会わなくてはならない。ひょっとしたらぼくを憎んでいない可能性もなくはないのだ。ぼくとやり直してくれるよう説得できるかもしれない。ただ、アメリカのメリーランド州にある彼女の家を訪ねても入れてはもらえないだろう。ぼくが指示したとおり、彼女は家の周囲に何台も防犯カメラを設置しているのだ。もとは彼女の父親のものであり、いまでは彼女のものとなっている家のまわりに。

タットの父親はアメリカ大使館に勤めていた。彼の一族は途方もない資産家で、彼が結婚したマナウスのマリア・コルテスもオランダとスペイン貴族の血を引く莫大《ばくだい》な財産の相続人だった。二人は純粋な愛によって結ばれ、アフリカとブラジルのマナウスとメリーランドに家を構えた。タットはその不動産や資産を相続した。母親を愛していたから、友人を看護した際に感染した熱病でマリアが亡くなったときには打ちひしがれていた。

タットがどれほど母親を崇拝していたかはロークも知っているので、その母親のしたことを彼女には言えそうになかった。だが、自分のこれまでのふるまいを理解してもらうために、何か言わなくてはならない。

こちらの話を聞いてもらえるくらいにどうやって接近するかがまずは問題だった。ロークは書き物机に置かれている郵便物の束に目をやり、その一番上の招待状に気づくと眉根を寄せた。

手にとって開封してみる。中にはバレラの表彰式への正式な招待状が入っていた。マチャド将軍じきじきの招待だった。彼の国の問題もすべて片づき、再び平和が訪れたので、マチャドが政権を奪還するのに協力した人々をそろそろ表彰しようというわけだ。ロークはもっとも称《たた》えられるべき人々のうちのひとりだから、ぜひ来てほしいとのことだった。招待状の受章者リストに連なっている名前を見ると、ロークのすぐ上にクラリス・キャリントンの名前があった。

とたんに心臓が飛びはねた。タットが監禁されていた二人の大学教授を助けだし、サパラを逮捕するのに役立つ情報を提供した功績を称え、彼女に勲章を授与する、とマチャドは約束していたのだ。

タットがバレラの首都メディナに来る。そう、彼女はきっと表彰式に出るはずだ。メディナは二人にとって中立的な場所だから、和解するいい機会かもしれない。もちろん、ぼくも行こう。日取りは一週間先だ。

ロークは招待状をベッドに持ちこんで、もう一度眺めた。タットがメディナに来る。ロークは招待状をベッドサイドテーブルに置き、頭の後ろで両手を組んで体を伸ばした。何年も前に半裸のタットを腕に抱いたときの記憶――柔らかな胸のふくらみや、その先端のかたくとがったきれいなピンクのつぼみの感触がよみがえり、体がわずかにそりかえって、うめき声がこぼれた。

もう一度彼女を抱きたい。抱いて、キスをして、触れて、自分のものにしたい。ロークは小さく身震いした。そうなるまでには時間と忍耐力が必要だろう。だが、これで生きる理由ができたのだ。数年ぶりに彼は幸福を感じた。

といっても、タットが両手を広げて歓迎してくれるとは思っていない。それに彼女の恋人たちのこともある。

だが、そんなことはたいした問題ではない、とロークは自分に言い聞かせた。ぼくが彼女の最後の恋人になれるのならば。そうしたら彼女をこの自然動物公園に連れてこよう。ここでいっしょに暮らし……。

いや。ロークの表情が翳《かげ》った。脱線したことはあるにせよ、タットはいまも信仰を捨てていない。こちらの真剣さが伝わらないかぎり、いっしょに暮らすことには同意してくれないだろう。

ロークは起きあがり、作りつけの金庫に近づいて解錠すると、中からグレーの小箱をとりだして蓋をあけた。中の指輪にそっと手を触れる。母親のものだった指輪だ。スクエアカットのエメラルドを小さなダイヤが取り巻いている。台はイエローゴールド。タットはイエローゴールドが大好きで、身につける貴金属はそればかりだ。

ロークは小箱の蓋を閉め、クロゼットの中のスーツのポケットに入れた。それを持ってタットに会うつもりだ。今度は逃がさないぞ、と心に誓う。彼女をとりもどすためならどんなことでもするつもりだ。

ロークは再び横になると、明かりを消した。そして数年ぶりに朝までぐっすり眠った。


三日後、ロークがノートパソコンで航空券を予約していると、K・Cが居間に入ってきた。

「それじゃバレラに行くんだな？」彼は言った。

ロークはにっと笑った。「信じられないかもしれないが、母の婚約指輪を持っていくんだ。今度はタットも逃げられない」

K・Cは優しくほほえんだ。「わたしの義理の娘として、彼女ほど望ましい女性はほかにいないよ、スタントン」

その口調の何かがロークの注意を引いた。航空券の購入を終えてしまうと、彼はK・Cに向き直った。

「何かあったのかい？」

K・Cは近づいていった。誇らしげに年下の男を見てにっこりする。「最初からわかっていたことだが、いましがた医者から電話があった」

ロークはどきりとした。「それで……？」

K・Cの顔に誇らしさと喜びと照れくささがせめぎあった。「きみは、やはりわたしの息子だった」

ロークは奇声を発した。彼の目にも父親と同じ喜びがあふれだした。

K・Cはしばしロークをじっと見つめ、それからやにわに抱きよせた。ロークもK・Cを抱きしめる。

「きみの母親との……いきさつについては申し訳なく思っている」K・Cが体を引き、真剣な口調で言った。「だが、この結果を見れば悔いはない」またロークを見つめる。「わたしの息子」こみあげる思いをこらえるような声音だ。「このわたしに息子がいるんだ」

ロークも同じ感慨にとらわれ、なんとかほほえんだ。「そのとおりだ」

K・Cはロークの肩に手を置いた。「いいかね、決めるのはきみだ。わたしはきみが望むとおりにする。だから聞くだけ聞いてくれ。きみが未成年のうちは、わたしが法的な後見人だった。だが、わたしとしては、できたらきみを正式に養子にしたい。わたしの姓を名乗ってもらえたらと思っているんだ」

ロークは父親として自分を養育した男のことを考えた。ビルは愛してくれたが、自分には似ていないと思っていたはずだ。ビルは目も髪も黒っぽいのだ。それでもビルはロークを充分いつくしんでくれた。ロークとK・Cをつないでいたような自然な親近感はなかったとしても。

「いや、まあ、いまのはちょっと思いついただけなんだが」K・Cの口調がためらいがちになった。

「それは……ぼくも望むところだよ。育ての父の姓に、あなたの姓を加えよう」

K・Cは薄くほほえんだ。「きみの父親はわたしの親友だった。自分が彼やきみの母親にしたことを思うと、ほんとうに苦しかった」

「それは、たぶん母も同じだっただろうな」

「ああ。彼女はわたしを愛していたんだ」K・Cは笑みを消した。「それが何よりきつかった。わたしは彼女に何もしてあげられなかったんだ。何もね。彼女はそれもわかっていた」

ロークは父の目を見つめた。「完璧な人間はいないよ。正直に言うと、ぼくは子どものころでさえ、あなたが父親ならよかったのにと思っていたんだ」

そこで目をそらしたので、K・Cの目がうるんだことには気づかない。「あなたは常に戦いのただなかにいた。胸躍る冒険の話をしてくれた。ぼくはおとなになったら、あなたみたいになりたいと思ってた」

「きみはわたしによく似ている」K・Cはかすれ声で言った。「きみがあの組織のために働くのは心配だった。危険なことから遠ざけたかった」ちょっと笑って続ける。「しかし、それは不可能だった。きみは水が低いところに流れるように危険に惹《ひ》かれていった。わたしのもとを離れて中央情報局《CIA》に行ったときには、ほんとうに気をもんだものだよ」彼はそう言いながら首をふった。「きみにアメリカの市民権を取得させたことが悔やまれてならなかった」

「ぼくが、アドレナリンが全身を駆けめぐるような生きかたしかできないのは、父親譲りなんだろうな」ロークは目をきらめかせて言った。

K・Cは低く笑った。「かもしれないな。わたしもいまだに現役だ。ただ、いまではほとんど管理職だがね。きみもそのうちわかるだろうが、年をとるとどうしても反応速度が落ちてくるんだ。それがチームを危険に陥れ、任務の遂行を妨げる」

ロークはうなずいた。「ぼく自身何度も危ない目にあって、管理職に退くことを考えたことがある。だけど、まだ早いと思ってね」笑顔になって言葉をつぐ。「それにいまはもっと優先すべきことがあるんだ。結婚したいんだよ」

K・Cはあたたかな笑みをうかべた。「彼女はほんとうに美人だ。それに心優しい。表面的なことよりもそのほうが大事だ」

ロークはうなずいた。「ただ、彼女の過去の男たちのことを考えると……」かたい表情で口をつぐむ。

「きみにも女はいただろう」K・Cは静かに言った。「それとどう違うんだ?」

ロークは悩ましげな顔になり、ため息をついて目をそらした。「確かに、そうは違わないんだろうな」

「エミリオに会ったら、よろしく言ってくれ。彼は古くからの知りあいなんだ。いい男だ。革命家というイメージではまったくないがね」

ロークはくすりと笑った。「確かにね。バレラの大統領という仕事に飽きたら、ミュージシャンとしてひともうけできるんじゃないかな。彼は歌がうまいんだ」

「ああ、知っている」

ロークは戸口に向かいかけ、数十年後の自分自身を思わせる男をふりかえった。「バレラから帰ってきたら、ぼくをプロ野球の試合か何かに連れていきたいんじゃないかい?」

K・Cはソファーのクッションをつかんでロークに投げつけた。「うるさい。もう行け」

ロークは笑いながらそのクッションを投げかえした。

「向こうでは気をつけるんだぞ」K・Cは言葉をついだ。「サパラの残党もいるし、やつは狡猾《こうかつ》だ。刑務所から出てきたら、面倒なことになりかねん。執念深い男だからな」

「出てこられはしないさ」ロークは答えた。「だけど、親父《おやじ》に心配されるというのはいいものだな」

K・Cは顔を輝かせた。「ほんとうに心配しているんだぞ。殺されるなよ」

「ああ。そっちもね」

K・Cは肩をすくめた。「わたしは不死身だよ。何年も傭兵として働きながら、体のほとんどの部分がもとのまま残っている」そう言いつつ肩を動かし、顔をしかめる。「まあ品質基準に満たなくなった部品もなくはないが、なんとか通用しているよ」

ロークはにやりと笑った。「こっちもだよ」それからK・Cの顔をじっと見る。「いつにする?」

「なんの話だ?」

「いつ手続きをする?」

「ああ、名前の変更か。明日にでも始めよう。きみがバレラに発《た》つ前に時間があればね」

「バレラに発つのは火曜日だよ」ロークは表情をやわらげた。「ぼくも明日で構わない」

K・Cはうなずいた。

ロークは自分の家に戻り、荷造りを始めた。


手続きは簡単だった。

弁護士は豪快に笑い声を響かせた。「わたしにはわかっていたよ」二人の顔を見比べて言う。「一目瞭然というやつだ。口に出すほどばかではなかったがね」弁護士はロークに向かって続けた。「きみの親父さんのパンチは強烈だからな」

ロークは顎にうっすらと黄色く残るあざを撫《な》でて――タットの母親との情事を責めたときに殴られた跡だ――笑いながら言った。「その話、詳しく聞きたいな」

K・Cは苦笑し、ため息まじりに言った。「わたしには怒りをコントロールするすべを学ぶ必要があるのかもしれないな」

「そんなことはないさ。父さんはそのままでいいんだよ」ロークは無意識に言っていた。「怒るのは悪いことではない」

K・Cの目が輝いていた。彼を父さんと呼んだことに気づき、ロークも目をきらめかせた。

「いい響きだ、わが息子」K・Cは誇らしさで胸がいっぱいだった。「とてもいい」

「それじゃ、さっそく手続きを進めよう」弁護士は二人に向かって言った。「二、三日後にまた来てくれたら、そのころには万事完了しているよ」

「ああ、よろしく頼む」K・Cは答えた。

ロークはキャリーケースとスーツバッグを手に家を出た。スーツバッグの中にはディナージャケットとスラックスとシャツとタイがおさまっている。表彰式には可能なかぎりぱりっとした格好で出たかった。その日のことを思うと胸がわくわくして、眠れなかった。またタットに会えるのだ。この長い八年間には思いもよらなかった形で。明日の夜、自分は人生最良のときを迎えるだろう。そのときが待ちきれなかった。

バレラへの空の旅は長く退屈だった。ロークはナイロビのジョモ・ケニヤッタ国際空港から飛行機に乗った。マナウスのエドゥアルド・ゴメス国際空港まで十六時間八分。その間、食事やシャンパンを口にするとき以外はなるべく眠ろうとした。気がせいてじりじりしているけれど、戦闘行動に臨むような冷静な心構えでいなくてはならない。タットは歓迎はしてくれないだろうし、それは仕方のないことだ。ぼくはずっと彼女を苦しめてきたのだから。

ようやく飛行機が着陸した。熱帯地方の熱気が濡《ぬ》れタオルのように顔を直撃する。ロークにとっては不慣れな暑さだ。ケニヤの気候は一年を通じて温暖なのだ。

機内持ちこみの荷物しかないロークは、軽い足どりで入国審査と税関を通過した。どこに行くにも大荷物は持たない主義だった。荷物が出てくるのを待つ時間がもったいないからだ。いつも荷物は最小限にして、行った先で必要なものを買う。吹聴《ふいちょう》はしないけれど、ロークはかなり金持ちなのだ。彼の所有する自然動物公園が観光資源になっているおかげで、金には困らない。むろん長年危険な地域でプロの兵士として命を張って稼いできたおかげもある。K・Cが父親だとわかったのは嬉《うれ》しいかぎりだが、彼の経済的援助は不要だ。若いころからひとりで道を切り開いてきたのだから。

手荷物受取所を通りすぎ、ロークは自分の名前が書かれた紙をかかげている人物を探した。ナイロビから携帯電話で運転手つきのリムジンを手配しておいたのだ。タクシーは嫌いだし、リムジンを頼む金など彼にとっては微々たるものだった。

運転手らしき男が彼ににっこり笑いかけてきた。長いブロンドの髪をポニーテールにして背中にたらし、カーキの衣服に身を包んだ長身のロークが、ほかの男と間違えられるはずはなかった。いかにもアフリカの自然動物公園のオーナーらしい外見だ。

ロークは男に笑みを返して近づいていった。

「セニョール・ローク？」黒っぽい髪の小柄な男はいっそう顔をほころばせた。

ロークは小さく笑った。「どうしてわかった？」

「俺を覚えてないですか？」小柄な男は心外そうだ。

ロークは超人的な記憶力の持ち主だった。相手を見つめ、目をつぶると、名前が思い出されて頬がゆるんだ。「ロドリゲスか。前にマナウスに来たときにきみが運転手をやってくれたな。たしか、娘が二人いるとか」

男は嬉しそうな顔をした。「そう、そのとおりです。でも、俺のことはドミンゴと呼んでください」

ロークの手を握りしめて言う。世界をまたにかけて活躍する大金持ちが自分の名前を覚えていてくれたのだ！

「それじゃ、ドミンゴ――」時差ぼけが出てきたのを感じながら、ロークは言った。「まずは今夜の宿を決めたい。明朝バレラに飛ぶんでね。マチャド将軍が表彰式をとりおこなうんだ」

ドミンゴはロークをリムジンへと案内し、運転席に乗りこんだ。「あのアルトゥーロ・サパラのやつを倒すのに協力した人たちに勲章が授けられるんですよね。俺のいとこはサパラにつかまって拷問されたんです。やつが逮捕されたときには小躍りしましたよ」

「ぼくもだよ」ロークは真顔で言った。

「マナウス出身のレディーも勲章を授与されるんですよ。セニョリータ・キャリントンです」ドミンゴはにこにこして続けた。「俺、彼女のお母さんを知ってたんです。聖女みたいな人だった」

「聖女ね」ロークは歯を食いしばるように言った。

ドミンゴは車を出しながらうなずいた。「ほんとうに優しい人だった。彼女のご主人と末の娘さんは痛ましい事故で亡くなったけど」

ロークは深く息をついた。「確かに痛ましい事故だったな」「その話はご存じで？」

「ああ。タットー——クラリスを知っているんだ。彼女が八つのときから」

「あのセニョリータはいい人です。ミサには欠かさず出ていたし、みんなに親切だった」ドミンゴは表情を引きしめた。「あの野蛮人が彼女にしたことは許せない。やつは殺されましたよ」ひややかに付け加える。「ほんとうによかった。あんなにきれいで優しい人を切りつけるなんて……」

「きみはどうして彼女を知っているんだい？」

「娘がリンパ腫にかかったときに、セニョリータ・キャリントンがアメリカの病院で治療を受けられるよう手配してくれたんです。かかった費用も全額出してくれて！　もう娘は死ぬんじゃないかと思ったときに、助けの手を差しのべてくれたんですよ」ドミンゴは目をうるませ、恥ずかしがりもせずに涙をぬぐった。「俺も女房も、彼女のためならなんだってしますよ」

ロークは胸を打たれた。彼女が優しい心の持ち主であることはわかっていたが、ここにもまたその証拠があったのだ。

「バレラではセニョリータ・キャリントンに会いますよね？」ドミンゴが問いかけた。

ロークはうなずいた。「そのつもりだ」

「それじゃ、ドミンゴとその家族が毎日感謝の念とともにセニョリータのことを思い出していると伝えてくれませんか？」

「ああ、伝えよう」

ドミンゴはうなずき、マナウスで一番いいホテルの前で車をとめた。「明日は何時に迎えに来ましょうか？」

「六時ごろ来てくれ。メディナへの接続便の航空券があるんだ」ロークはあくびまじりに言った。

「わかりました。それじゃ、今夜はゆっくり休んでください」ドミンゴはロークの荷物を豪華なホテルの中のベルボーイのところまで運びながら言った。

「ああ、ありがとう」

その夜ロークは奇妙な夢を見た。戦争が起きていて、彼は負傷している。タットは遠くで泣いている。涙が頰を濡らしているが、喜びの涙ではない。表情は最後にロークが見たときのように苦しげだ。彼女は妊娠しているのだ！

ロークは心配で汗びっしょりになって目が覚めた。起きあがり、ホテルの部屋に備えつけられたポットでコーヒーをいれる。午前四時だ。いまさら寝直しても仕方がない。彼はヘアゴムをはずし、ポニーテールにしていた髪をほどいた。

コーヒーができるまでのあいだ、ブラシで髪をとかす。ひょっとしたら、ばっさり切ったほうがいいのかもしれない。鏡を見ながらそう思う。もう長いこと伸ばしつづけてきたのは不羈《ふき》独立のためでもあり、長い髪には魔力が宿るという古い文化を心のどこかで信じているからでもあった。縁起をかついで切らずにきたのだ。だが、この髪のせいで背教者のように見えてしまうのは本意ではない。まして今夜は。今夜は美しい獲物を狩りに行くのだ。もしかしたら髪を切ることで、自分は変わったとタットに伝えられるかもしれない。前の自分とは違うのだと。

ロークは飛行機に乗るのを五時間遅らせて、ドミンゴに高級ヘアサロンに案内させ、カットとスタイリングをしてもらった。そして、その結果に感心した。自然なウェーブのかかった髪が背中の途中まで流れ落ちている。カットしたおかげで上品かつスマートな印象を与え、またK・Cと驚くほど似て見える。ロークは鏡の中の自分を見てくすりと笑った。

ヘアサロンから出ていくと、ドミンゴが目をむいた。「まるで別人みたいだ」

ロークはうなずいた。

ドミンゴはほほえんだが、嬉しそうな笑顔ではない。ロークのためにリムジンのドアをあけ、それから運転席に乗りこむ。

「どうかしたかい？」ロークはからかうように言った。

「髪を切ってしまったなんて残念です」ドミンゴは笑った。

「せっかくの〝魔力〟を失ってしまったから？」ロークは目をきらめかせた。

ドミンゴは顔を赤らめた。「俺はセニョールとは違って迷信深いたちなんですよ。それじゃ、空港に行きますか？」

短くなった髪を片手ですきながら、ロークもドミンゴと同じく心細さに似たものを感じた。傭兵時代、何度か危機一髪の命拾いをした経験があるのだ。撃たれたこともある。片方の目は失ってしまったけれど、これまで死なずにすんだのは髪のおかげのような気がしていた。だが、そんなのはむろん迷信にすぎない。

「ああ、ドミンゴ」ロークは笑顔で言った。「空港へやってくれ。これから忙しい一日になる」そして夜はもっと忙しくなるだろう、と期待をこめて胸につぶやく。タットを説得してベッドに連れていくことさえできたら。

ポケットに手を入れ、指輪の箱に触れてみる。タットがそう簡単に納得しないことはわかっていた。とくにベッドに行くことに関しては。だが、ロークには切り札があった。先に結婚を申しこむのだ。

うまくいけば、ひとりでナイロビに帰らずにすむかもしれない。そのためにはどんなことでもするつもりだ。必要とあらば、マナウスまで彼女にくっついていって若造みたいに求愛しつづけるつもりだ。もう彼女を放しはしない。絶対に。

バレラの首都メディナはほかの南米の都市の大半がそうであるように、辺境にありながら国際都市だった。さまざまな民族が入り乱れ、公用語としてはスペイン語が使われている。

空港にはバスターミナルがあったが、リムジンは一台もなかった。いまはまだ。マチャド将軍はサパラのせいでがたがたになってしまったインフラを整備しはじめたばかりなのだ。サパラは権力を握っているあいだに多大な害を及ぼしていた。公金を自分自身のために湯水のごとく使い、大統領官邸として豪華な宮殿を建てた。マチャドはその宮殿を取り壊したがったが、彼に助けられた民衆が反対した。これから国の再建に手を貸すために外国の有力者たちがやってくる、とマチャドの相談役は言った。豪華な大統領官邸はバレラが助けるに値する国だという考えをより強いものにしてくれるだろう、と。

マチャドはなかなか承知しなかったが、最後には折れた。取り壊したら、新しいのを建てるのにまた金がかかってしまうからだ。だが、サパラが外国からとりよせて宮殿内にとりつけさせた純金の付属品は、すべてとかして貨幣にした。おかげでマチャドは民衆からおおいに賞賛された。とくに貧しい人々に無料で医療を受けさせる社会福祉政策の観点から。マチャドは善良な男なのだ。

ロークは首都メディナにある唯一の高級ホテルにチェックインした。タットもここに泊まるのではないかと期待しながら。

荷物をほどき、ディナージャケットを出す。今宵《こよい》のことを思うと、顔がほころんだ。今夜は生涯最良の夜になるだろう。

同じホテルの別の階では、クラリス・キャリントンが目の下のくまを鏡で見ながら今夜のことを考えていた。受章者リストにロークの名前があるけれど、彼はきっと来ない。社交界のイベントみたいなものは大嫌いだし、目立つことも好まない男だ。英雄扱いされるのを喜びはしないだろう。

クラリスは八歳のときから勇敢で男らしい彼を英雄視し、心酔しきっていた。でも、彼のほうはわたしが嫌いなのだ。その気持ちをずっとあからさまに表してきたし、ンガワを去るときには耳をおおいたくなるような暴言を吐いた。

この先も彼がわたしを愛することなどありえないだろう。でも、それがわかっていながら彼への思いは変えられない。これは不治の病みたいなものだ。

クラリスは改めて鏡を見つめた。銃弾が頭部に残した傷痕は髪でうまく隠している。左胸の傷のほうがカムフラージュはしにくい。サパラの手下ミゲルがマチャド将軍の動きについてしゃべらせようとして、ナイフで何度も切りつけた痕だ。それでもクラリスは口を割らなかった。だから今夜、勲章を授与されるのだ。拷問に耐えたばかりでなく、二人の大学教授を助けてともに牢獄《ろうごく》から脱出した功績が認められて。彼らはクラリスを英雄だと言った。確かに、とクラリスは苦笑した。

いま彼女は丈の長いスリップを着て立っていた。今日のために買ったエレガントな白いドレスをこの上に着るつもりだ。ドレスは足首までのシンプルなもので、傷痕が隠れるように胸もとの開き具合はごくわずか。袖はナポレオン時代を描いた映画に出てくるようなパフスリーブだ。白はクラリスによく似あった。

でも、スタントン・ロークは白を着たわたしを見たらあざ笑うだろう。真紅のほうがわたしにふさわしいと考えて。なにしろ、わたしのことを娼婦と変ない女だと思っているのだ。まったく笑ってしまうほど皮肉な話だ。

だってわたしには男性経験など一度もないのだから。十七歳の年のクリスマスイブにロークとつかの間熱いひとときを過ごした以外、男の人と親密になったことは一度もない。あの日からずっと彼を愛しつづけてきたのだ。彼がわたしを敵視し、嘲り、つれなくしても。

嫌われていることがわかっていても、この気持ちはいつまでも変わりそうにない。彼のことを頭から追い払うこともできなければ、ほかの男性に肌を許すこともできないのだ。

以前マチャドの反乱軍のリーダーだったウィンスロー・グレーンジにちょっかいをかけたことがあるけれど、あのときは自暴自棄になっていたし、父と妹が悲劇的な死をとげたあとからのんでいた抗不安薬の影響も大きかった。父と妹の死で、クラリスの人生はめちゃめちゃになってしまったのだ。

ロークは知らせを聞いてすぐに駆けつけ、失意のどん底に叩き落とされて茫然《ぼうぜん》自失の体だったクラリスにかわり、葬儀の手配をすべてやってくれた。彼女をベッドに連れていき、身も世もなくむせび泣くあいだ、ずっと抱きしめていてくれた。そしていつまでも泣きやまないのを心配して、クラリスのかかりつけのドクター・ルイ・カルヴァハルを呼び、鎮静剤を打ってもらったのだった。

クラリスはここに来る前にルイから言われたことを思いかえした。万一ロークも来たときのために、いっしょに行こうとルイを誘ったのだが、彼は以前から担当していた患者の治療のためにアルゼンチンに行かなくてはならないということだった。そして、自分との結婚を考えてくれないかと言ったのだった。純然たる友人同士の結婚を。きみのロークに対する気持ちはわかっているし、ほかの男に触れられたくない気持ちも理解している。だから心配することはない、と彼は請けあった。自分は世界保健機構《WHO》の仕事で海外に行ったときに銃撃を受け、そのせいで子どもを作れないのだ、そればかりかもう男ではなくなっている。真剣な顔で彼は言葉をついだ。女性と親密な関係を結べないために、男としての子作りの能力をほかのいかなる資質よりも重視する同胞のあいだで、自分はいらぬ憶測を呼んでいるのだ、と。

そういう噂《うわさ》が立ち消えになれば自分としてもありがたいし、わたしとの結婚によってきみもいい暮らしができる。むろん、ロークがきみと結婚したがることはないと確信できないかぎり、きみはあきらめがつかないだろうが。

クラリスは考えてみると返事をし、実際じっくり考えてみた。ロークはわたしを嫌っている。わたしは彼以外愛せない。でも、もう二十五歳だし、ルイはわたしに優しい。だったら、いいんじゃないの？彼と結婚すれば多少は落ち着くし、一生の友だちになれる。

悪くない考えだ。応じてもいいかもしれない。人によっては、むなしい人生と感じるかもしれないけれど、悲劇の連続という人生を送ってきたクラリスにとっては、平穏な生活は魅力的だった。セックスは必要ないのだ。だって、これまで経験がないのだから。未経験のものは恋しがりようがない。

ロークといっしょになれないのは悲しいけれど、その悲しみもいつかは消えるだろう。クラリスは鏡に向かって暗い笑みをうかべた。そう、消えるに決まっている。わたしの死とともに。彼女は向きを変え、今宵のためのドレスをまといに行った。

3

クラリスが表彰式のおこなわれる建物に入っていくと、白いドレスに包まれたそのしなやかな体がたちまち男たちの視線を集めた。ブロンドの巻き毛が羽毛のように顔を取り巻き、整った美しい顔だちや完璧な肌、大きなブルーの目を引き立てている。美形の彼女がドレスを身にまとうと、人間を嘲りに地上に降りてきた古代ギリシャの女神のように見えた。だが、当人は自分が人目を引いていることには気づきもしない。クラリスの目は将軍がスピーチに立つ予定の演壇に向けられていた。オーケストラの楽団が談笑する人々の邪魔にならないよう、柔らかな音楽を演奏している。彼らの会話がおおむねポルトガル語でなくスペイン語でかわされているのは、バレラの公用語がスペイン語だからだ。

クラリスは数人ずつかたまっている人たちを見て寂しげな笑みをうかべた。いつもひとりぼっちのクラリスにとって、これもまた男たちがひとりでたたずむ彼女の気を引こうとするいつもの集まりのひとつでしかなかった。ときどき彼女は自分の美貌を負担と感じてしまう。男の注目など浴びたくはないのだ。

飲み物が並ぶテーブルのそばで立ちどまったとき、長身の男に腕をとられて顔を見ると、マチャドの相談役だった。彼はにっこり笑いかけた。「きっと来ていただけると思っていましたよ、ミス・キャリントン」わずかになまりのある英語で言う。「バックステージにほかの受章者のかたたちがおられます。まず勲章の授与をとりおこない、そのあとはダンスにお酒のどんちゃん騒ぎ」彼はくすっと笑った。

クラリスは微笑した。「どんちゃん騒ぎなんてすてき。でも、勲章はくださらなくてもよかったのに。わたしは撃たれてつかまっただけなんですから」

「いやいや、わたしたち国民はみな、この国をとりもどしてくれたあなたやほかのかたたちに心から感謝しているんですよ」

「ペグとウィンスローも来ているんでしょうか？」クラリスは期待をこめて尋ねた。

「それが残念ながら、彼女のお父上が手術をするということで、まあたいした手術ではないそうですが、そちらに付き添わずに表彰式に来てもお二人とも落ち着かないんだそうで」

「ペグらしいわ」クラリスはほほえんだ。「親思いで優しくて」

「彼女のほうもあなたをずいぶん買っておいでだ。ご夫君ともどもね。それにもちろん将軍も」彼は笑いながら付け加えた。

「将軍はどちらにいらっしゃるの？」

彼が頭を傾けたほうを見ると、ディナージャケットに身をかためたラテン系の男性が目の覚めるようなブルーのドレスを着たブルネットの女性と立っていた。

「マディだわ！」クラリスは言った。「彼女、わたしが誘拐されたときに撃たれたエドゥアルド・ボアスの手当てをしたの」

「ええ。彼女と将軍は近々結婚するはずです」彼は声をひそめて言い、クラリスの顔が輝いたのを見ると笑い声をあげた。「しかし、このことは口外無用ですよ。わたしも知らないことになってるんだ」

「わかりました。わたしも何も知らないわ、神に誓って」

「それは嘘《うそ》だな、タット。きみはなんでもわかっている」背後で深みのあるハスキーな声がした。

クラリスの血が凍り、心臓がタンゴを踊りだした。

ふりむきたくはなかった。彼が来るとは思っていなかったのだ。

「セニョール・ロークが、ほかのかたたちのいらっしゃるバックステージまであなたをお連れしますよ」相談役はそう言うと、会釈して立ち去った。

「こっちを向かないのかい、タット？」ロークはやんわりと言った。

クラリスは深呼吸してからロークに向き直った。ロークはいつもと違って見えた。それがなぜなのか、最初はわからなかった。だが、間もなく髪が短いせいだと思いいたった。ロークは髪を切っていたのだ。いったいなぜ？　ずっと長いポニーテールにしていたのに。

「こんにちは、スタントン」クラリスは静かに言った。「あなたが来ているとは思わなかったわ」

ロークは片方だけの目をひたとクラリスに向け、貪るように見つめながら、彼女をその腕に抱いたときのことを思い出して胸を高鳴らせた。あのときのようにまた彼女を抱き、キスすることもできるのだ。彼女を自分のものにすることも……。

いやいや、と心の中で首をふる。急いではいけない。ゆっくりと時間をかけなくては。「暇だったんだよ」無造作に答える。

「そう」クラリスは落ち着かなかった。救いを求めるかのようにあたりに目を泳がせている。実際に救いを求めているのだ。

ロークも周囲に目をやった。「ひとりで来たのかい？」

クラリスは唾をのみこんだ。「ルイを誘ったんだけど、彼は古い友だちの治療のためにアルゼンチンに行かなければならなかったの」

「ルイ……カルヴァハル。医者をしている友人か」

「ええ」

ロークは顔をしかめた。「まさか、つきあっているわけではないだろうな？」厳しい口調だ。「彼はきみより二十歳も年上じゃないか！」

クラリスは彼と目をあわせられなかった。「ええ、わたしより年上だわ」

ロークは頭のてっぺんから爪先まで筋肉がこわばったのを感じた。彼女があの医者とつきあうなんてありえない！　あってはならないことだ！

ロークが黙りこくっているので、クラリスは顔をあげ、彼の表情を見てとまどった。別の男だったら、嫉妬しているのかと思っただろう。だが、ロークがわたしのことで嫉妬するわけはない。

クラリスは落ち着きなく身じろぎした。「わたしたち、バックステージに行かないと」

「今夜はこっちで泊まるのかい？」ロークは歩きだしながら尋ねた。

「ええ、明日の朝マナウスに戻るつもりよ」

「ぼくもここで一泊するんだ」

クラリスは何も言わなかった。ロークが自分を病原菌のように忌避するであろうことはわかっていた。

「どこのホテルに泊まるんだい？」ぶっきらぼうな口調だ。

「なぜ？　そのホテルから一番遠いところに泊まるため？」クラリスは思わずそう切りかえした。

ロークはぴたりと足をとめた。「きみにいろいろと埋め合わせをしなくてはならない」深刻な顔で言う。「どこから始めたらいいのかもわからないよ。ぼくはそれほどひどいことをしてきた。ひどすぎることを」

クラリスは驚愕《きようがく》して彼を見あげた。

ロークは彼女の顔に触れようと手を伸ばしたが、クラリスはさっと体を引いて目をそらした。

その反応が想像もつかなかったほど胸にこたえた。

「タット」苦しげなしゃがれ声でささやく。

「覚えてないの？」クラリスは吐き捨てるように言

った。「あなたが言ったのよ……ぼくにさわるなって。わたしに対して生理的な嫌悪感があるのだとも言ったわ……」そしてそのまま、スーツ姿の男がほかの受章者たちを手まねで案内しているバックステージのほうにずんずん歩いていった。ロークがついてきているかどうか確かめようともせずに。もう顔を見たくなかったのだ。

ロークは彼女の言葉に胸を引き裂かれながら、あとに続いた。そう、確かに彼女にそう言った。自分はずいぶん残酷だった。どうして許してもらえるだろう？　さんざん彼女を傷つけてきたのだ。彼女だけでなく自分自身をも何年も苦しめつづけてきた。いま、ようやく彼女とやり直すチャンスが訪れているけれど、いまの彼女の言葉からして、道は非常に険しそうだ。

表彰式は長かった。マチャド将軍が長いスピーチをしたが、そのあとの国務長官のスピーチはもっと長かった。そしてプレゼンターのスピーチはさらに長かった。終わるころにはクラリスは足が痛くなっていた。靴をローヒールにしてきてほんとうによかったと思う。

受章者はひとりずつ呼ばれて勲章を受けとり、短い挨拶をしてマチャドと握手した。クラリスも同じようにして彼に笑いかけると、マチャドは彼女の頬にキスをした。

「来てくれてありがとう」彼はささやいた。

「お招きありがとうございます」クラリスはささやきかえした。

そして彼と握手し、勲章の入ったベルベットの箱を持ってステージからおりた。

ロークが彼女に近づき、ほかの人たちが勲章を授与されるのを無言で見守った。彼は将軍がクラリスにキスしたことに内心憤慨していた。

クラリスは彼の表情を見て憂鬱になった。ロークはまた怒っている。でも、いつものことだわ。結局何も変わってはいないのだ。とくに、わたしに対する評価の低さは。

クラリスは勲章とコートをクロークに預け、ラムのカクテルをちびちび飲んでいた。すでに五人以上の男性からのダンスの申しこみを断っている。ドレスは背中があいているし、知らない男の手に触れられるのは考えるだけで鳥肌が立ちそうだった。だからひとりぽつんとたたずみ、ほかの人がダンスフロアで楽しげに踊っているのを眺めていた。

ふと背中に熱を感じて、身をかたくする。ロークがそばに来たときはすぐにわかるのだ。なぜかはわからない。じつに不思議だ。クラリスは身構えてふりかえった。

「ぼくと踊ったことは一度もなかったね、タット」

低くなめらかな声で言いながら、彼はクラリスの姿に見入った。

クラリスは何かしなくては、とカクテルをすすった。「そんなチャンスが一度でもあったかしら?」

皮肉をこめて問いかける。

ロークは押し黙り、深く息を吸いこんだ。「今夜は休戦ということにしないか、タット? 今夜ひと晩だけでも」

クラリスは警戒心と不安をその目にたたえて彼を見つめた。

「きみを傷つけたりはしないよ」ロークは緊張したおももちで言った。まるで宙吊《ちゅうづ》りにされた状態で答えを待っているかのようだ。両手を体のわきでかたく握りしめている。「せめて今夜だけでも」聞きとるのに耳をそばだてなければならないくらい声を落として繰りかえす。

彼に苦しめられてきた日々の記憶に目を翳《かげ》らせ、

クラリスは下唇を噛《か》んで小さなイブニングバッグをひねくりまわした。

ロークは一歩距離をつめ、彼女の前に立ちはだかるようにたたずんだ。クラリスがつけているフローラル系の香水がほのかに鼻先に漂う。

ロークの手がゆっくりとあがり、ためらいがちに彼女のウエストにかかった。

「ぼくを信じてくれ」クラリスの額に向かって言う。「今回ばかりは信じてほしいんだ」

「わたしにさわるのは嫌いなくせに」クラリスは声をつまらせ、なんとか言った。

ロークは胸が痛み、目をとじた。「あれは嘘だったんだ」目をあけ、愕然としているクラリスの顔を見つめる。「ぼくは嘘をついていたんだよ、タット。ほんとうはきみと触れあいたかった。いまもだ。できるだけそばに寄り、きみに触れられたい」彼の息遣いがわずかに乱れた。「頼むよ」

クラリスは逡巡《しゅんじゅん》した。彼に触れたらまた熱をあげてしまうだろう。せっかく乗り越えられたような気がしていたのに。

「おいで」ロークは彼女の手からグラスをとってテーブルに置いた。そして彼女の指に指をからみあわせて広いダンスフロアのほうに導いた。数組のカップルがオーケストラのゆったりした音楽にあわせて動いている。

ロークは片手をクラリスのウエストにまわし、もう一方の手は彼女の手を握りしめたまま自分の純白のシャツの上に置いた。音楽にあわせ、静かに踊りはじめると、クラリスが息をのんだのがわかった。若い体をこわばらせていた緊張感が、スローな動きの誘惑に屈してゆっくりとほぐれていく。

「そのほうがいい」ロークは彼女のこめかみのあたりでささやいた。

クラリスは彼の唇がこめかみに触れたような気が

したが、そんなはずはないと自分に言い聞かせた。彼から離れなくては。逃げなくては。どうせまた傷つけられるのだ。いつもそうだった。優しいそぶりを見せたかと思うと、わたしを突き放し、嘲り、なぶる……。

彼女は体を引き、苦しげな目でロークを見た。

「違う」クラリスの表情にたじろぎ、彼は言った。「ほんとうに、もう傷つけはしない。絶対に。言葉でも、ほかのどのような形でも。約束するよ」

約束は彼にとっては重みのあるものだ。ロークが約束したら、それが破られることは決してない。

クラリスは彼の顔を見つめた。「なぜなの？」

ロークは形のいい唇のあいだから息を吐きだした。クラリスの頭ごしに壁を見やる。「昔……ある噂《うわさ》を耳にしたんだ。悪意に満ちた噂を。長い話を要約すれば、ぼくはきみとぼくが血縁関係にあると思っていたんだ」

クラリスはその場に棒立ちになり、唖然《あぜん》として彼を見た。「な……なんですって？」反射的にさらに体を引こうとする。

ロークの腕がそれを引きとめ、たくましい胸の中に彼女をたぐりよせた。「事実ではない。ちゃんと調べた。きみの母親の血液型はRHプラスのO型で、父親はプラスのB。ぼくはK・Cと同じマイナスのAB型で、きみはプラスのB型だ」そこで彼は口ごもった。「じつは、ひそかにきみの血液の検体から遺伝子検査をしてもらったんだ。どうやって入手したかは訊《き》かないでくれ」クラリスが口を開きかけたので、そう言ってさえぎる。「ぼくはスパイだ。手だてはあるんだよ。で、遺伝子の専門家から話を聞いた。ぼくたちの血がつながっている可能性は皆無だとね。わずかなつながりさえもないと」

クラリスはじっと立ちつくしていた。ふいに、この八年間の意味が明瞭になった。スタントン・ロークはときどき彼女のそばにいることが苦痛であるかのような態度をとった。彼女がほしいのに、彼女と触れあうことを自分に禁じているかのような態度を。

そのわけを悟り、クラリスの表情は一変した。

ロークは彼女を見つめ、せつなそうにささやいた。「ああ、きみはぼくもきみを求めているとは思わなかったんだね？　ずっときみがほしくてたまらなかったのに！　その気持ちを抑えて、苦しんでいたのに！」

クラリスの目から涙があふれだした。夢が現実になったのだ。信じられなかった。

「ああ、ベイビー」ロークはやにわに彼女を抱きすくめた。長いことこらえてきた欲望の激しさに、体が震えだしていた。

クラリスはぎょっとしたように身を引いた。「大丈夫なの、スタントン？　あなた、震えているわ！　マラリアが再発したんじゃないの？」ロークはかつてマラリアにかかったことがあり、まだ子どもだったクラリスが看病したものだった。彼女はおずおずとロークの顔に手を触れた。「ちょっと熱があるみたい……」

ロークは内心茫然《ぼうぜん》とした。自分が震えているのは荒々しい欲望のせいなのに、彼女にはそれがわからないのだ。男性経験は豊富なはずなのに、なぜそんな基本的なことがわからないのだろう？

ロークは眉をひそめ、とっさに彼女の腰をぐっと引きよせて、高ぶった彼自身のくっきりとした形が彼女にわかるよう押しつけた。

クラリスは顔を赤く染め、何年も前のクリスマスイブにたった一度経験しただけの刺激的な感触から逃れようともがいた。あれ以来男の人とこんな触れあいかたをしたことはなく、羞恥にかられてなんとか体を離そうとする。

ロークはまるでクリスマスが来たような気がした。

彼女が体を引くに任せながらも、ひとつだけの目に喜びをはじけさせている。

彼女の両目が見えるよう顔を寄せ、ロークはかすれ声で言った。「きみはまだバージンなんだね、タットト？」

「スタントン……」クラリスは声をつまらせ、目をそらした。

ロークは彼女の頬に頬をすりよせた。また身震いが出た。「マラリアではないよ」そっとささやく。「ぼくの体のある部分が柔らかくあたたかな隠れ場所を探しているんだ」

クラリスはその意味をすぐには理解できなかったが、理解したとたんますます真っ赤になり、彼の胸を叩《たた》いた。「スタントン！」

ロークは嬉《うれ》しそうに小さく笑い、また頬をこすりつけた。「ほかの男とはその気になれなかったんだね、タット？」からかうような口調だ。

ほら、まただ。うぬぼれ。傲慢。彼はわたしの気持ちを知っているのだ。休戦しようと言ったけれど、これは休戦なんかじゃない。彼はとどめを刺しに来たのだ。わたしが未経験と気づいたからには、容赦しないだろう。わたしにつきまとい、誘惑してくるはずだ。いまは確かにわたしを好きであるかのような言いかたをしているかもしれない。でも、今日が終わるころには、ただセックスがしたいだけだとはっきりしていることだろう。何年もわたしに欲望を抱きながら、手を出してはいけないと我慢しつづけてきたのだ。その我慢が必要なくなったいま、わたしに彼から身を守るすべはない。ただのひとつしか。

「ルイに結婚を申しこまれたわ」クラリスはロークの顔を見ることなく、静かに言った。

ロークの動きがとまった。「なんだって？」

クラリスは覚悟を決めた。「わたしよりずいぶん年上ではあるけれど、彼はいい人よ」目をとじて続ける。「だからわたし、イエスと返事をしたの」そう嘘をつくことでしか、一夜の情事から身を守れそうにない。ロークと遊びの関係を結ぶには、彼を愛しすぎているのだ。「そういう事情だから、わたしをベッドに連れていこうと思っているなら考え直したほうがいいわ。わたし、婚約者を裏切るつもりはないから」

ロークの世界が吹っ飛んだ。彼は隠しようのない苦悩を目ににじませてクラリスを見つめた。口を開きかけたが、言葉が出てくる前にマチャド将軍がマディとともにやってきた。

「わたしたちは結婚することになったよ」マチャドが幸せそうに顔を上気させたマディを見ながら、にこやかに言った。「それをきみたち二人に知ってほしくてね。わたしは彼女の夫になるには年をとりすぎているが、彼女を深く愛しているんだ」隣に立つブルネット美人をいとおしげに見つめる。

「わたしと同じくらい深くね」マディが冗談めかして言ったが、彼女の目もマチャドに釘《くぎ》づけだった。

「おめでとうございます」ロークは自分自身のみじめな気持ちを押し隠して言った。マチャドと握手し、マディの頬にキスをする。「二人がいっしょになるとは嬉しいな」

「ほんとうに」クラリスがひび割れた声で言葉をついだ。「末永いお幸せを祈っています」

「ぼくもね」ロークは続けた。

四人は声をあわせて笑い、それから話は今日の表彰式のことになった。マチャド将軍はサンアントニオの警察署で働く息子のリック・マルケスも来たがっていたのだが、彼の妻が妊娠初期なので大事をとったのだと言った。リックは彼女を置いていくことができず、ビデオチャット・ソフトで欠席を伝えてきたそうだ。最近将軍は息子とよくしゃべっているらしい。

ロークは興味深げな態度で聞いていたが、彼の内面は死につつあった。手遅れだったのだ。彼女はもうぼくに見切りをつけていたのだ。そしてマナウスの、あのろくでもない医者と結婚してしまう。

ロークがふらりとその場から離れていった。だが、間もなくクラリスは彼がブロンドの美女と笑いながら踊っていることに気がついた。そして、ひとり寂しげにほほえんだ。ひょっとしたら事態が変わるかもしれないなんて、どうして期待したのかしら？ロークは相変わらず女性たちをベッドに誘いこもうとしている。あのブロンド美女はわたしが与えようとしなかったもの――一夜かぎりの喜びを今宵《こよい》彼に与えるのだろう。

彼がこんなにも早くわたしのかわりを見つけたなんて心穏やかではいられない。でも、当然じゃないかしら？　わたしと血のつながりがないことがわかったからといって、永遠の愛を誓って婚約指輪を差しだしてくるとでも思ったの？　ありえないわ。やっぱり、あれでよかったのよ。もし彼に求められたら、わたしは決して拒絶できなかっただろうから。彼をあまりに愛しすぎていて。

クラリスは建物を出ると、タクシーをつかまえてホテルに戻った。夢がかなうなんて、やはり信じないほうがいいのだ。

眠っていたクラリスは、爆弾かライフル銃の攻撃を受けた直後にぱっと目を覚ました。ホテルの室内はエアコンが効いているのに、全身汗びっしょりだった。バレラでの試練がまた悪夢となってよみがえっていたのだ。ふと気づくと電話が鳴っている。

彼女は、まだ午前三時であることを確かめながら受話器をとった。「はい？」こんな時間にいったい誰だろう？

「ミス・キャリントン？　オベイリーです。ぼくのこと、覚えているかな？」

　クラリスは記憶を探った。「コンピューターのハッカーね。マチャド将軍が政権奪還に立ちあがったときの仲間だったわ」

「そう、それです」オベイリーは咳払《せきばら》いした。「将軍から、あなたが表彰式のために来ていると聞いたんです。ぼくは着くのが遅れてしまって……。で、たまたま階下《した》で騒動が起きているみたいだったので、バーをのぞいたら、ひどい状態なんですよ。このままじゃ彼が誰か殺してしまうか、逮捕されてしまう。各国の報道陣が集まっているいま、そんなことになったら将軍に迷惑がかかるし――」

「彼って？」

「ロークですよ。彼、自制がきかなくなっているんです。彼が酔ったところなんて一度か二度しか見たことがないけど、酔っているときの彼はほんとうに危険なんだ。誰かがバーから連れださないと、警察沙汰になってしまう。それにこのホテルに泊まっている記者たちにもし見られたら――」

「ロークが酔っているですって？」クラリスはひどく驚いた。「オベイリー、彼は強いお酒は飲まない人よ。かりに飲んだとしても、理性を失うほどは――」

「しかし、バーの用心棒をガラス窓に向かって投げ飛ばしたんですよ」

「まあ！」

「それで、あなたから彼に話をしてもらえないかと思って電話したんです」

　クラリスはためらった。癇癪《かんしゃく》を起こしているロークは彼女も怖かった。

「どんな酔っ払いであれ、なだめられる人が必ずひとりはいるものです。うちの父親の場合は、ぼくの妹だった。酒をとりあげようとするやつは殺しかねない親父《おやじ》だったけど、妹なら手を引いてその場から連れだせたんです。ロークもあなたが相手なら決して手荒なまねはしないでしょう。万一しそうになったら、ぼくがとめます。どうかお願いできませんか？」

「いま階下にいらっしゃるの？」

「ええ」

「それじゃ、バーの前で待っていてください」クラリスはそう言って電話を切った。

スラックスをはき、ブラウスを着たものの、化粧はせずに部屋を出た。階下のラウンジの外ではオベイリーが待っていたが、クラリスは中から聞こえてくるアフリカーンス語の激しい悪態に身をすくめた。

「あなたの言うことならきっと聞くはずです」オベイリーが言った。

クラリスは彼に暗い目を向けた。「とにかくやってみます」

バーに入っていくと、もうひとり、ロークほどには泥酔してない男がいた。その男は彼女に目をとめると、にやけた顔になって立ちあがった。

「おやおや、きれいな妖精が入ってきたぞ！」そう叫んでクラリスの腕をつかみ、引きよせようとする。

「どうだい、これから俺の部屋に来ないか？」

その瞬間ロークがその男の襟首をつかんだ。片方だけの目が怒りに黒ずんでいる。「今度彼女に手を触れたら殺してやる！」ロークはうなるように言って男を乱暴に突き放した。男はテーブルの上に引っくりかえり、慌てて起きあがると、喉を押さえながら店から走りでていった。

「スタントン」クラリスはやんわり呼びかけた。

ロークは息を荒らげながら彼女を見おろした。ウイスキーのにおいをさせ、しかめっつらでじっと見つめる。「なぜきみがここにいるんだ？」ささやくような声だ。

「あなたを迎えに来たのよ」クラリスは緊張して冷たくなっている手を彼の手の中にすべりこませた。男の襟首をつかんだときの彼は恐ろしかった。でも、いまは暴力的な感じはまったくない。「さあ、部屋に戻りましょう」

「わかった」ロークはあっさり応じた。

クラリスは彼の手を引き、出口に向かった。体の大きな男たちが壁を背にしてテーブルの陰にうずくまっている様子は、まるでロークの目を引くことを恐れているかのようだ。いい年をした男たちがみなロークを怖がっているけれど、彼は子羊のようにおとなしくクラリスに手を引かれていく。

「彼と話をするわ。彼が泊まっているのはこのホテルなの？」クラリスはオベイリーに尋ねながら、バーテンダーがおびえたようにバーカウンターの陰からこちらを見ていることに気づいて顔をしかめた。


「壊れたものは彼が弁償するわ」

オベイリーはうなずいた。「ロークの部屋は三〇六です。キーはたぶん彼のポケットの中だ」

「ありがとう」クラリスは言った。

「とんでもない、お礼を言うのはこっちのほうですよ」オベイリーはそう言うと、ロークのほうにわびるように笑いかけてからラウンジに入っていった。

ロークがクラリスを見おろした。「なぜきみがここにいるんだ？」怒ったように言う。「フィアンセが寂しがっているんじゃないか？」

「彼はいまアルゼンチンの患者のところよ。二、三週間は帰ってこられないわ」

「それは残念だろうな、彼氏にしてみればね」ロークは隠しきれない欲望を目にあふれさせて彼女を見た。「ああ、きみはきれいだ。見ているだけで体がうずく」

クラリスは顔を赤らめた。向きを変え、彼をエレベーターの中に導く。三階まで二人は無言だった。ロークは落ち着かなくなるほど熱いまなざしでクラリスを見つめている。

クラリスはエレベーターを降り、彼の部屋の前まで行った。「カードキーを出して」

ロークはドアに寄りかかった。「いやだ」

「スタントン」クラリスはうめくように言った。「ドアをあけたら、きみは行ってしまう」

クラリスは唇を噛んだ。

「ぼくはいつバーに戻ったっていいんだ」ロークは大儀そうにドアから体を離した。

「だめよ！」

「それじゃ、ぼくが寝入るまでそばにいると約束してくれ」どこかけだるげな声だ。

クラリスは奥歯を噛みしめた。ロークは酔っているし、クラリスは彼が怖かった。彼の癇癪が怖いのではなく、十七歳のときに中断したところから彼が続きをしようとするのではないかと不安なのだ。あのときはほんとうに危なかった。どれほど危なかったか、二十代になるまでは気づかなかったけれども。

「きみの……いやがることはしないよ」ロークは言った。

クラリスは深く息をついた。「約束よ」

ロークはほほえみ、カードキーをとりだすと錠に差しこんだ。かちゃりと音がし、小さなグリーンのライトが点灯した。ロークはカードを引きぬき、ポケットに戻してドアをあけた。「お先にどうぞ」

クラリスは部屋の中に足を進め、ロークが後ろで照明のスイッチを入れた。

光のあふれる室内でクラリスはふりかえった。ロークの表情は見たこともないほど厳しい。精悍《せいかん》な顔に激しい感情をみなぎらせ、片方だけ残った目でひたと彼女を見すえている。

クラリスはもう一方の目をおおっているアイパッ

チにたじろいだ。

その表情を誤解して、ロークはひややかに言った。

「そう、ぼくは障碍者《しょうがい》だ。きみが考えているとおりだよ」

「わたしは、あなたが片目を失ったときのことを思い出していたのよ」クラリスはそっと言った。

ロークの顔がいっそうこわばった。「人生が引っくりかえるようなことを……聞かされた直後だったんだ」クラリスのまなざしを避け、はぐらかすように言う。「それでずぶの素人みたいに、伏兵たちの前にのこのこ出ていったんだ」自嘲的な笑い声。

「その結果、胸に銃撃を受け、片目を失った」再びクラリスに視線を戻す。「麻酔から覚めたら、きみがベッドのかたわらに座っていた」

「K・Cが連絡をくれたの」クラリスは彼の胸に目をやった。「彼はすごく心配していたけど、わたしがあなたに付き添うことで、また噂になるのをいやがっていたわ。わたしが付き添ったって誰も変だとは思わないのに。わたしはナイロビの病院の職員をほとんど知っていたんだから」

ロークは息をついた。気分が悪く、体が汗ばんでいた。「それでも、あのあとにはずいぶん噂が飛びかった」

「わたしは全然気づかなかったわ。それはあなたも同じだったはずよ」

うつむいたクラリスをじっと見つめる。「抜糸がすむと、ぼくはアニタを自然動物公園に招待し、きみをワシントンDCに帰らせた」

クラリスは唇を噛んだ。「ええ」

ロークは自分の残酷さに胸の痛みを覚えながら目をとじた。「きみには礼さえ言わなかった。片方の目を失い、もう一方の目も失明するかもしれないと言われて生きる望みをなくしたぼくに、それでも生きたいと思わせてくれたのはきみだったのに」

クラリスは何も言わなかったが、その態度は雄弁だった。

ロークがわずかによろめき、クラリスはすかさずささえた。

「酔っているんだ」ロークは小さく笑った。

「あなたが酔うなんて珍しいわ」

「めったにないことだ」クラリスに助けられてベッドに向かう。「自分を制御できなくなるのはいやなんでね」

「昔からね」

ロークは靴を履いたままベッドに倒れこみ、クラリスを見あげた。「服を脱ぐのを手伝ってくれ。服のままでは眠れない」

その物柔らかな言葉に頰を染め、クラリスはロークを見おろした。

彼は片手を差しだした。「ほら、怖がらないで」

かすかにほほえむ。「タット、ぼくは酔っている」なおもためらう彼女に言う。「酔っているせいで立つものも立たないから、脅威にはならない」

クラリスの顔がますます赤くなった。

ロークはかすれた笑い声をあげた。「ぼくときたら何年間も、きみは次々に男をものにしてきたと思っていたんだ」ふいにその顔がゆがむ。「ああ、ぼくはなんてことをしていたんだろう！」

クラリスには彼の怒りが理解できなかった。彼の態度が変わった理由もわからず、本心からは信用できない。

「頼むよ」ロークは彼女の心の葛藤を見てとって言った。「手伝ってくれ、タット。ぼくは眠りたいだけなんだ」

クラリスはベッドに近づいた。おずおずと靴を、さらに靴下を脱がせる。ロークは男にしてはきれいな足をしていた。

彼は上体を起こした。クラリスはまだ警戒しながらベッドの彼の隣に腰をおろした。ロークは彼女の両手を自分のシャツのボタンへと引きよせ、見開かれた目を見つめた。「脱がせてくれ」柔らかなベルベットのように深みのある声でささやく。

クラリスは心臓が激しい鼓動をきざむのを感じた。ロークにこんなに接近するのは――彼がクラリスをこれほど近寄らせるのは――ほんとうに久しぶりだ。

「さあ」ロークはクラリスの指を第一ボタンにかけさせた。唇は彼女の目のすぐ上まで近づいている。

その近さと彼の声音にどぎまぎしながら、クラリスはなんとかボタンをはずし、胸毛におおわれたたくましい体からそっとシャツを脱がせた。左胸に一部盛りあがっているところがあるのは、銃弾を受けた名残だ。いまではほとんど目立たない。

ロークはシャツを脱がされると体がかたくなるのを感じた。クラリスの目はじつに表情豊かだった。ロークを見るのが好きなのだ。ロークも彼女に見せるのは好きだった。こらえようと思っても体が熱くなってくる。

「あとは……自分でできるはずよ」クラリスはそう言って立ちあがろうとした。

「だめだよ」ロークは彼女の両手をベルトにかけさせた。「手伝ってくれ、タット」

彼がそう言って上体を倒すと、クラリスは少し緊張が解け、薄くほほえんだ。「自分以外の人の服を脱がせるのは初めてなの」

そして高価な革のベルトをはずして引きぬき、そばの椅子の上に置いた。だが、次の行動には移らずにためらっている。

その手をロークがスラックスのウエストに引きよせた。「一番いい服で寝るわけにはいかないよ」穏やかな口調だ。「続けてくれ」

「スタントン……」

「しーっ」ロークは彼女の手をファスナーにかけさ

せ、そっとおろしはじめた。「あと少し。そう、それでいいんだ。次はウエストの部分をつかんで、引きおろすだけでいい」

彼の声はクラリスを誘惑していた。その誘惑に負けてはいけない。立ちあがって逃げなくては。恥ずかしいし、緊張して手が震えている。「あなたがそんなに……酔っ払っているはずはないわ」

「そのままさげて」ロークはやんわりと言い、腰をうかすと、ウエスト部分を押しさげた。

クラリスは困惑して彼の顔を見つめた。そのあいだにロークはスラックスとトランクスから脚を抜き、再びベッドに倒れこむと、クラリスの目が大きく見開かれるのを見た。

純然たる喜びに思わず笑い声をあげる。ロークは欲情していた。あれだけ酒を飲んだにもかかわらず激しく欲情していた。そしてクラリスの目は魅せられたように彼の下半身に釘づけになっていた。ロークはシーツの上で身じろぎし、小さくうめいた。

「ずっと夢見ていたんだ」しゃがれ声でささやく。「こうしてきみに見られることを。きみの視線を感じることをね」

クラリスは衝撃のあまり返事もできない。

「タット、きみの年なら、実物を見たことはなくても写真では見ているはずだよ」

「え……ええ」クラリスは声をつまらせた。

「でも……？」

「写真で見たのは……全然……こんなじゃなかったわ」うっとりしたように言葉をつぐ。「あなたって……あなたって、きれい」

ロークの表情が変わり、体に震えが走った。

「わたし……もう……もう行かなきゃ」

彼は長い腕をクラリスのウエストに優しく巻きつけ、隣に座らせた。

そして攻撃的になることなく、彼女のブラウスのボタンをはずして、前をはだけさせた。さらにブラのフロントホックをはずし、カップを押しやってきれいなピンクのつぼみを頂く胸を見つめた。

「十七歳のときのきみは美しかった」静かな口調で言う。「だが、いまはもっと美しい」

クラリスは口もきけなかった。心臓が激しい鼓動をきざんでいる。

「何を……するつもりなの？」不安でたまらないのは、自分が彼をとめられないことがわかっているからだ。八年間抑えこんできたロークへの渇望で体が震えだしそうだ。

「きみの胸に口をつけ、きみが達するまで吸いつきたい」ロークはささやいた。「十七歳のきみにしたようにね。覚えているかい、タット？」官能的な柔らかい声で言いながら、彼女の胸を見つめる。「きみは最初のうちこそ茫然としていたけれど、限界を超えると声をあげた。ぼくはきみにキスをし、その体にのしかかった。きみのレースのショーツを途中まで引きおろし、ぼくのファスナーもおろしかけた。そのとき足音が聞こえたんだ」

クラリスの体が震えはじめた。「ええ」

「あのときは、ほんとうにきつかった。よくやめられたものだと思うよ」ロークは深々とため息をついた。「あれから何年か、ぼくはあの夜をよすがに生きていた」

「それも、きれいな女性を次々とものにするようになるまでのことでしょう？」クラリスは辛辣に言った。

ロークは、それにはとりあわなかった。「きみにはわからないだろうな、そばにいるのが苦痛になるくらい相手を求めてしまう気持ちは。そんな経験はないだろう？」

クラリスはマットレスに上体を倒した。「そうね。ないかもしれない」

「ぼくは気が変になりそうなほどきみがほしかったんだよ、タット。だが、指一本触れるわけにはいかなかった」ロークはうつろな笑みをうかべた。

「だからだったのね……」

「そう、だからだったんだ」また息をつき、クラリスのくつろいだ姿を、彼の目にさらされている張りつめたバストを見おろす。「きれいだ」

「あなた……わたしに触れてもいないわ」

「ああ、触れるつもりもない」

クラリスの表情は読みがたかった。「それは……傷痕のせい？」

ロークの視線がミゲルのつけた切り傷の痕に吸いよせられ、表情が危険なものになった。「あいつはぼくがぶち殺してやったよ、タット。きみをこんなふうにした報いだ」

クラリスが彼の口を指で押さえた。

ロークはその冷たい指に軽くキスした。「きみの傷痕は勲章だよ。そこにぼくはキスしたい。だが、できないんだ」

「できない……」

ロークは彼女から少しだけ離れ、ウエストの下で力をみなぎらせている男の証《あかし》が見えるようにした。

クラリスは赤くなった。

「ああ、できないんだ」ロークは繰りかえした。「だってぼくたちの初めてのときには、きみにふさわしいふるまいができるよう、しらふでいたいからね」

そう言うとロークは起きあがり、クラリスのブラのホックをとめて、ブラウスを着せた。彼女の顔に鼻をこすりつけるが、キスはしない。

「悪くとらないでほしいんだが、もう出ていってくれ」

クラリスは立ちあがった。ロークは腰から下にシャツをかけ、笑みをうかべてまた横たわった。

クラリスはなんと言ったらいいのかわからなかった。彼は将来のどこかの時点で官能的な経験をさせてくれるつもりのようだが、ほかには何も言ってくれない。わたしを抱くだけ抱いたら、去っていくかもしれないのだ。そうなったらわたしは生きてなどいられない。

クラリスは唇を噛んだ。「スタントン、わたしは婚約しているのよ……」

ロークは彼女をひたと見つめた。「きみはぼくを求めている」ささやくような声だ。「そして、ぼくもきみがほしい。例の医者はぼくたちが飢えた狼《おおかみ》のように互いを貪りあったのを知ったら、どう思うかな?」

「そんなことは起きないわ」クラリスは歯を食いしばった。

ロークの表情がやわらいだ。「いや、起きる。きみにもわかっているはずだ。ぼくは二度ときみを放さない。明日には酔いもさめてしらふになっているだろう」その言葉はまるで脅しのようだ。「そして、ぼくがしらふになったが最後、きみはぼくから逃げられないんだよ」

「わたしは……結婚するのよ」クラリスは声を励まして言った。

「愛してもいなければ抱かれたくもない男とね」ロークは言いかえした。「何かを求めているときのぼくがいかに攻撃的になるか、きみはまだ知らないが、じきに知ることになるだろう」

クラリスは顔を紅潮させた。この数分間はあまりに刺激的だった。「わたしは帰るわ!」

ロークはうなずいた。「今日のところはね」

クラリスは向きを変え、逃げるように部屋を出た。ロークは彼女がドアを閉めていくのを熱いまなざしで見送った。その顔には微笑がうかんでいた。

マナウスに帰り着くまで、クラリスはずっと前夜のことを思いかえしていた。ロークはわたしがほしかったのだ。だが、信じられないことに、わたしたちは血がつながっていると誰かに思いこまされていた。彼の視点で考えてみよう。もし立場が逆だったら、もしわたしが彼と血がつながっていると思いこんでいたら……。クラリスは襲ってきた痛みに目をとじた。やはり、わたしも彼と同じような態度に出るだろう。自分が欲望に負けて過ちをおかしてしまわないよう、わざと彼に嫌われようとするだろう。

ゆうべのロークはそれまでとは違っていた。彼らしくもなく、どこか遠慮がちだった。そして、そのあとバーで暴れた。あんなふうに荒れる彼を見たのは初めてだった。わたしに言いよった男を脅し、暴力をふるった。だいたい、なぜお酒なんか飲んだのだろう？

そこまで考えて思い出した。わたしはあの前にルイ・カルヴァハルと結婚すると告げたのだ。それでロークはかっとなってしまったのだろうか？

つまり、それほどわたしがほしいってこと？　もしかして、彼のほうもわたしに対し、わたしが感じているのと同じどうしようもないほど激しいものを感じているの？　クラリスは声には出さずに笑った。まさか。彼はわたしを愛しているわけではないわ。むろん嫌いではないだろう。わたしがほしいというのもほんとうだろう。八年間も我慢していたのなら、障害がなくなったいま、彼の頭の中には期待が満ち満ちて、わたしを誘惑することでいっぱいになっているに違いない。わたしも彼がほしいけれど、でも、ひとたびわたしを征服したら、彼は次の獲物を狩りに行くだろう。わたしのことがほんとうに死ぬほどほしかったのではなく、手が届かないからほしかっただけなのだ。

でも、ゆうべの彼はベッドでわたしを半裸にしながら、この体に手を触れようとはしなかった。彼に欲望の証を見せられたときのことを思い出し、クラリスは顔をほてらせた。彼が肉体的な欲望しか感じていないのだとしたら、ためらう理由はなかったはずだ。もちろんお酒を飲んではいたけれど……。

クラリスは客室乗務員が持ってきたシャンパンのグラスを受けとり、ぐいとあおった。おかげで胸の痛みが少しだけやわらいだ。

わたしはロークにノーと言ったのだ。これから帰って結婚するのだ。ルイが帰ってきたら、そう言おう。ルイは三週間ほどで帰ってくると言っていた。わたしの返事を聞いたらきっと喜んでくれる。わたしとの結婚により、彼は地域社会において面目を施すことができるし、わたしはわたしでロークの誘惑から身を守ることができる。これは双方に益のある結婚だ。

客室乗務員におかわりをすすめられ、クラリスはもう一杯もらった。それを飲みほすと、ふだん飲まないせいか心地よい酩酊《めいてい》に襲われた。目をつぶり、酔いに身を任せる。ロークがついに、ようやく、わたしを求めてきた。でも、彼が求めているのは一夜の絆《きずな》だけ。わたしを抱いたあとは興味を失い、もしかしたらこれまでと同じ皮肉っぽく攻撃的な彼に戻ってしまうかもしれない。しかも今度は強力な武器をもって。わたしが彼の誘惑に屈してしまったら、それがまた嘲笑の理由になるだろう。わたしは彼がずっと非難してきたような存在になってしまうのだから。

そのときロークに言われたことを思い出し、心臓が飛びはねた。ダンスをしているときに言われたことと、そのあと部屋で言われたことを。

彼はわたしがバージンであることをダンスしているときから知っていた。いったいどうしてわかったの？

クラリスは再び目をとじ、心がさまよいだすに任せた。わたしは家に帰り、ルイと結婚するのだ。そしてロークはナイロビに帰る。わたしの身は安全だ。そう、安全だ。

だが、ちょうどそのころ長身でブロンドの髪をした隻眼の男がマナウス行きの航空券を買っていることを、クラリスはまだ知らなかった。

4

クラリスはタクシーで自宅に戻った。その家は両親が大昔に買ったもので、そこにしみついた思い出がつらすぎるために、クラリスはこちらにいるときはホテルに泊まっていた。ペグ・グレーンジを連れてきたときもそうだった。だが、いつかは過去に向きあわなければならないのだ。この家は過去の一部だった。

スーツケースとバッグをおろし、彼女は居間に入っていった。八年前ロークに誘惑されそうになったときのあのソファーはもう別のものにとりかえてある。それでも記憶はいまも鮮明で、思い出すだけで顔が熱くなってくる。

あれはクリスマスイブのことだった。クラリスは十七歳だった。スタントン・ロークは仕事でマナウスに来ており、クラリスの両親に敬意を表して家に訪ねてきたのだった。彼とクラリスの父親は、年の差が大きいにもかかわらず友だちだった。クラリスの両親とK・C・カンターもクラリスが子どものころから親しく、父がケニヤに駐在していたころにはロークとよく遊んだものだった。

十七歳のクリスマスイブのとき、いっしょにツリーの飾りつけをしながら、ロークはクラリスをからかった。クラリスは体にまとわりつくしなやかな生地のドレスを着ていた。母は眉をひそめたが、ロークが来ることがわかっていたから、彼に女性として見てもらえるよう、できるだけおとなっぽい格好をしたかったのだ。

その効果は確かにあった。ロークはツリーに飾りをぶらさげながら、彼女に何度となく目をやり、冗談を言ったりからかったりした。

クラリスの父親と妹はクリスマス前の最後の買い物に行っていた。母は家にいたけれど、近所の人が熱を出した幼い子どもを見てくれないかと頼みに来た。マリアは元看護師で、当時もお金のない人々の最後の砦《とりで》になっていた。ロークの評判を知っていたマリアはしぶしぶ引きうけ、出かけていった。

クラリスはいまも母が出ていったあとのロークのまなざしを――そのときには淡いブラウンの目がまだ両方揃《そろ》っていた――脳裏によみがえらせることができる。クラリスが自分の気持ちに気づいて以来初めて、彼は熱っぽい目をして近づいてきた。

無言のまま彼女を床からそっと抱きあげ、震える唇に優しくキスをすると、青い目を見開いたクラリスを笑顔で見おろす。「こういうことは初めてなんだね？」

クラリスはうなずいた。


「ぼくは幸運だな」ロークはまたキスをした。「怖がらないで、タット。痛い思いはさせないから。約束するよ」

そうささやくとクラリスをソファーにおろし、自分のシャツのボタンをはずして、裾をスラックスから引っぱりだした。クラリスはネコのように目をまるくして、それを見守っていた。

ロークは靴を脱ぐと、革張りの長いソファーにクラリスと並んでその身を横たえた。

「ママが……」クラリスは心配になってささやいた。

「すぐに帰ってきちゃうわ……」

「帰ってきたら足音でわかるよ」ロークは安心させるように言い、ドレスの幅広のストラップを手慣れた仕草で彼女の肩からするりとおろした。クラリスは抗議しようと口を開きかけたが、ロークの唇がそっと胸を愛撫《あいぶ》しはじめた。

クラリスは喜びのあまり声をあげそうになったが、

唇を噛《か》んでこらえた。こんな欲望を感じたのは生まれて初めてだった。いや、ただの欲望ではない。クラリスは彼の後頭部に手をやって豊かな髪に指を差しいれ、背中をそらして彼の唇に胸を押しつけた。ロークがいっそう激しく吸いはじめると、頭をのけぞらせ、体を弓なりにして、彼の腕の中で喜びの絶頂を迎えた。

クラリスが泣いたのはそのときだった。自分の異常さがショックだったのだ。だが、ロークは優しく笑い、彼女を慰めた。きみがぼくを愛しているからなんだよ、と。だからぼくの愛撫に過度に敏感になっているんだ、と。

そして彼はゆっくりとおおいかぶさってきた。クラリスは平たい腹部に押しあてられた力強くかたい彼自身の感触に目を見開いた。これもごく自然なことなんだ、とロークはささやいた。これをきみの中で感じたいとは思わないかい？

クラリスは赤くなったが、唇を重ねられると身震いして脚を開き、かすれ声でロークを促した。彼は手をドレスの内側にすべりこませ、小さなレースのショーツをおろして、誰にも触れさせたことのないところに触れた。その間にもかたくなった胸のいただきを唇と舌で愛撫する。クラリスは、そのときには彼を求めて哀願していた。ロークはせいたように片手をスラックスのファスナーにやり、無我夢中といった様子でさげようとした。

そのとき玄関扉の開く音がし、母の足音が聞こえてきた。

二人は際どいタイミングで手早く着衣を直し、母が入ってきたときにはツリーの飾りつけをしていた。だが、母は何があったかを難なく見抜いた。間もなくロークが何も言わず、ふりかえりもせずに帰っていくと、母は説教しはじめた。あの男は次々と女性を慰みものにしてきたのよ、と冷たい口調で言った。

わたしの大事な汚れない娘をそのひとりに加えることは絶対に許さないわ！

クラリスにはロークがそんな男だとは思えなかった。彼が紛争地帯で片方の目を失い、危うく命まで落としそうになった、あのときまでは。クラリスは知らせを聞いてナイロビに飛び、何日も彼に付き添って励まそうとした。片方の目を失っても絶望しないで、生きてほしいと。しかし彼の反応は胸が引き裂かれそうなほど悲しいものだった。冷たく、よそよそしく、まるでクラリスを憎んでいるかのような態度だった。退院が許可されると、昔のガールフレンドを家に連れていき、クラリスには一番たいへんなときに付き添った礼すら言わなかった。

だが、それはほんの序の口だった。数カ月後、彼はマナウスでクラリスが開くパーティへの招待をにべもなく断った。そのときもクラリスにはわけがわからなかった。ロークは彼女からの手紙に返事をよこさず、電話にも出なかった。

次にワシントンDCで開催された、何かの資金集めのパーティで会ったとき、ロークはひややかな口調で彼女の行動を嘲った。それでクラリスは自分が嫌われているとようやく思い知った。ロークは彼女を誰とでも寝るふしだらな浮気女とののしったのだ。それが何よりもクラリスを傷つけた。彼女はローク以外の男性とはろくにつきあったこともないのだ。彼に誘惑されたときのあの態度から、誰とでも寝るふしだらな女と思われてしまったのだろうか？　それで急にわたしが嫌いになったの？　クラリスには理解できなかった。だが、ロークの嫌悪感まるだしの態度に傷つき、以来クラリスは彼を避けるようになった。

それでも彼女が悲劇に見舞われるたび、ロークは飛んできた。それが不可解でならなかったけれど、いまはわかる気がする。たぶん彼はわたしがほしくてたまらなかったのに、二人の血がつながっているという噂《うわさ》を耳にしたのだ。その噂にママは何か関係していたのかしら、とクラリスは思わずにはいられなかった。だが、すぐにその疑惑を払いのけた。愛する母が、たとえ娘の純潔を守るためとはいえ、そんな残酷なことをしたはずはない。

もしかしたらK・Cがロークに何か話したのかもしれない。K・Cはわたしに好感を持ってくれているようだけど、雇い人の伴侶には誰か別の人を考えているのかもしれない。いや、ロークはただの雇い人ではなく、K・Cの息子だという人たちもいる。確かにあの二人は似ているから、血がつながっているのではないかとわたしも考えたことがあった。

まあ、いまはそんなことはどうでもいい。わたしはロークに抱かれるだけ抱かれて捨てられるなどという立場に甘んじはしない。自分を守るためならどんなことだってするつもりだ。たとえばルイとの結婚がその手段になるなら、喜んで結婚しよう。ルイを愛してはいないけれど、優しい人だし、性的なことを要求されなければ平和に暮らしていけるだろう。何より、ルイと結婚すればロークから身を守ることができる。ロークは女に結婚の誓いを破らせるようなことは絶対にしない男だから。その点はかなり古風なたちなのだ。既婚の女性――その女性が夫と別居中だとしても――といっしょにいるところはただの一度も目撃されていない。彼は彼なりに道徳的なのだ。

それに、ゆうべの彼の言葉はアルコールが言わせただけなのかもしれない。ロークはひどく酔っていた。きっと酔った勢いでわたしをからかっただけなのだろう。

クラリスがそう思っていられたのも、その晩ノックにこたえてドアをあけるまでのことだった。ローククがドア枠に寄りかかり、面白がっているような顔で彼女を見つめていた。

クラリスははっと息をのんだ。

「ぼくの言葉を本気にしていなかったんだね？」彼は血走った目に笑いをにじませた。「ダンスをしに行こう、タット」

クラリスは面食らった。「ダンスならゆうべしたじゃないの」

ロークはにっこりした。「町にラテンクラブがあるんだ。オープンしたばかりなんだよ」クラリスに身を寄せて続ける。「ぼくはタンゴも踊れるんだぜ」

クラリスの頬がほんのり赤くなった。タンゴは彼女も好きだった。以前、日本の大阪にあるクラブでハンサムなラテン系の男と踊ったことがある。ロークも招待された結婚式に行ったときのことだ。前日のリハーサルのあとにみんなでクラブに食事をしに行ったのだが、ロークは女性といっしょだった。むろんクラリスと踊りはせず、いつもの冷たく皮肉っぽい彼だったが、彼が連れとダンスフロアに出ると、クラリスはほかの客同様に目をみはった。ロークのダンスの技量はそれほどすぐれていた。だが、彼はクラリスには声もかけなかったのだった。

「ほら、おいで。覚悟を決めて」いまはからかうように言っている。「きみだって踊りたいはずだ」

「わたしはテレビを見ようかと……」

「何かセクシーな服を着て、ダンスに行くんだ。テレビはひとりのときに見ればいい」

クラリスは不安げな顔でドアをあけた。「ダンスに行くなら着がえないと」

ロークは彼女の顎に親指をかけて上向かせた。真面目くさった顔で言う。「約束するよ、タット。きみがいやがるような触れかたは決してしないと」

クラリスは赤くなった。「それは新鮮だわ」

「だろう？」

「じゃあ、着がえてきます」

クラリスは裾にスパンコールがついた黒のカクテルドレスに身を包み、ストラップ式のタンゴシューズを履いて小さな黒いバッグを手に居間へ出ていった。

「バッグは置いていけよ」ロークは満足そうにほほえみながら言った。「金ならぼくが持っている」

「わかったわ」クラリスはバッグをサイドテーブルに放った。「そうだ、うちの鍵を……」

バッグから鍵をとりだし、鏡を見る。体にぴったりあったドレスにはポケットがついていない。

ロークが彼女の手から鍵をとり、高価なスラックスのポケットに入れた。シャツは黒いシルクの開襟シャツで、その上に上質な黒のジャケットをはおっている。

彼はクラリスの手をとって指をからめた。「いやかい？」そっと問いかける。

クラリスの全身がうずいた。「いえ」口ごもりつつもそう答える。「構わないわ」

ロークは微笑し、長いリムジンへと彼女を導いた。

「あら、ドミンゴね？」運転手が後部のドアをあけるために降りてくると、クラリスは声を張りあげた。

「ご家族はお元気？　お嬢さんは……？」

「おかげさまで元気にしてますよ、セニョリータ」ドミンゴの声には気持ちがこもっていた。「またお会いできて、ほんとうに嬉《うれ》しいです！」

クラリスはにっこり笑い、ロークにエスコートされてリムジンに乗りこんだ。

「どちらまで？」運転席におさまったドミンゴが尋ねた。

「〈エル・ヒネテ〉に行ってくれ」ロークは笑いながら言った。「アルゼンチン人がやってる店だ。今夜は、ぼくたちが地元民にタンゴの踊りかたを教えるんだよ」

「ああ、タンゴね」ドミンゴは思い入れたっぷりに言った。「俺の母親はアルゼンチンの出なんですよ。親父《おやじ》とよく踊ってたな。あのばかみたいな映画に出てくるようなんじゃなくて……」

その話はマナウスのラテンクラブに着くまで続き、もうロークとクラリスの個人的な話題に戻ることはなかった。

ラテンクラブの内装はフラメンコのイメージにあふれ、スペインと南米の両方を想起させた。

赤いフラメンコドレスを着た若い女性がダンスフロアのそばのテーブルに二人を案内し、メニューを置いていった。

「ここは食事もできるんだ」ロークが笑顔で言った。

「じつを言うと、ぼくは腹ぺこなんだよ」

クラリスは声をあげて笑った。「わたしもよ」

二人はシーフードのサラダを食べ、食後にフルーツたっぷりのデザートとコーヒーを頼んだ。

「もう踊りかたを半分忘れているわ」ロークにダンスフロアに連れだされながら、クラリスは言った。

「ぼくもだよ」ロークは大阪のクラブやそこで見たクラリスの悲しげな顔を思い出していた。「大阪ではきみがクラブを出たあと、酔いつぶれそうになったんだ」

「え?」クラリスはとまどった。

ロークは彼女を引きよせた。「ぼくが好んできみを傷つけていたと思うのかい?」かすれ声で言い、遠くの壁へと目をそらす。「きみにこんなふうに近づくのがとても怖かったんだ」

クラリスは彼の表情に陶然となった。

彼は慕わしげな目で彼女を見おろした。「きみは昔から感情を隠すのがあまり得意じゃなかったね」

ゆったりとしたリズムにあわせ、クラリスを抱いて動きはじめる。「ゆうべはしこたま飲んでおいて、ほんとうによかった」

クラリスは顔を赤らめ、彼の喉もとに視線をさげた。

「むろん、あんなに飲んでいても、しようと思えばできたんだよ」ロークは物思わしげに言い、クラリスが身をかたくすると笑い声をあげた。彼女をさらに抱きよせ、言葉をつぐ。「ぼくにそんな資格はないけれど、ひどく得意な気分だよ」

「そうなの？　どうして？」

彼の息がクラリスの耳をくすぐった。「きみがまだバージンだからだよ、タット」彼女を自分のほうに向き直らせて言う。「ほかの男とはその気になれなかったんだろう？」

クラリスは唾をのみこんだ。「あなたって、どうしようもない人ね」

ロークの胸がちょっと不安定に上下した。「もしきみの母親が帰ってくるのが十分遅かったら――」

「きっとわたしは妊娠していたでしょうね」クラリスはさえぎるように言った。「そして世界は終わりを迎えていたわ、あなたにとってはね」

「なぜ世界が終わるんだい？」ロークは彼女の目をのぞきこんだ。「ぼくは子どもが大好きなんだよ、タット。きみだって好きじゃないか」頬をゆるめて続ける。「難民キャンプで赤ん坊にミルクを飲ませていた姿をいまも覚えているよ。しかし空港に着くまでずっと、きみに手出しすまいと歯を食いしばらなければならなかった」

彼の言葉は理解不能で、クラリスを混乱させた。

「そんな心配そうな顔をしないでくれ」ロークは彼女の髪にキスした。「ぼくたちは出会ったばかりなんだ。ぼくは元秘密工作員。自然動物公園とリーウという名前のペットのライオンを持っている。きれいな青い目のブロンドの女性が大好きで、タンゴを踊るのも好きだ」

クラリスは声をあげて笑った。「もしかして各種免許も持ってるの？　それで人を撃てるとか？」

「ぼくは人を撃ちはしないよ」そう言ってからロークは口ごもった。「めったにね」

クラリスはミゲルに胸を切りつけられたときのことを思い出し、無意識にその部分に手をやった。

彼女を抱く手に力がこめられた。「やつはもう人に怪我《けが》をさせることはできない」

「恐ろしい男だったわ」クラリスは小さく身震いした。「体が大きくて、がっしりしてて……」

ロークは口をとがらせた。「ぼくも大きくてがっしりしてるよ、タット」

「ええ。でも、彼の体はしまりがなかった。それに比べてあなたは……」クラリスはロークの裸を思い出して頬を染めた。「わたしったら、こんなことをしゃべらされているなんて信じられない」

ロークは笑った。「ぼくもだよ。ゆうべのことは死ぬまで忘れないだろうな」

「なぜ？」

「ぼくを見たきみのまなざしのせいさ」ロークは目をそらした。「ぼくは自分の障碍《しょうがい》については過敏になってしまうんだよ、タット。だが、きみにはそんなものは見えていないかのようだった」

「実際、見えていないわ」クラリスは言った。「スタントン、戦地で脚や腕をなくしたり、さまざまな障碍を負ったりした男の人は決して少なくないわ。それでも彼らの多くが結婚し、あるいは恋人を作っている。みんななんとかやっているものなのよ」

「ぼくに片目の男と寝るなんてぞっとすると言った女もいたけどね」ロークは冗談めかして言った。

クラリスは身をすくめて踊るのをやめた。

「その女とは寝てないよ」彼女が身をすくめた理由を察し、ロークは言った。

「彼女がいやがったから？」

「いや、ぼくが……できなかったんだ」ロークは彼女を抱きよせて再び踊りはじめた。

クラリスには理解できなかった。

ロークは大きな手で彼女の背をいつくしむように撫《な》でた。「抗不安薬の影響下にあったころのきみは、自分がウィンスロー・グレーンジを求めていると思っていた。しかし、かりにチャンスがあったとしても、彼とは寝なかったんじゃないかい？」

「ええ」クラリスは即答した。

「なぜだい？」

クラリスは小さく息をついた。「なぜって……できないものはできないのよ」目をとじる。

「きみがほしいのはぼくだけだから。そうだね？」

「ええ」プライドも捨て、みじめな気持ちで答える。

ロークは彼女の顎を持ちあげ、ブルーの目を見つめた。その顔に笑みはない。「ぼくもほしいのはきみだけなんだ」

「まさか」クラリスは笑いながら言った。「表彰式からわたしが帰るときには、ブロンド美人と踊っていたじゃないの」

「彼女はプレゼンターの奥さんだよ」ロークは静かに言った。

「まあ」

「ぼくがバーで浴びるほど酒を飲んだのはなぜだと思っているんだい？」耳もとでささやく。

「わたしがベッドにつきあおうとしなかったからだわ」クラリスは苦々しげに言った。

ロークは顔を離し、ため息をついた。「まだ先は長そうだな。もっとも容易でないことはわかっていたが」

「意味がわからないわ」

「踊ろう」笑顔になって言う。「ぼくたちには今夜だけしかないんだから」

「そうなの？」

「いや、そうでもないか。明日はマナウスで遊ぼう。何かオペラハウスを見て、大道芸を見物するんだ。何かショーを見てもいいね。いま何がかかっているか調べておこう」

「それじゃ、まだアフリカには帰らないのね？」

「ああ」

クラリスは彼のステップに難なくついていった。まるで彼の気持ちが読め、次にどう動くかがわかっているかのようだ。だが、ダンス以外のことではそうはいかない。「いつ帰るの？」

「きみの婚約者はいつごろ帰ってくるんだい？」

「三週間で帰ると言っていたわ」

ロークは彼女の目をのぞきこんだ。「それじゃ、ぼくも三週間こっちにいる」

「スタントン……」

「今夜きみを家まで送ったら、玄関先でぼくは帰るよ」静かな声音だ。「だがその前に、ぼくがほしくて朝まで一睡もできなくなるようなキスをしていく」

クラリスの唇が開き、震えがちな吐息がもれた。

「むろん、ぼくもきみがほしくて一睡もできないだろう」ロークは笑いながら言って緊張をほぐした。

音楽が終わった。彼はテーブルへとクラリスを導き、シャンパンを頼んだ。

「何かに祝杯をあげるの？」ウェイターがフルートグラスにシャンパンをつぐと、クラリスは尋ねた。

「うん」ロークは優しくほほえんだ。「始まりに乾杯だ」

そのくらいなら害はないわね、とクラリスは思った。今夜のロークにさほど脅威は感じない。彼女は微笑してグラスをあげ、彼のグラスに触れあわせた。

ロークはドミンゴを車の中で待たせて、クラリスを玄関先まで送った。

ドアの前で鍵を出してあげると、クラリスはその鍵で錠を解いたが、鍵を抜きはしなかった。

「今夜は楽しかったわ。ありがとう」

「ぼくも楽しかったよ。最近あまり出かけてなかったんだ」ロークは答えた。「ふだんは海外のプロジェクトで忙しいからね」

その言葉でクラリスは彼の仕事を思い出し、不安になった。「あなたって、いつも危険に直面してるわ」

ロークは肩をすくめた。「ぼくにはそういう生きかたしかできないんだよ、スイートハート」初めてそんなふうに呼ばれ、クラリスの顔がほてった。

「アドレナリンが体内を駆けめぐっていないと生きられないんだ」

「スポーツ選手や法執行機関で働く人たちもそんな感じよね」

「そうだな」

クラリスは静かな諦念のにじんだ目で彼を見つめた。「殺されないよう気をつけてね。お葬式は嫌いなの」

ロークはくすりと笑った。「ぼくも自分の葬式は喜べないだろうね。だが、黒いレースをまとったきみはすてきだろうな。シースルーの黒いレースのロングドレスを着ているきみをよく夢に見たものだよ。そして汗びっしょりになって目を覚ますんだ」

クラリスはびっくりした。「わたしの夢を見たことがあるの？」

「きみがぼくの夢を見るように何度もね」ロークはしたり顔で言った。

「八年も前のことだわ」

「いや、昨日のことだ」クラリスを見おろして続ける。「これはちょっときついかもしれないな」わびるような口調で言うと、ゆっくりと彼女を抱きよせた。「だが、そんなつもりはないんだ。いいね？」

「わけがわからないわ」クラリスはどぎまぎした。彼のたくましい腕に抱かれただけで体に火がついている。

「ずっと異性とのつきあいがなかったんだ……ここしばらく」ロークはそうささやいて顔を寄せた。クラリスの腰に両手をまわしてぐっと引きよせる。下半身を密着させたとたん、たちまち体が強く反応し、身震いが出た。「ごめん」声がかすれる。

「いいのよ」

身じろぎもしないクラリスの唇に、彼はそっと唇を触れあわせた。優しく口を開かせ、じらすようなキスを続けると、彼女が身をかたくした。ロークの腕につかまり、爪を立てる。

「きみの胸……」唇を重ねあわせたまま彼はささやいた。「いま先端が小石のようにかたくなっているはずだ……」

クラリスがはっとして口をあけると、ロークは激しい飢餓感に突き動かされてくちづけを深めた。彼女のヒップにかけている両手が痛いほどうずいているが、その手を動かそうとはしない。ただほとんどやけになったように一心不乱にキスを続けるだけだ。

彼は唇を離しもしないでうめいた。「きみから離れたら死んでしまいそうだよ」そう言いながらも、やっとの思いで体を引く。

「ごめんなさい」

「何を謝るんだ？」

「つらい思いをさせて」クラリスは彼の苦しげな顔にたじろいでいた。

ロークはぎこちなく姿勢を変えた。「いずれおさまるよ」深刻な事態をちゃかすように言う。「氷のパックでひやせば、じきに……」

クラリスはふきだした。「あなたって、どうしようもない人ね！」赤い顔で言う。

ロークは痛いほどのうずきを感じながらも笑った。そしてクラリスの鼻先に軽くキスをした。「おやすみ。といっても、きっときみは一睡もできないよ」

「せっかくだけど、ぐっすり眠るわ」

「無理だよ」ロークは笑いながら続けた。「明朝九時ごろ迎えに来る。早すぎるかな?」

クラリスはかぶりをふった。柔らかなまなざしでつかの間彼を見つめるが、その表情がやがて曇った。

「ぼくにまた傷つけられると思っているんだね?」ロークは彼女の不安を読みとった。「もう傷つけはしないよ。でも、実際にそれを証明する必要があるだろうね?」

「そうね」

彼はゆったりとほほえんだ。「これからは、いままでとは違う路線を行くんだ。辛辣なせりふや侮蔑的な言葉はいっさいなしで」

クラリスは深く息を吸いこんだ。「わかったわ」

「それじゃ、明日」

「ええ、また明日」

ロークは踊るような足どりで石段をおり、口笛を吹きながらリムジンのほうに戻っていった。だが、ドアの前で足をとめ、ふりかえって待つ。

わたしが無事中に入るのを確認したいのだ。遅ればせながらクラリスは気づいた。それで鍵を引きぬき、中に入ると、施錠してポーチの照明を消した。

ロークはリムジンに乗りこみ、発進させた。

彼の予言どおり、クラリスはまったく眠れなかった。だが、翌朝やってきたロークも目を血走らせていた。

「そう、ぼくも眠らなかった」彼はくすりと笑って言った。「さあ、さっそく出かけよう」

クラリスは彼の背後に目をやった。最新モデルのレンタカーが車寄せにとまっている。

「リムジンは人目を引きすぎる」車に乗りこみながらロークは言った。「二、三日はただの観光客でいたいんだ。構わないだろう?」

「もちろんよ」

彼は手を伸ばし、クラリスの小さな手をぎゅっと握ると指をからみあわせた。

「まず植物園に行くというのはどうかな?」

「すてきだわ」クラリスは答えた。

二人は美しい植物園の中をぶらぶら歩き、ときおり足をとめて花の香りをかいだり、下草の中の小さな生き物を観察したりした。

「気をつけて」クラリスが遊歩道をはずれると、ロークは言った。「蛇がいるかもしれない。野生の蛇がね」

クラリスは慌てて飛びのいた。それから笑いながら言った。「前に蛇に噛まれたところが、いまも毎年同じ時期に腫れるの。なぜだかわからないけれど」

「あのときのことを思い出すと、いまもぞっとするよ」ロークは表情を翳《かげ》らせた。「きみを抱いて病院に走りながら、間にあわないんじゃないかと心配でたまらなかった。もし間にあわなかったら一生悔やんでいただろう」

「あれはあなたのせいじゃないわ」クラリスは彼の感情のこもった声に驚いて言った。「わたしがあなたの制止も聞かずに飛びだしてしまったのよ。あのころのわたしは頑固だったから」

「頑固で元気いっぱいだった」ロークは彼女の手を握りしめ、吐息をもらした。「その元気をぼくが奪ってしまったんだ。きみを傷つけるのは本意ではなかったが……きみを近づけるわけにはいかなかったから」

彼の手の力は痛いくらいだった。クラリスは立ちどまり、かたい表情をうかべた顔を見あげた。

ロークは彼女と目をあわせた。「きみに嫌われるためにひどいことを言うのがどれほどつらかったか……」かすれ声で言うと、目をそらす。

ああ、彼はわたしのことを気にかけているのだ！　そんなことがありうるとは信じられなかったけれど、もちろん気にかけているに決まっている。だって、わたしが危機的状況に陥ったときにはいつも真っ先に駆けつけてくれたではないか。

「父とマチルダが亡くなったとき――」クラリスは小さな声で言った。「あなたはすぐに来てくれたわ。そして、すべてをとりしきってくれた」父と妹を亡くした悲しみはいまも胸に痛かった。「バレラでも、わたしが怪我をさせられたと知って飛んできてくれた。アフリカでも、ンガワが攻撃される前にはるばる迎えに来てくれた……」

ロークは彼女の顔を見おろした。「きみのいない人生は考えられないんだ」

クラリスは涙ぐんで唇を噛んだ。

ロークがまた目をそらした。「泣かないでくれ」声がかすれている。「きみの涙には耐えられない」

クラリスの手を握りしめていた指から力が抜け、愛撫するように動いた。「おいで、大事な人。フラミンゴを見に行こう」

大事な人。クラリスは目を輝かせ、笑い声をあげた。

ロークはあたたかな目で彼女を見た。「そういえば、きみに言い忘れていたことがある」再び歩きだしながら言う。「K・CがDNA鑑定を依頼した」

クラリスは足をとめた。「それで結果は？」

ロークはにっこりした。「彼がぼくの実の父親だったよ。だから正式にカンターの姓を名乗ることにした。ロークという姓も残すけどね。ぼくが父親だと思っていた男のことも愛していたから」

「あなたのためによかったわ」クラリスは言った。

「K・Cはすばらしい人よ」

ロークは口をすぼめて言った。「怒らせさえしなければね」それから笑ってあとを続ける。「ぼくがあることで彼を非難したとき――」あることとは何かを言うつもりはなかった。彼女は亡き母親をいまも愛しているのだ。「彼は烈火のごとく怒り狂ってね。顎にパンチを叩《たた》きこまれて吹っ飛ばされたよ。二発めを食らう前に慌てて謝ったものだ。まったくたいへんなパンチ力だったな」

クラリスも笑った。「でも、ついにはっきりしてよかったわ。長いあいだ、ひょっとしたらとは思っていたの。あなたは彼にそっくりですもの。そんなふうに髪を切ったらなおさら似てきたわ」

「切った髪がちょっと惜しくもなっているんだ」ロークは正直に言った。「ドミンゴに言われたんだよ。長い髪の持つ魔力が失われてしまったって」

「彼の国の人たちは迷信深いから」クラリスは言ったが、ドミンゴの言葉には内心不安をかき立てられた。ロークは危険な仕事をしているのだ。「その髪形、わたしは好きよ」彼の波打つブロンドの髪に目をやって続ける。「とても洗練されてるわ」

ロークはひとつ深呼吸し、彼女の頬に手を触れた。親指がふっくらした下唇をそっと撫でる。「きみの体を木の幹に押しつけて、この体のうずきがとまるまでキスしたいな」そうささやくと、彼女が赤くなったことにも気づかず周囲を見まわす。「だめだ、どこもかしこも人だらけだ!」

「ずいぶん……率直ね」クラリスはどうにか言った。

ロークは彼女に視線を戻した。「あけすけだと言いたいんだろう? そう、ぼくはあけすけなんだ」

淡いブラウンの目をこらしてクラリスを見つめる。

「このあいだの晩はきみを驚かせてしまったね。服を脱ぐのを手伝わせて、裸になったとき」

クラリスは真っ赤になった。

ロークはからかいはせず、彼女の頬にまたさわった。「あのときは興奮したよ、ぼくを見るきみの目にね」ささやくように続ける。「あんなに酔っていなかったら、きみは無事ではすまなかっただろう」

クラリスは彼の広い胸に視線をすえた。「あなたの体……インパクトが強かったわ」

ロークは笑った。「ありがとう」クラリスの額に唇を触れる。「きみもだよ。きみの胸を見るだけでくらくらするんだ。きっといまも先端は――」今度は眉にキスをする。「ぴんと立っているだろう」

「スタントン!」クラリスはあえぐように言った。

「ぼくの体の一部もぴんと立っているよ」ロークは耳に口を寄せてささやいた。「いまも隠れる場所を探しているんだ」

「ぶつわよ」クラリスはどぎまぎして体を引いた。

ロークは機嫌よく笑った。「ぼくのタット」物柔らかに言う。「聡明《そうめい》で美しい。ああ、きみのいない生活はどれほどむなしかったことか!」

冗談ではなさそうだった。彼の顔には真情があふれている。

「わたしも……あなたのいない生活はむなしかったわ」クラリスは正直に言った。

「昔はよくいっしょに遊んだのにね」ロークは静かに続けた。「きみの一家が隣に引っ越してきたとき、きみはまだほんの子どもだった。ぼくのほうが五歳上でも、初めて会ったときから友だちだったね」

「いつもあなたにくっついて、どこにでもついていったわ。男の子たちは小さな女の子にまとわりつかれているあなたをよくからかったわね」

「ぼくはちっとも気にならなかった。きみはかわいかったからね。髪をおさげにして。十六歳のころにナイロビで会ったときには、淡い金色のカーテンみたいに背中にたらし、シンプルなピンクの服を着ていた。あのときは見ているのがつらかったよ」

「なぜ?」

「下半身が岩みたいにかたくなっていたから」ロークはあっさり答えた。

クラリスはあんぐりと口をあけた。「あのときにも?」

「そう、あのときにもだよ、タット。きみほどほしいと思った女はひとりもいないんだ」

彼女は唾をのみこみ、熱帯の緑豊かな植物に目を向けた。「ただのセックスだわ」

「ただの!」ロークは鼻を鳴らした。

クラリスは肩をすくめた。「わたしはセックスについてはよく知らないけど」

「そうだろうな」ロークは再び彼女の手をとって歩きだした。「だが、まるっきり何も知らないわけではない」ちらりとクラリスを見おろす。「昔、きみの家で十七歳のきみをキスだけで絶頂に導いたときのことはいまも忘れられないよ」

クラリスの顔が真っ赤になった。

ロークは立ちどまり、彼女を自分のほうに向かせた。「あのときのことを恥じないでくれ。すばらしいひとときだったんだから。きみは……いままで味わったこともないほど甘い味がした。あのときだって、ぼくはきみに死ぬほど焦がれていたんだ」

クラリスの目が好奇心をいっぱいにたたえて彼の目をとらえた。

「ぼくにとってありきたりなことだったと思っているのかい? ぼくがほかの女にもあんなふうに感じると? いいや、そんなことはないんだよ、タット」

5

クラリスは思いの丈を目にあふれさせてロークを見あげた。「だって、あなたは当時から経験豊富だったわ。それは誰もが知っていた。あなたは恋人を次々にとりかえていたもの」

ロークは顔をしかめた。「確かにそうだった」重いため息をつく。「男とはそういうものだと思っていたんだ。男ならそういう行動パターンは当然だとね。K・Cは怒っていたよ。自分の健康を危険にさらしている、ぼくのやっていることはいつかわが身にはねかえってくる、と言われたものだ」そこで肩をすくめる。「むろんぼくはとりあわなかった。だいたい干渉が過ぎると思ってね。十歳で父親を亡くしたときから、ひとりでなんとかやっていたからね。しかし国外から帰ってきたK・Cがぼくを捜しだして引きとり、成人するまで後見人になってくれたんだ。でも、ぼくは親でもない人間に説教をされる筋合いはないと思っていたから、当人にそう言ってやったんだよ。そのときはK・Cが父親だとは思ってもいなかったんだ」彼は首をふって言葉をついだ。「そう、確かにぼくは女に関しては経験を積んでいた。だが、きみと過ごしたあのときみたいなのは初めてだったんだ。まして、きみはまだ十七歳だったのに」

「あなたには途中でやめるつもりはなかったのよね」クラリスはつぶやいた。

「やめられなかったんだ！」ロークは彼女をじっと見つめた。「あんなことは初めてだったんだ。あのときの感覚を思い出すと、いまでも気が変になりそうになる」目をとじて身震いする。「しかし、たったひとつの嘘《うそ》のために、八年間もきみなしで生きてきたなんて！　こんなにくやしいことはないよ！」

「スタントン……」クラリスは彼の頬に手を伸ばし、触れる寸前で躊躇《ちゅうちょ》した。

ロークは彼女の指が発する熱を感じ、目をあけた。表彰式の前に空港で会ったとき、最後に自分が言ったことが思い出され、身がすくむ。クラリスが彼に触れるのをためらうのも無理はなかった。

「あれは嘘だったんだよ、ベイビー」彼女の手を頬に引きよせ、そっと言う。「ほんとうは、きみに触れてもらいたくてたまらないんだ」

クラリスは冷たい指先をアイパッチのすぐ下の、傷痕が短くはみだしているあたりまでずらした。

「手術はしたけれど、その下はまだかなり見苦しいんだ」ロークはかたい声で言った。

クラリスは彼の目を見あげた。「治りかけのときに見たけれど、気にならなかったわ。ただ、どれほど痛かったかと思ってせつなかっただけ」

ロークは眉根を寄せた。

「はずしたことはないんでしょう？」クラリスは目をそらして言った。「その、女の人と……」ベッドをともにしているときに、と続けようとして言葉をのみこむ。ロークの表情がかたかったのだ。「ごめんなさい」クラリスは手を引っこめかけた。

その手をロークが頬にとどめさせた。「ぼくの目を見てくれ」

クラリスは再び目を見あげた。

ロークの目は熱い感情で燃えていた。もう長いあいだ女を抱いてはいないのだ、と彼は言いたかった。例の嘘に自分がどれほど打ちのめされたか、クラリスに理解してほしかった。だが、いまさらそんなことを言っても彼女を悲しませるだけだ。彼女はすでに充分傷ついてきたのだ。

「きみはいまでもぼくの知るもっとも美しい女性

だ」思いのこもった優しい声で言う。

「わたしの体には傷が……」

「ぼくだって同じだ。酔っ払ったあの晩に見せただろう？」

クラリスは赤面して目を伏せた。

「きみには想像もつかないだろうな」ロークは声をうわずらせた。「きみが男を知らないとわかったときのぼくの気持ちは」短く笑う。「ぼくがきみを抱いて震えだしたとき、きみはマラリアが再発したんじゃないかと言ったね。だが、ぼくが震えていたのは体がきみを求めすぎていたからなんだ。きみを見るだけで、ぼくは激しい欲望を覚えてしまうんだよ」

「でも、男が女に欲望を覚えるのは自然なことだわ」

ロークはため息をつき、一歩距離をつめた。彼女の両肩をつかみ、背をかがめて額に額を押しあてる。

「いや、違う。ぼくはきみ以外の女性にはそこまで反応しないんだ」

クラリスは眉をひそめた。「理解できないわ」

ロークは目をつぶり、彼女のにおいにひたった。

「きみはやすらぎを与えてくれる。ぼくがやすらぎを感じられるのは、きみのそばにいるときだけなんだ。不思議なことだけどね」笑いながら続ける。「だってきみは同時にぼくを興奮させもするんだから」

クラリスは吐息をもらした。ロークは額と額をつけたまま彼女を抱きよせ、じっと立ちつくした。コーヒーの香りのする息がクラリスの口にかかる。

「きみはぼくを信頼していない」低くつぶやく。

クラリスは顔をあげた。「スタントン……」

ロークは今度は頬に頬をすりよせた。「ぼくは隠しきれないほどきみを求めている。だが、約束するよ。きみが望まないかぎり、決して手出しはしない」

クラリスはのけぞるように彼を見た。彼は真剣だった。ひたと見つめてくる淡いブラウンの目に揶揄《やゆ》するような光はない。

クラリスは深呼吸し、唾をのみこんだ。「わかったわ」ようやく言う。

ロークは彼女のまぶたにキスをした。「大道芸を見に行こう」そして手をとり、指をからみあわせると、出口のほうへと引っぱっていった。

ダウンタウンには大道芸人たちが出ていた。その中にギターを弾きながら天使のような声で歌う男がいた。ロークとクラリスはベンチに腰かけ、彼がスペイン語で歌うラブソングに耳を傾けた。

ロークの指がクラリスの指を撫《な》でた。「失われた愛か」歌が終わると、物思わしげに言う。「失われた愛についての歌は数々作られてきたが、その悲しみは歌では表現しきれないな」

「物事が常に人の思いどおりになるとはかぎらないわ」クラリスは曖昧に言った。

ロークは彼女の顔を見おろした。「だが、思いどおりになるときもある」

クラリスは探るように彼を見た。「あなたは結婚しない男だわ、スタントン」静かに言う。「どう考えても、それはまぎれもない事実だわ。それに対し、わたしは遊びのつきあいができる女ではないの」

「それはわかっている」

クラリスは通りを歩く人たちへと目をそらした。「きみは彼を利用しているんだ」

その言葉にぎょっとして、視線を戻す。

ロークは真剣な顔をしていた。「きみはぼくを遠ざける手段を必要としていた。それでルイ・カルヴァハルを利用することにしたんだ。婚約すれば、ぼくを遠ざけられると考えて」

クラリスはなんと言ったらいいのかわからなかった。

「しかし、きみはわかってないんだよ、タット」ロークはうっすらほほえんだ。「ぼくは何年もごちそうを前にしながら飢餓感に耐えていたんだ。そんなぼくを婚約したくらいで遠ざけられると、ほんとうに思っているのかい？」

「あなたは誓約によって結ばれた関係は尊重する人だわ」

「きみが彼を愛しているなら尊重するが、きみが愛しているのは彼ではない」ロークは見開かれた彼女の目をじっと見つめた。「きみが愛しているのはぼくだ。きみはずっとぼくを愛していた。少なくとも十七歳のときから。ひょっとしたら、もっと前からかもしれない。そうでなかったら、あのクリスマスイブの晩、ぼくにあんなことをさせたはずがない」

クラリスの頬が紅潮した。彼女は否定したかった。だが、できなかった。

ロークの胸が誇らしさでいっぱいになった。きっとそうだと希望を抱いていたが、これで事実とわかったのだ。おかげで世界がいっきに明るくなった。タットはぼくのものだ。

自分の指を彼女の指にセクシーにからめ、微笑する。その微笑はとりすましたものでも不遜なものでもなかった。クラリスがめったに見ることのなかった優しさのこもった微笑だ。

「ぼくたちは互いに相手のことをよく知っている」ロークは彼女の柔らかな手に目を落とした。「ほかの人が知らないようなことまでね。きみはぼくの両親がどのように死んだかも知っている」

「あなた、片方の目を失ったときにいろいろな話をしてくれたわ」クラリスは回想するように言った。ロークの指が彼女の指を愛撫《あいぶ》し、握りしめる。「あなたはほんとうに苛酷な人生を送ってきた」

ロークは息をついた。「それでこういう人間になったんだ。K・Cはよくしてくれたが、ぼくは彼について世間で噂《うわさ》されていることに憤りを感じていた。母親のことも、父親と信じていた男のことも、愛していたんだよ。彼らを噂の種にされるのは不愉快だった」

「噂していた人はそれほど多くはなかったわ」クラリスは言った。「みんなK・Cが怖かったのよ」

「彼はいまでも侮りがたい」ロークはやれやれとばかりに首をふった。「昔のぼくは彼の帰りを待ちかねていた。彼がやったことや行った場所の話を聞くのが好きだったんだ。K・Cは危険な場所のあらゆる人たちを知っていた。彼の生活は冒険活劇そのものだったんだよ」

「あなたもそういう生活をしていたわ」

「ああ、たったの十歳で胸に弾薬ベルトを巻き、自動小銃を手にしてね。反乱軍に加わっていたんだ。K・Cは愕然《がくぜん》とした。当時の彼はまだばりばりの現役で、男たちを率いて紛争地域を渡り歩いていたが、ぼくが傭兵《ようへい》グループに入るようなむちゃをするとは信じられなかったらしい」ロークは笑いながら続けた。「激怒した彼はぼくをケニヤに連れて帰り、正式にぼくの後見人になったんだ。その件に関し、子どものぼくにたいした発言権はなく、ぼくは長いこと彼を恨んだものだった。死んだ母親や父親を愛していたしね。母がふしだらな女だったと言わんばかりの噂はほんとうにこたえたものだ」

「彼女はK・Cを愛していたのよ」クラリスは言った。「ふしだらだったわけではないわ。きっと彼女自身にもどうしようもなかったのよ。でも、K・Cは教会に奪われて手の届かなくなった別の女性を愛していた」

「そう、そしてそのつらさをまぎらすために酒を飲み、そんな彼に母は同情した。その結果、ぼくが生まれたわけだ」ロークはクラリスの手をぎゅっと握りしめた。

「みんな自分のまいた種は自分で刈りとらなくてはならないのよ、スタントン」クラリスは優しく言い、きつく握りしめている手から手を抜こうとした。

「ごめん」ロークがすぐに力をゆるめた。「いやな思い出だったから」

「わかるわ」

ロークは彼女の顔を見た。「きみは医者がぼくの目を救おうとがんばっているあいだ、ずっとついていてくれた。おかげでぼくもがんばれたんだ」

「あなたなら、わたしがいなくてもへこたれはしなかったわ」クラリスは寂しげにほほえんだ。「わたしがいなくても、アニタがついていたでしょうし――」

ロークは彼女の口を指の先で押さえた。「アニタはただの友だちだったんだ。彼女と寝たことは一度もない」

クラリスの頬がみるみる染まった。

「ぼくがほしかったのはきみだけだよ」ロークはかすれ声で続けた。「もし退院後もきみにそばにいられたら、ぼくはきっと……」唇を噛《か》んで言葉をのみこみ、顔をそむける。「そんな危険をおかすわけにはいかなかったから、きみを帰らせたんだ」

クラリスは痛みをこらえて言った。「あのときに……言ってくれたらよかったのに」

「言えなかったんだ。ぼくが背負うべき重荷だったから」

「わたしの重荷でもあったわ。ひとりで背負うよりは楽だったはず……」言葉が途中でとぎれた。

ロークが彼女の手を引っぱって立ちあがったのだ。

クラリスはどこに向かっているのか涙で見えなかった。ロークは何も言わず、車をとめたところまでずんずん彼女を引っぱっていった。

走る。助手席に乗りこませ、発進して彼女の家へとひた走る。無言で緊張感をみなぎらせながら。

家に着くと、ロークは彼女を両手に抱いて玄関前まで運んだ。「鍵をあけて」歯を食いしばって言う。

クラリスはポケットから鍵を出すと、ドアをあけた。

ロークは中に入ると施錠し、彼女をまっすぐ寝室に運んだ。

「スタントン……だめよ」クラリスは声をつまらせた。

彼はものも考えられないほどの圧倒的な飢餓感に襲われて、何も見えず、何も聞こえない状態に陥っていた。クラリスを大きなベッドに寝かせると、ドアをロックしに行き、そのドアに額をつけて体を震わせる。

彼を見守るクラリスは驚愕のあまり言葉を失っていた。

「さっきの約束を……なんとか……守ろうとしているんだ。ほんとうに必死の思いで」

クラリスはベッドの上で起きあがり、彼の後ろ姿を見つめた。「わけがわからないわ、スタントン」ささやくように言う。

彼はふりかえり、ベッドに近づいてきて立ちどまった。クラリスを見おろす顔は真っ青になっている。たくましい長身の体は欲望のあまり震えていた。

「タット」うつろな声だ。「ぼくはずっと女を抱いてないんだ……この八年間」

その衝撃の告白にクラリスは絶句した。青い目をまるくし、なんとかふつうに呼吸しようと口をあける。

「八年なんて……嘘よ」言葉がつかえた。「ありえないわ!」

「きみだって男なしでいままできた」ロークの声はかすれていた。「ぼくのほうだけありえないってことはないだろう？」

「だって八年間も……」クラリスの声が震えた。

「ほかの女とはできないんだよ」彼は激昂《げっこう》した口調で言った。

反駁《はんばく》の言葉がふいにすべて消え去った。彼の欲望の高まりが、いまは目に見えるようだった。その大きな体にみなぎる切迫感や、それをこらえるための顔が引きつるほどの痛みが、確かに見えた。

クラリスはベッドに体を倒し、両手を頭の横の枕の上に置いた。そして静かな青い目でじっと彼を見つめた。彼の告白に最後の防御を突き崩されたのだ。

ロークの視線が彼女の顔からブラウスを持ちあげている胸のつぼみ、さらには長い脚、ストラップつきのサンダルを履いた小さな足の先へとさまよった。彼女ほど美しい生き物は見たことがなかった。

「避妊の用意はないんだ」ロークはつぶやいた。

「だが、あったとしても使いたくはない。きみにぼくの子を身ごもらせたいんだ――心から」

クラリスは息をのんだ。彼の言葉に反応して、体がかすかに弓なりになる。

「きみもそれを望んでいるんだね？」ロークは驚いて言った。

「ほかの何より……望んでいるわ」クラリスは顔を赤らめ、なんとか答えた。

ロークは靴を脱ぎ、ベルトをはずして床に放った。おぼつかない手つきでシルクのシャツのボタンをはずして脱ぎ捨てる。それからスラックスのファスナーをおろし、それも脱いだ。クラリスに見られながら。

彼はひどく高ぶっており、クラリスはそこから目が離せなかった。

「頼むから何秒か別のところを見ててくれ」ロークが緊張感をほぐすようにおどけた口調で言いながらベッドに腰かけた。「さもないと、きみの中に入る間もなく暴発してしまう」

クラリスは服を脱がされるあいだ、優雅なネコのように好奇心をたたえた大きな目を彼の顔に向けていた。

「暴発って……ただ見られているだけで?」ささやくような声で問いかける。

「そう、ただ見られているだけで」

「嘘みたい……」

ロークは彼女のブラウスとブラジャーを脱がせ、可憐《かれん》な胸のふくらみをじっと見つめると、傷痕にそっとさわった。「こんな痛みを味わわせるくらいだったら、ぼくの命を差しだしたのに」

クラリスは落ち着きなく身動きしながらスラックスを、ついでレースのショーツを脱がされた。

「痛い……かしら?」かすれ声で尋ねる。

「かもしれない」ロークは穏やかに答えた。「でも、すぐに気にならなくなるよ」

クラリスは目を見開いた。ロークはほほえんだ。「まるで見当がつかないんだね?」

「前のときにどんな感じだったかは……ある程度覚えているんだけど」

彼はクラリスの母親に中断させられた熱いひとときを思い出してうなずいた。彼女の腿に手を触れると、クラリスは息をのんだ。ロークは手をヒップから平たい腹部、さらに張りつめたバストへとすべらせ、つんととがった先端を優しく愛撫した。クラリスは彼の手を歓迎するように背をそらす。

柔らかな肌に手を這《は》わせると、身震いして泣きそうな声で言った。「わたし……どうしたらいいのかわからないわ」

「ぼくが教えてあげるよ」ロークは自分もベッドに横たわり、クラリスの向きをそっと変えさせて向かいあわせになった。そして彼女の胸のふくらみがかたい胸板で押しつぶされるほど強く抱きしめた。

「じっとしてて、ダーリン」ささやくように言う。「初めてだから、慎重にしたいんだ。ぼくの平静さを失わせないでくれ。いいね？」

「わかったわ」クラリスはかぼそい声で答えた。

ロークの口が唇に重なり、戯れるようにその唇を開かせた。そのあいだも手は彼女のヒップを撫でている。

「こうすることをずっと夢見ていたんだ」ロークがささやいた。「何年も」

「わたしもよ」

彼はクラリスの姿勢を変えさせ、さらに体を密着させてキスを続けた。クラリスは小さくあえいだ。

「ぼくがきみの中に入るときに、目をとじないでくれ」ロークは言った。「きみの目を見ていたいんだ。いいね？」

クラリスは体がこすれあう感触に身を震わせた。

「い……いいわ」

ロークの手が彼女の肌を這い、一番デリケートな場所に触れて愛撫しはじめた。

クラリスはこれまで経験したことのない喜びに、また身震いする。

「なるべく時間をかけたいんだが、ぼくのほうが切羽つまってきている」唇を触れあわせて彼は言った。「自制がきかなくなる前に、きみの飢餓感をあおらないと」

クラリスは体の中に彼を感じはじめ、大きく目を見開いた。

ロークは笑いをこらえてささやいた。「ほら、わかるね、ハニー？　こういうことだ」

「なんだか……すごく……」クラリスはその感覚を表現する言葉が見つからず、唾をのみこんだ。熱く、甘美で、濃密だ。すると、ふいに身をかたくしたが、彼の指が優しく動き、かすかな痛みを遠ざけてクラリスの飢餓感をかき立てる。

ロークは片手で彼女の腰を抱き、いっそう深く進入した。

クラリスは声をあげた。だが、体を引くどころか、彼に押しつけている。彼女の瞳が大きくなり、ロークを受け入れている体から力が抜けて、彼とともに動きはじめた。

ロークは奥歯を噛みしめて身震いした。「ああ、なんという……」彼女の目を見てうなるように言う。

「スタントン……」クラリスの声はうわずって、しかとは聞きとれない。

「ダーリン」ロークはうめきながら彼女を組み敷き、腰を打ちつけるごとに身震いした。「ダーリン！」かすれ声で呼びかける。「ああ、ベイビー……」苦しげに声をとぎれさせ、彼はベッドに両手をついて上体を起こした。「ほら、下を見てごらん……。ほら、見て！」動きをとめずに言う。

クラリスは筋肉が波打つたくましい胸から、引きしまったウエスト、そして激しく上下する下半身へと視線をさげ、ロークの腕に爪を立てて快感の高まりにあえいだ。

「スタントン！」体が破裂しそうになり、すすり泣くように声をあげる。

「ああ……愛している」ロークが息を荒らげてささやいた。「愛しているよ……ぼくの命よりも……」

クラリスの中で喜びが爆発し、猛烈な勢いで全身に広がった。死んでしまうのではないかと思うほどの喜びに、彼女は体をそりかえらせた。

ロークは彼女の陶然とした目を見つめながら、彼自身も信じがたいほど強烈なクライマックスを迎え、全身を痙攣《けいれん》させて叫び声をあげた。

体の力が抜け、深すぎる充足感の甘美な痛みに耐えながらクラリスの上にくずおれる。

クラリスは彼の汗ばんだあたたかな重い体を抱き

とめ、初めて知るすばらしい余韻にひたった。

「ああ、信じられない……」ロークの耳もとでささやく。

「いまのが絶頂感だ」ロークがけだるげな声で言った。「本物の、まじりっけなしの絶頂感。ぼくもいままで経験したことがなかった」

「まあ」

彼は頭をもたげ、愛情に満ちた柔らかなブルーの目を見おろした。「きみのことは永久に手に入らないと思っていたんだ。つらかったよ。ほんとうにつらかった」まだ力の入らない指先で彼女の唇をそっとなぞる。「初めての夜だから、もっと時間をかけたかったんだが、興奮しすぎてうまくいかなかったよ。ごめん」

「ごめんだなんて！」クラリスはかすかに身を震わせた。「わたし、死ぬかと思ったわ。雑誌に書かれていることは大袈裟《おおげさ》なんだと思っていたの。でも、いまのは……」先を続けられずに、口をつぐむ。

ロークは彼女のまぶたに優しくキスした。「いっそ神聖なくらいだった。行為のあいだ、赤ん坊を作ることを考えていたんだ」

「わたしもよ」クラリスはささやきかえした。

彼は長々と息をつき、リラックスした。「ぼくの体、重くないかい？」

「大丈夫。この感触が大好きよ」

「ぼくもだよ」

まだひとつになったまま、ロークは彼女の体に両腕をまわした。クラリスは目をとじ、ロークのゆるやかな呼吸を感じた。信じられないことに、二人は眠りに落ちていった。

コーヒーの香りで目をあけると、ロークがスラックスをはいただけの格好でかたわらに腰かけ、クラリスの鼻先にコーヒーカップを近づけていた。

彼はにっこり笑った。クラリスも笑いかえす。

「卵とベーコンを焼いたんだ。トーストは焦がしちゃったけど」

「平気よ」

ロークの視線がクラリスの裸身を撫でた。「きみはビーナスよりも美しい。愛しているよ、ダーリン。いままで以上に深く」

「わたしもよ」

ロークは彼女にカップを渡し、あいた手で彼女の胸のふくらみを包みこんだ。「美しい」

クラリスは低く笑った。

ロークは手を離して立ちあがり、ジャケットに手を伸ばした。ポケットから宝石店の小箱をとりだし、蓋をあける。

それから彼はクラリスのカップをとりあげ、ベッドサイドテーブルに置くと、エメラルドとダイヤの指輪を左手の細い薬指にすっとはめ、その手にキスした。

「婚約指輪のかわりだよ。できたら教会で結婚したいな」

「結婚？　わたしと？」

「もちろんだよ」

クラリスは信じられなかった。ロークを見つめる目に涙がにじみだす。

「きみを抱きながら、愛していると言ったじゃないか。欲望のあまり正気を失って口走っただけだと思っていたのかい？」

「ええ」クラリスは認めた。

ロークはくすりと笑った。「自分の命よりもきみを愛しているんだよ、タット」彼女の目をまっすぐ見すえて言う。「これからもずっとだ」

クラリスの目から涙がこぼれた。「ずっとあなたを愛していたわ、スタントン。あなたに嫌われていたときでさえ……」

ロークは彼女を抱きよせ、八年間の思いをこめて熱いキスをした。「ぼくも愛していたが、自分にその権利はないと思っていたんだ」クラリスの喉もとに顔をうずめ、歯ぎしりするように言う。「どうしようもなく愛しているのに手出しできないなんて、死んでしまいたかったよ。ほんとうに長い八年だった」再び唇にキスをする。「でも、ついにこうして手に入れたんだから、もう決して放さない！」

クラリスは彼の首に両手を巻きつけ、抱きついた。「わたし、夢を見てるんじゃないかしら」涙声で言う。

「夢ではないよ」

ロークは彼女から離れたが、それはスラックスを脱ぎ捨てるためだった。彼はゆうべ以上に欲望を覚えていた。

彼を見て、クラリスは息をのんだ。

ロークはヘッドボードを背にしてベッドに座り、クラリスを膝にまたがらせた。

「何を……するの？」

ロークはいたずらっぽく笑った。「喜びの新しい意味を教えてあげるんだよ」彼女を座らせたまま、体をずらす。「このほうが深く結びあえるんだ」

「まあ」クラリスは顔を赤らめた。

「ずっと深くね」

「ああ！」これは返事ではなく、喜びの声だった。ロークの腕の中で体を波打たせ、われ知らず腰を沈める。

「そうだ」ロークがうなるように言った。「そう、それでいいんだ……」

彼はクラリスにしがみつかれたままそっとのしかかり、彼女がその存在を想像すらしなかったはるかな高みへと導いていった。

クライマックスに達したあとも、ロークはまだ満足せず、自分のほうが下になったり、横向きで向かいあう体勢をとったり、飽くことなく彼女を求めた。ようやくクラリスから離れたときには、長い時間がたっていた。

二人は無言で食事をした。クラリスはガウンを着て、ロークの膝に座っていた。彼はスラックスしか身につけていない。

クラリスは彼と離れることに耐えられなかった。目があうたびに、愛が胸をいっぱいに満たした。

ロークは新たに焼いた卵とベーコンを彼女に食べさせ、いとおしげな目でじっと見つめた。

「こんなことは初めてだよ」柔らかな口調で言う。「青春時代も無駄に過ごし、いまみたいな気持ちになったことはなかった」

クラリスは誇らしさと恥ずかしさに頬を染めた。またスプーンを口もとに近づけられ、もう一口スクランブルエッグを食べる。

ロークは奇妙な表情で彼女を見た。深い愛情と欲望のほかに、何かもっと深い感情がその顔に表れていた。

「なぜそんな顔でわたしを見るの?」クラリスはそっと問いかけた。

「このところ変な夢を見るんだ」ロークは抑えた声音で答えた。「ばかげた話なんだけどね。きみが身ごもった状態で泣いていて、それなのに、ぼくはそばに行ってやれず――」

「夢ってだいたいが脈絡もなく、たいした意味もないものだわ」クラリスはさえぎった。彼の豊かな髪にさわり、その感触をいつくしむ。

「そうだな」ロークは笑い声をあげた。「ドミンゴのせいで、ぼくまで迷信深くなってしまった。やっぱり髪を切らないほうがよかったかな」

クラリスも笑った。「いまの髪形、わたしは好きよ。ポニーテールもよかったけど」

ロークは最後のベーコンを彼女に食べさせ、コーヒーカップを口もとに持っていってやった。「ポニーテールはもう過去のワイルドな日々のものになったんだ。気づいていなかったかもしれないが、髪を切ったのはぼくなりの決意表明だよ。もう以前とは違うってことをきみに示すためのね」真面目な顔つきになって、クラリスの愛情あふれる目を見つめる。「ぼくはもうじき三十一歳だ。危険な仕事につき、がむしゃらに生きてきたが、生まれて初めて家族が、子どもが、家庭がほしくなっているんだ」

「わたしとの？」クラリスは尋ねた。

「もちろんだよ」ロークはほほえんだ。「きみ以外の女を妊娠させようとしたことなんか一度もないんだからね」

クラリスは赤くなった。

「さて、今日は何をしたい？」彼女がコーヒーを飲みおえると、ロークは言った。

「あなたといっしょならなんでもいいわ」クラリスは彼の顔に手を伸ばし、官能的な唇に触れた。

「なんでも？」ロークがからかうように聞きかえした。

クラリスは笑い声をあげた。「いまはまだちょっと……違和感があるの」それとなくほのめかす。

「無我夢中になってしまったからな」ロークはため息をついた。「きみがほしくてたまらなかったんだよ、ハニー。もっと時間をかけるべきだった」

「いいのよ」

ロークは彼女の鼻に鼻をこすりつけた。「買い物に行こう」

「買い物？」

「ウエディングドレスを買いに行くんだよ。マナウスには高級なブティックが何軒もある。きみにはぼくたちの娘に受け継がせられるようなドレスを着てほしいんだ」

「後世にまで伝えられるドレスね」

「そうだ。その指輪のようにね」ロークは指輪がきらめくクラリスの手を口もとに運んでキスをした。

「ぼくの母親はこれを決してはずさなかった。うちの一族に伝わる一番貴重な家宝だよ」

「大事にするわ」クラリスは約束した。

「うん」ロークはにっこり笑い、彼女が着ているシャツのボタンに指をかけた。

クラリスは赤くなった。「スタントン……」不安そうに言いかける。

「見るだけだよ」彼はまた鼻をこすりあわせてささやいた。「ぼくにとってはキャンディみたいなものなんだ。長年甘いものなしで生きてきて、いま初めて品揃《しなぞろ》え豊富なキャンディ店に入ったんだ」

クラリスのまなざしが柔らかくなった。「わたしも、あなたの体を見るのは好きだわ」小さな手を彼の裸の胸にあてる。

「気づいていたよ」ロークは頭をさげて胸のふくらみに唇を触れた。「まるでばらの花びらにキスしているみたいだ」

彼の求めを拒めずに、クラリスは彼がキスしやすいように背をそらした。こうして彼に抱かれ、求められているなんてこの上なく幸せだった。

「ほんとうに……気にならない？　その傷痕……」ロークが頭をもたげ、片方だけの目で胸の傷痕を見ていることに気づき、クラリスは言った。

「きみをあのけだものから守ってやれなかったことは、いまでも痛恨のきわみだよ」ロークは言った。

クラリスは彼のセクシーな唇を指先でそっとなぞった。彼への思いが胸にあふれ、何も言えない。

ロークは再び頭をさげて傷痕に唇をつけ、その痕に沿ってそっと舌をすべらせた。

クラリスは彼の頭をかかえ、アイパッチのバンドにそっと指先を引っかけた。

そしてそのバンドをずらしはじめた。

ロークがやにわに彼女の手首をつかんだ。いいほうの目に、葛藤する複雑な感情をにじませている。

「ばかね」クラリスは彼の手をやんわりと引きはがした。「わたしに見られるのを気に病むなんて、おかしいわ」

ロークは歯を食いしばり、彼女がアイパッチをはずすのに任せた。クラリスはかつて眼球があったはずの眼窩《がんか》をじっと見た。そこには傷痕がまだ残っている。義眼をはめることもできたのだが、ロークが作りものの目を拒んだのだ。

クラリスはそっとため息をつき、彼の頭を引きよせてその傷痕にキスをした。

「ああ！」ロークが感きわまって叫んだ。クラリスの唇をやにわに貪り、熱いキスをする。言葉では表現しきれない激しい感情を伝えようとして。

長いくちづけのあと、彼はクラリスの首筋に唇を這わせ、そこにもキスをした。「いままで誰にも見せたことがなかったんだ。K・Cにさえも」

「でも、わたしの前では気にせずにはずしてね」クラリスは彼のこめかみに口をつけてささやいた。

「ああ、きみがそう言うなら」ロークはかすれ声で言い、彼女を抱きしめた。かつて経験したことのない安心感が心を満たしている。まるでふるさとに帰ってきたかのようだ。目をとじて、クラリスの喉もとに顔をうずめる。

「愛してるわ、怖いくらいに」クラリスがせつなそうにつぶやいた。「もしあなたを失ったら……」

「失いはしないよ」ロークはささやいた。「もう二度と放さない。きみはぼくのものだ」

「ええ。そして、あなたはわたしのものだわ」

ロークは彼女の顔を自分のほうに向けさせ、そのうっとりした表情に見入った。繊細な輪郭をなぞり、ブルーの目を見つめる。

すると、ロークの表情が奇妙なものに変わった。まるで見知らぬ土地に降り立って、自分がどこにいるのかわからなくなったかのような表情だ。だが間もなく上の空の微笑をうかべ、彼女のシャツのボタンをはめはじめた。

「買い物に行こう。どうだい？」

クラリスはほっとして笑った。「いいわ」

彼女が支度しに行くのを、ロークはいやな予感とともに見送った。超能力があるわけではないが、彼は場の雰囲気や状況に敏感だった。そのおかげで死なずにすんだことが一度ならずある。いま感じているものがなんなのかはわからないが、それは彼を脅かした。きっと何かが起きる。何か生死にかかわるようなことが。彼女の前では言えないけれど、しばらくは注意を怠らないようにしよう。

その一方で、彼はかつてないほど幸せだった。タットと結婚できるのだ。死ぬまで彼女をそばに置いておける。子どもをもうけ、家庭を築くのだ。自由は自分にとって不可欠のものだったけれど、タットとのあいだに血のつながりなどないことがわかってからは、彼女との結婚が待ちきれない。子どもも早くほしい。

自分とタットが抱く幼子のことを思うと、ロークの顔に優しい笑みが広がった。彼の両親は、彼がまだ子どものときに非業の死をとげた。それに父――だと彼が思っていた人物――はK・Cとともに始終海外に行き、家をあけてばかりだったため、ロークは安定した家庭というものを知らなかった。母は愛してくれたし、優しかったけれど、母とその夫が死んだあと、ロークは十歳で天涯孤独となってしまった。でも、自分の子どもには両親揃って安定した家庭を与えてやれるのだ。

むろん、ぼく自身の生活も変えていく。もう危険な任務は引きうけない。K・Cのように最前線の現場から管理部門に移る必要がある。だが、そのくらいの犠牲は喜んで払おう。タットももうジャーナリストとして紛争地帯に乗りこむようなことはしなくなるはずだから。

彼女と暮らすためなら、何を捨てても惜しくない。いまのぼくは世界一幸運な男だ。

6

マナウスはさまざまな人種が共存する国際都市だ。ロークはインターネットでヨーロッパのブランドショップを見つけ、レンタカーでクラリスを連れていって、彼女がウエディングドレスを選ぶのを笑顔で見守った。

クラリスが目を輝かせ、そっと手を触れたのは繊細なベルギーレースで縁どりされたドレスだった。スカートの部分と長く引きずる裾には、ごく淡いパステル調の刺繍《ししゅう》が施されている。ベールはフィンガーチップ丈で、ドレス同様に繊細で透きとおるように薄い。色は白だ。クラリスは躊躇《ちゅうちょ》して悩ましげなまなざしになった。

ロークにはその理由がわかっていた。彼女の隣に立ち、指に指をからめる。「ぼくたちは婚約しているんだよ、ダーリン」耳もとでささやく。「K・Cの先祖が暮らしたスコットランドの古い伝統では、結婚する意図さえはっきりしていたら、どんな親密な行為でも許されるんだ」それからクラリスに向き直り、真顔で続けた。「結婚するまで待てなくてごめん。きみがほしくてたまらなかったんだよ」

実際にいまの彼はわき目もふらずにわたしを求めてくる、とクラリスは思った。彼の言っていることは誇張ではないのだ。ほんとうにわたしがほしくてどうしようもなかったのだ。

クラリスは彼の頬に指の先だけで触れた。「いいのよ」声がかすれる。

その手にロークが手を添えて、手のひらにぎゅっと唇を押しあてた。「極力こらえようとはしたんだ。ほんとうだ」苦しげな目をしてささやく。

「いいの」クラリスは繰りかえし、目で彼をいつくしんだ。「ほんとうにいいのよ」

ロークは深いため息をもらし、彼女の目を見て微笑した。「きみは誰よりも美しい花嫁になるだろう。誰か地元の聖職者に司式を頼みに行かないとね」

「ピート神父さまにお願いしたいわ。ずっとうちの教区を仕切っていたかたなの。わたしの母も知っていたのよ」

ロークは一瞬表情を曇らせ、クラリスに見られないよう顔をそむけた。彼女の母親が憎かった。例の嘘《うそ》で自分を、そして間接的にクラリスをも苦しめた張本人なのだ。一生許せそうにない。

「もし教会での挙式は気が進まないなら――」ロークの態度の変化に気づき、クラリスはとまどって言いかけた。

「そんなことはないよ」ロークは視線を彼女に戻し、即座にさえぎった。「教会で心に残る本格的な式を挙げよう」

クラリスはほほえんだ。「ふだんは教会に行かないのに」

「それも今後は変えていくべきだろうね」彼は冗談めかして言った。「父親になったら、わが子に教会に行くようすすめなくては」

クラリスは笑い声をあげた。「そのとおりだわ」

「ぼくの母親はメソジストだったんだ。ジェイコブズビルにいるぼくの親友はメソジスト教会の牧師だし」

「それじゃ、そのお友だちに式をしてもらう?」

「いや、きみが言った神父さんに頼もう。二人の違いはこれから調整していけばいい」ロークはにこやかに続けた。「ぼくはただ、きみと結婚できればいいんだ。それもなるべく早くにね」

「急ぎたいの?」

ロークは片手を彼女の平たい腹部にあて、目を見て言った。「うん。式に集まる人たちにきみのウエストラインを見られないようにね。きっと二カ月もしたら、見る理由ができるだろうから」

クラリスは彼の目にあふれる感情に気づいて、息をつめた。

「もしかしたら、もうおなかにいるかもしれないよ」

ロークにささやかれ、彼女は顔を赤らめた。

「ぼくの子がすでにきみのおなかにいるかもしれないんだ。ああ、そう考えただけで興奮するよ！」ロークは身震いした。

クラリスは喜びに満たされ、彼に寄りかかった。以前はロークが子どもをほしがるなんて、とても想像できなかった。

ロークは片腕でぎゅっと彼女を抱きしめ、頭のてっぺんにキスをした。

内心面白がりながら二人を観察していた販売員が、カウンターの向こうから出てきて言った。「何かお気に召したものがございますか？」

ロークは販売員に向かってにっと笑った。「このドレスを試着させてやってくれるかな？　ぼくたち、数日後には結婚するんだ」

「それはおめでとうございます！　では、さっそくご試着いただきましょう」販売員はラックからドレスをとった。「どうぞこちらに」

クラリスはロークににっこり笑いかけ、販売員のあとから奥に向かった。

結婚式の前にドレス姿を花婿に見せるのは縁起が悪い。それは重々承知していたが、クラリスは自分がまとったドレスがいかにエレガントか、ロークに見せたい気持ちを抑えきれなかった。

目の上にベールをかぶせて試着室から出ていくと、ロークが陶然とした表情で見つめてきた。

ごくりと唾をのみこんで言う。「それを買うためならうちの自然動物公園を抵当に入れても構わない」

クラリスは声をあげて笑った。「そこまで高価じゃないわ。それにドレスのお金はわたしが――」

ロークが長い人さし指で彼女の唇を押さえ、笑いながら言った。「冗談だよ。どのみち値段は問題じゃない。ぼくもきみも大金持ちなんだから。しかし、ドレスはぼくが買うからね」

「わかったわ」

「それにブーケも。白いばらがいいかな?」

クラリスはうなずいた。「ええ、白いばらがいいわ」

ロークはベールを持ちあげ、彼女の大きな目を見つめた。「マイネ・ヴロウ」アフリカーンス語でささやく。「エク・イス・リーフ・ヴィァ・ジュウ」

クラリスは頬を染めた。いまのは〝わが妻、愛している〟という意味だった。

ロークは背をかがめ、鼻と鼻をこすりあわせた。「二人だけの親密な会話のために、共通の言葉を見つけないとね」

「アフリカーンス語はきれいだわ」

ロークは唇に軽くキスしてほほえんだ。「それじゃ、愛しあうときはアフリカーンス語を使おう」クラリスがまた赤くなったのを見て低く笑う。「そのドレスを買っておいで、ダーリン」

「ええ」クラリスは彼が息をのむほど美しく優雅にその場を立ち去った。

二人は結婚指輪も買い求めたが、クラリスはエメラルドの婚約指輪にあうシンプルなゴールドの指輪がいいと言った。「ドレスといっしょに、指輪も娘に引き継がせたいわ」

ロークは彼女の眉を指先でなぞった。「娘を持てる望みは薄いかもしれないよ、ハニー。うちの家系はもう五十年も男の子しか生まれてないんだ」

クラリスはどきりとして彼を見つめた。「あなたに似てれば男でも構わないわ。あなたって、すごくハンサムだもの」

ロークはきまりが悪そうに咳払《せきばら》いした。「片方しか目がなくても？」

「あなたのアイパッチを気にする人なんてひとりもいないわ。むしろ、そのおかげでよけいセクシーに見えるわ」クラリスはそうささやいて、長いまつげの下からこっそり笑いかけた。

「そうかな」

クラリスは彼の指に指をからめて言った。「わたしはこの指輪がいいわ」それはシンプルなホワイトゴールドのリングで、幅はさほど太くないが、蔓《つる》のような模様が彫りこまれていた。「とてもすてき」

ロークは同じ模様の男ものの指輪もあることに気がついた。「ぼくも揃《そろ》いの指輪をはめよう」

クラリスは思わずロークの顔を見た。「ほんとうに？」

ロークは彼女の手をぎゅっと握りしめた。「こんなにきみを思いつづけてきたのに、きみが背中を向けたとたんよその女に目移りすると思うかい？」耳もとに口を寄せて続ける。「八年間も禁欲してたんだよ、タット。気まぐれでそんなことができると思うかい？」

「いいえ、思わないわ」

彼はクラリスの唇にそっと唇を押しあてた。「それじゃ、両方買おう。それからピート神父に話をしに行こう。いいね？」

クラリスはほほえんだ。「ええ、いいわ」

ピート神父は二人の報告に驚きながらも喜んだ。「きみのお父さんはロークが気に入っていた」笑顔でクラリスに言う。「彼を高く買って、ほめていた。きっと天国で喜んでおいでだろう」

「ええ、父も母も喜んでいると思います」

神父は返事をしなかった。

クラリスは眉をひそめた。「神父さま……？」

「できたら金曜日に式を挙げたいんですが」ロークが割りこんだ。ピート神父はクラリスの母親がしたことを本人から聞いていたのだと直感し、ロークはちょっと落ち着かない気分になっていた。

「時間をあけておこう」神父は答え、二人を探るように見ると眉をあげた。

「ちょっと二人だけで話せますか？」ロークが尋ねた。

「ああ、もちろん」

「それじゃ、わたしはここで待っているわ」クラリスは笑顔で言った。二人が目を見かわしたときの様子から、ロークには何か神父に告白したいことがあるのだと思った。男にいくつか秘密があるのは仕方がないのだろう。

神父はドアを閉め、かたい表情のロークと向かいあった。

「クラリスの母親はぼくを彼女から引き離すために、ひどい嘘をついたんです」ロークは冷たい口調で言った。「そして八年間もぼくを苦しめ、ぼくの人生を台なしにした。ぼくだけでなくクラリスの人生も」

「これを知ってきみの気持ちが救われるかどうかはわからないが、彼女は後悔していたよ」ピート神父は優しく言った。「きみの真意を疑っていたんだ。クラリスは年若く、こういう言いかたをしてはなんだが、きみはプレイボーイと評判だった。マリアはきみがクラリスを誘惑し、もてあそんで捨てるのを恐れていたんだよ」

「ぼくはあの当時からタットを愛していたんです」ロークは重苦しい口調で言った。「彼女が十七歳でも結婚したかったくらいに。実際、真剣に結婚を考えていたんです。もし彼女の母親がぼくの気持ちを聞いてくれさえしたら……」言葉をのみこみ、両手をスラックスのポケットに突っこむ。「彼女ははかり知れないほど大きな重荷をぼくに負わせたんだ。八年間も。その間ぼくはほかの女に手出しもできないで……」

ピート神父が彼の肩に手を置いた。「わたしは聖職者だよ。信じられないかもしれないが、禁欲のつらさはよくわかる。わたしの職業では、その重荷を自ら背負わなければならないんだ」

ロークは少し肩の力を抜いた。「そうですね」そこで口ごもる。「ありがとう、批判しないでくださって。タットは感情を隠すのがあまり得意ではない」かすかにほほえんで続ける。「自分たちでは……とめようがなかったんです」

「愛しあう二人のあいだで往々にして起きることだよ。重要なのは、きみが結婚という伝統を尊重することだ」

「ぼくはアフリカの田舎で育ったんです」ロークは答えた。「そこでは伝統は大事なものでした。タットに結婚を前提としない関係を迫るなんて、そんな無礼なことはしませんよ」ひとつ咳払いして言葉をつぐ。「彼女を深く愛しているんです」

「彼女も同じ気持ちのようだね。確かにクラリスは感情を隠せていない」ピート神父は笑顔で言った。

ロークは深呼吸した。「自分の仕事については誰にも話したことはないけれど、結婚したら、いつか聞いていただきたいな」

「喜んで聞くよ、どんな話でもね」

ロークは微笑した。「結婚指輪をはめることだけでなく、ぼくの生活もそろそろ変える潮時なんでしょう。人生とは驚きの連続だ」

「そのとおりだよ」

「神父さまとなんの話をしてきたの」あたたかな日ざしの下に出ると、クラリスは尋ねた。

「プライベートなことだよ」ロークは彼女を優しい目で見おろし、手をつないだ。「いつか話してあげよう」

「わかった。詮索はしないわ」

ロークは大きく息を吸いこんだ。「いままでこんなに幸せだったことはないよ、タット」そう言って口をすぼめる。「それで思い出した」携帯電話をとりだし、クラリスを抱きよせると、彼は頭をくっつけあって自分たちの写真を撮った。それを一瞥《いちべつ》し、もう一枚撮ってうなずく。

そしてその写真の下に〝誰が結婚すると思う?〟とメッセージをつけ、アフリカのK・Cと、テキサス州ジェイコブズビルのジェイク・ブレアおよびマイカ・スティールに送信した。

その夜、クラリスはまだ体に違和感が残っていた。だが、ロークは彼女の服を脱がせ、自分も裸になって、寝室の明かりを消した。

二人でベッドに横たわると、彼は落ち着きなく身動きした。

「ごめんなさい」クラリスは彼の肩に口をつけてささやいた。「もしあなたが……したいのなら構わないのよ」

ロークは喉の奥で笑い、横向きになって彼女の心配そうな顔にキスをした。「ぼくも痛いんだ」

クラリスは驚いた。「男の人も痛くなるの?」

「きみはバージンだった」ロークはクラリスの唇に唇を重ねた。「男を受け入れるのは初めてだった」

「ええ」

ロークの全身がぶるっと震えた。「ぼくは自分がきみの処女を破るのを実感した。ああ、あんなに興奮したのは生まれて初めてだったよ。きみの処女性を体で感じ、それを突破して……」言葉を切り、彼女の唇を激しく貪る。「ずっとぼくを待っていてくれたなんて夢のようだった!」

クラリスは両腕を彼の首に巻きつけ、たくましい体にぴったりと裸身を押しつけた。「ほかの男性にさわられるのは耐えられなかったの。あなたに触れられたあとではね」声をかすれさせて打ちあける。「十七歳にして、わたしを嫌っている男性に生涯心を捧《ささ》げてしまったのよ」

ロークは彼女をぎゅっと抱きしめた。「きみを嫌ったことなど一度もないよ、ベイビー。逆に、ずっと愛していた。だが、血がつながっていると思っていたから……」うめき声をもらし、また熱いキスをする。「できるだけ危険な任務を引きうけ、自ら戦闘の最前線に躍りでていったんだ、それで死ねるのではないかと期待してね。だが、死ねなかった。ぼくの苦しみはそのあと何年も続いたんだ」

「わたしも苦しんだわ」クラリスは小さく息をついた。「なぜなのか理解できなくて、ほんとうに苦しかった」

ロークは彼女の髪を撫《な》で、もう一方の手をなめらかな背中にまわしてその肌ざわりをいつくしんだ。「きみの体は完璧だ」ささやき声で言う。「テレビできみを見たことがあったよ。大使館のパーティやチャリティイベントに出ているところをね。きみを見ることだけを生きがいにして、そのことで自己嫌悪に陥ったものだった。自分はどこかおかしいのだと思っていたよ」

クラリスは彼の喉もとに顔をうずめた。「わたしに話してくれさえしたら……」

「そう、話すべきだった」ロークは初めて認めた。

「もし正直に話していたら、きみはここまで苦しみを引きずらなかったかもしれない。もしかしたらこれほどきみを傷つけない男を見つけ、愛しあうようになっていたかもしれない」

クラリスは彼の首にしがみついた。「そんなことはありえないわ、スタントン。何があろうと、あなた以外の人には肌を許さなかった。絶対に」

ロークの体が震えた。低くうめいて彼女の唇を求め、痛みがおさまるまでキスをする。それからまた彼女をかき抱き、抑えがたい欲望に呻吟《しんぎん》した。

「ごめんなさい、わたし……」クラリスは言いかけた。

「いいんだよ。満たされない欲望に対処する方法はある。本で読んだんだ」

「本で？」

ロークは彼女の背を両手で撫でた。「気持ちを抑えこむことには慣れているんだ。ほかの女にちょっかいをかけ、デートし、ダンスをしても、ぼくはいつも玄関先で彼女たちと別れてきたんだよ」クラリスを抱く手に力をこめる。「愛している相手を永久に手に入れられないなんて地獄だ。そうだろう？」

「ええ」

「きみとぼくの違いは、ぼくにはセックスの経験があったということだ。ぼくは性的快楽を知っていた分よけいに苦しかったんだ。きみを思いながらも、まったく満たされなくて」

クラリスは彼の首筋の髪に指を差しいれた。「二、三日前のわたしだったら理解できなかったわ」

「でも、いまは理解できるんだね」

「ええ」クラリスはかすれ声で言った。「たとえていえば……ポテトチップスを食べるようなものね」

ロークが笑ったので、彼女も笑う。「意味はわかるわよね」

「ああ、わかるよ。やめられなくなってしまうんだ。

いまも常にきみがほしい」

「わたしもよ」クラリスは小さくうめいた。「でも、いまはどうすることもできないわ」

「そう思うかい？」ロークは愉快そうに言い、ふいに体勢を変えて彼女の胸にむしゃぶりついた。

クラリスはロケットのような勢いで急上昇した。ロークは彼女がクライマックスを迎えて体を震わせるより早く、満たされた歓喜の声を聞いた。彼女の体から力が抜けると、ロークは笑いながらささやいた。「ぼくがその魅力的な胸に吸いつくだけで、きみを満足させられるなんて、誇らしい気持ちでいっぱいだよ」

「でも、あなたのほうは……満たされてないわ」クラリスはささやきかえした。

ロークは咳払いした。「男の満足は体の一箇所に集約されるからね」乾いた笑い声をあげて言葉をつぐ。「そこが痛いと、どんなに優しい触れかたでも苦痛になってしまうんだ」

クラリスは彼の喉もとに唇を押しあてた。「なんだか申し訳ないみたい」

「そんなことはないさ。二、三日もすれば二人とももとに戻るよ」

「そうね」クラリスは彼の髪に手を触れ、アイパッチのバンドをそっとはずしてベッドサイドテーブルに放った。「ベッドでははずして。ここにキスするのが大好きなんだから」そうささやいてあらわになった傷痕にキスをすると、ロークが体を震わせた。

「なぜ好きなんだい？」やっとの思いで問いかける。片方の目がないことをずっと気にしつづけていた男の心を、いまのキスは強く揺さぶった。

「なぜなら傷ついたこの場所が、こうすることによって……」クラリスは眉の下から頬にかかるほど長い傷痕に優しくキスした。「癒やせるような気がするから」

ロークはうめき声をあげて彼女をかたく抱きしめた。

「あなたを死ぬまで愛しつづけるわ。何があろうと、一日も欠かさずに」

「ぼくもだよ」彼はクラリスの手をとり、薬指の婚約指輪にキスをした。「結婚後はどこに住む?」

クラリスは彼の腕の中でくつろいだ。「ナイロビで暮らしたいわ」微笑して言う。「あなたのライオンが好きなの」

ロークは声をあげて笑った。「リーウもきみが好きだよ。人にはなかなかなつかないんだけどね」クラリスの背中を撫でながら続ける。「でも、子どもが生まれたら敷地の外に出さなければならないだろうな。息子たちを危険にさらすわけにはいかないから」

「息子たち?」クラリスは彼の首にキスしてからかうように言った。

「複数ほしいんだよ。きみはどうだい?」

今度は唇にキスをする。「わたしもよ。子どもを作るのは楽しいし」クラリスははにかんだ笑いをうかべた。

「それに、ぼくのレパートリーはとても広いから、きみに楽しんでもらえるのはまだこれからなんだよね」

「そう聞くと、ぞくぞくするわ」

「ぼくたち二人とももとどおりの体になったら、ぞくぞくすることだらけになるよ。今度はひとつになる前に、一時間かけてきみを喜ばせるからね」ロークはささやいた。「そして、きみが達したときに窓がちゃんと閉まっているよう事前に確認するのも忘れないようにしよう。さもないとマナウスの繁華街にまできみの声が届いてしまうから」

「もう、スタントンったら!」

「楽しみにしておいで」

クラリスは彼の肩に鼻をこすりつけた。「あなたの喜ばせかたも教えてくれる？」

「きみに知ってほしいことはすべて教えるよ。学ぶことの楽しさもね。きみはぼくの宝物だ。ぼくの魂だよ」

クラリスは目をとじた。「愛しているわ」

ロークは彼女の額にキスをした。「愛しているよ」

クラリスはため息をついてほほえんだ。

それからの数日はめまぐるしく過ぎた。クラリスにはまだ違和感が残っていたので、二人はおしゃべりしたり、キスしたり、思い出にひたったりして時間を過ごした。ところが結婚式の二日前、すべてが台なしになってしまった。ロークの携帯電話が鳴り、応答した彼はアフリカーンス語で悪態をついた。そして相手の要請に返事をしぶったり抗議したりした末に、ようやく承諾した。

「なんなの？」彼が電話を切ると、クラリスは尋ねた。二人はキッチンテーブルでコーヒーを飲んでいるところだった。

ロークの顔が久しぶりに険しくなった。自分でおかわりをつぐと、彼女の向かいの椅子にどさりと腰かける。「われわれが国際的な誘拐犯グループを監視していることは話しただろう？」

クラリスはうなずいた。

「あれはぼくの事件《ヤマ》なんだ。最後までぼくが見ることになっている。ここ数カ月はなんの動きもなかったが、いまになって主犯格の男が動きだした。そいつがいまアルジェリアにいるというんだ」ロークはぐっと口を引き結んだ。「最初からこの件にかかわってきたのはぼくだけだから、ぼくが行かなくてはならない。ぼくの仕事なんだ」

ロークがどんな組織に属しているのか、クラリスはまだ知らなかった。彼が教えようとしないのだ。

K・Cの組織なのかもしれない。ロークはそういうところは口がかたかった。

「行ってしまうの……？」クラリスは言いよどんだ。「でも、結婚式はあさってなのに」彼が新生活よりも仕事を優先しようとしていることに傷ついていた。それに……行ったら殺されてしまうかもしれないのだ！

「わかっている」ロークは彼女の心配そうな目を見つめ、眉根を寄せた。「信じてくれ、タット。ほかに方法がないんだ。それに一年以上も監視してきた相手なんだよ」歯ぎしりせんばかりの口調だ。「ンガワで起きたことをきみも見たはずだ。そいつは、そんなきみにも信じられないほどの残虐行為ができるやつなんだ。小さな子どもたちを人質にとって、父親から情報を引きだすためにいたぶるんだ」クラリスが青ざめたのを見て、顔をこわばらせる。「そんなやつをのさばらせておくわけにはいかない。きみを愛しているけれど、明日の朝には出発しなくては。ピート神父にはぼくから話す。ただ延期してもらうだけだ」クラリスの手を握りしめる。「わかるね？　単なる延期だ」

クラリスの頬を涙が伝った。ロークがどのような仕事をしているのかは、バレラで見て知っていた。

「殺されてしまうかもしれないわ」

ロークは立ちあがり、彼女を抱きしめた。「いまのぼくには生きる理由があるんだ。きみとちゃんとした結婚式を挙げるのもそのひとつだ。きみはあのすばらしいドレスを着て、ぼくのもとへと通路を歩いてくるんだ。ぼくはきみの指にもうひとつ指輪をはめ——」いまクラリスがはめている指輪にキスをして続ける。「どこかエキゾチックなところで新婚旅行を楽しむ。そしてきみに襲いかかるんだ」ふざけ半分にうなり声をあげて脅す。

クラリスは彼に寄りそって目を見あげた。彼はこの上なく大事な存在であり、彼の真摯な性格は理解している。でも、もうひと晩思い出を作らずには行かせられない。「体はまだ痛い？」そっと尋ね、顔を赤らめる。

「いや、大丈夫。きみは？」

大丈夫、とうなずいてみせる。そしてロークを見つめながら、サンドレスのストラップを肩からおろし、ドレスを床に落とした。下にはピンクのレースのショーツしか身につけていない。胸のいただきは小さな旗のように立っていた。

ロークは彼女を見ただけで身震いした。「全部脱いで」奥歯を噛《か》みしめて言う。「全部だ、タット」

クラリスは恥ずかしさをこらえてショーツをおろし、彼と向きあった。

「おいで」ロークがベルベットのようになめらかな声で言った。「ぼくの服も脱がせてくれ」

クラリスは思わず口をあけた。

「バレラで脱がせてくれたじゃないか」ロークは言った。「あのときは酔っていたが、しらふできみが脱がせるのを見ていたいんだ」

クラリスは魅せられたように彼のシャツを脱がせ、ベルトを引きぬき、最後にスラックスとトランクスをまとめて下に引きおろした。

彼はすばらしかった。バレラで見たとき以上にすばらしかった。クラリスは一目見て息をのんだ。

ロークは靴を脱ぎ、クラリスを抱きあげて寝室に運ぶと、ベッドにそっと横たえた。そして立ったまま、欲望にかすかに震えながら、彼女を上から下まで貪るように見た。彼女はなめらかなピンクがかったクリーム色の肌をしていた。小ぶりなバストは形がよく、ピンクの先端はつんととがっていた。ロークの視線を受け、せつなそうに身をくねらせる。

ロークは彼女の隣に体を横たえ、唇でその肌を味わいはじめた。すらりとした脚を開かせ、腿の内側に舌を這《は》わせると、クラリスが苦しげにうめく。

「すぐによくなるよ」ロークは笑いながらささやいた。

繊細な陶磁器を扱うように、優しく触れ、味わいつづける。背筋に唇をすべらせながら、両手で胸を愛撫《あいぶ》すると、クラリスは体をそらして反応した。

やがてロークがゆっくりと彼女の向きを変えさせ、自分と向きあわせて頬や唇に指先を触れた。

「わたし……こんなにすてきだとは思いもしなかったわ」クラリスは彼の愛撫に震えながら言った。

「ぼくにはわかっていたよ」ロークは彼女のあたたかな唇にそっと唇を押しつけた。「だから、なおさら苦しかったんだ。どれほど求めても、決して得られないことがね」かすれ声で言い、彼女の女らしい裸身を見られるように少しだけ体を引く。「きみにさわることもできなかったんだから……」声がとぎれ、クラリスはそっとあおむけにされた。「でも、夢の中ではきみを抱いた。そして、そんな夢を見た自分自身を呪ったよ」また情熱的に唇を貪る。「だけど、これはもう夢じゃない、現実なんだ。現実なんだよ、タット！」

ロークの唇が彼女の胸や腹部をわがもの顔についばみ、いっそう官能を目覚めさせていく。

クラリスは情熱をあおりたてられ、追いつめられて、あなたがほしいと懇願した。

「急がないで」ロークが彼女の長い脚のあいだに体を入れてささやいた。「ゆっくり時間をかけるんだよ、タット」

クラリスはロークの首に両腕をまわし、顔を見つめながら、彼が体を引くたびにもどかしげにうめいた。早く欲望から解き放たれたい。

ロークは体勢を整えて言った。「さあ、見てて」

クラリスは二つの体がじれったいほどゆっくりとつながりあうのを見て、息をこらした。

ロークが優しく動きはじめると、クラリスは自分の中で彼がいっそう力をみなぎらせ、たくましくなっていくのを感じて、不安げな目で彼を見つめた。

「大丈夫だよ、ダーリン」ロークは息をはずませながら言った。「ぼくはいままで以上に高ぶっているけれど、きみはぼくを包みこめる。ぴったりと……手袋のように……」

彼は一突きごとに深く進入し、クラリスを二人とも手の届かなかった未知の世界に押しあげていった。

「スタントン！」クラリスは思わず叫んだ。ロークの動きが切迫したものになり、クラリスも彼とともに激しく動きだす。体が爆発するのではないかと思うほど、快感が高まっていた。

ロークはふいに彼女に締めつけられ、いっそう動きを速めた。張りつめた静寂の中でベッドのスプリングがきしむ音が響く。

「いくよ」彼は叫んだ。「ああ、いく！」

クラリスは熱い快楽の波にのみこまれ、ロークがかつて経験のない爆発的なクライマックスに打ち震えているあいだ、あまりの喜びにすすり泣いた。

ほんとうに甘美な、あまりにも甘美な……。でも、その甘美さが急速に遠ざかっていく！

「だめ……」クラリスはロークにしがみついた。

ロークは最後にもう一度身震いし、まだ動いているクラリスの体の上でようやく緊張を解いた。

「スタントン……」クラリスがかすれ声で言った。

「しーっ」ロークは呼吸を整えながら言った。「大丈夫、ぼくに任せて」

ロークは彼女の顔を見守りながら、再びゆっくりと動きだした。過敏になっていたクラリスは二、三度軽く突いただけで絶頂に達した。

「あなた……わたしを見ているのが好きなのね？」ほほえむロークにそうささやく。

「そうなんだ」彼はもう一度腰を動かし、クラリスがまた歓喜にとらわれるのを見守った。「自分がきみを喜ばせているのだと思うと、ずっと見ていたくなる。美しいぼくのタット」

「わたしもあなたを……見ていたわ」クラリスは最後の充足感に声を震わせて言った。

　ロークは優しくほほえんだ。「わかってるよ。だから、あっという間に達してしまったんだ」

　クラリスは体の力を抜いた。「あなた、わたしほどには感じてないわ」

　ロークは彼女のまぶたにキスをした。「ぼくは男だからね。際限なく喜びを感じられる女性とは違うんだ。男の中にもひと晩中いけるのもいるけどね。できるものなら、ぼくもたそがれどきから夜明けまできみを愛しつづけたいんだが」

　クラリスは彼の唇に指を触れた。「わたしはただ、あなたも同じように感じられたらいいと思っただけ。通りいっぺんの喜びだけでなく、もっと――」

　ロークはふきだした。「通りいっぺんの喜びだって？　やれやれ、これまで経験したことのない強烈な絶頂感にもみくちゃにされたぼくが、通りいっぺんの喜びしか感じなかったと思うのかい？」

7

「でも、あなたは経験豊富なはずよ。多くの女性を相手にしてきたんだから」クラリスは顔を赤らめて言った。

ロークはまだ彼女と体を結びあわせたまま、片肘をついて頭をささえながら微笑した。「ずいぶん昔のことだよ。あの忘れがたいクリスマスイブ以前のことだ。きみとは最後までいかなかったのに、それまで知らなかった激しい高ぶりを感じたんだ」

「当時のわたしは何も知らなかったわ」

ロークはくすりと笑った。「そこがいっそう刺激的なんだよ。当時もいまもね」そう言ってセクシーに腰を波打たせる。

クラリスは甘い声をもらした。

ロークはクラリスに顔を寄せた。「もっとほしいかい？」再び腰を動かしてささやきかける。

クラリスは彼の背中に爪を立て、両脚を腰に巻きつけた。とたんに彼が身をかたくした。

その理由に気づいて、クラリスは目をみはった。「あなた、さっき……そんなに回数はできないようなことを言ったけど……？」

ロークは彼女の中で自分が力をとりもどしたのを感じ、身震いした。「こんなことは初めてだ」

彼が再び動きだすと、クラリスの呼吸が乱れた。

「今度はもっと激しくしたい。激しく、深く、荒々しく」見たこともないほど狂おしげな目をしてロークは言った。「怖いかい？」

クラリスは彼の表情に陶然として、ゆっくりとかぶりをふった。

ロークは片手で枕をつかんだ。「腰をあげて」

クラリスが従うと、彼女の腰の下に枕をあてがう。「痛くするつもりはないが、もし痛かったり怖くなったりしたら、すぐに言ってくれ。わかったね?」

「ええ」クラリスは目をきらめかせた。「何をするつもりなの?」

「これからきみを襲うんだよ、ハニー」ロークは悪魔のように笑った。

「どうやって?」クラリスの声にも笑いが含まれている。

ロークはクラリスにおおいかぶさり、彼女の手を頭の上で押さえつけると激しく動きはじめた。「こうやって……」

長くはかからなかった。ロークははやり立っていたし、クラリスも彼が初めて見せる荒々しさにたちまち反応した。彼女の長い脚が腰に巻きついてくると、ロークは喜びに笑い声をあげた。

クラリスとともに絶頂に駆けあがり、それでもまだ飽き足らずに何度もエクスタシーを与えて、最後にはもつれあったまま二人ともぴたりと動きをとめ、震えながら息を切らしていた。

ようやくリラックスすると、クラリスがつぶやいた。「ああ、最高」

「ひょっとしたら乱暴に扱われて怖がるんじゃないかと思っていたけど」ロークは笑いながら言った。「きみはたいした山猫だ! ぼくを引っかいた!」

「噛《か》みつきもしたわ」クラリスは自分が彼の肩に残した跡を見てたじろいだ。

「すごい経験だった」ロークがかすれ声で言った。「若いときに覚えたことをすべておさらいし、さらに欠けていたものを補った」笑いながら続ける。「ぼくたちは互いに喜びを教えあっているんだ」彼女の好奇心に輝く目を見て、彼は説明を加えた。「男は生まれながらに愛しかたを知っているわけではないし、女はひとりひとり違うんだよ」

「どう違うの？」クラリスは興味津々だ。

ロークは眉をあげ、知らないほうがいいんじゃないかと言わんばかりの目で彼女を見た。

「教えてよ。ほんとうに知りたいのよ」

ロークは彼女を抱きよせ、ため息をついた。「わかったよ。女は感じやすいところがそれぞれ違うんだ。ぼくが知っている中には首が一番感じるという女もいた」

「そうなの？」

「あのクリスマスイブよりも前のことだよ」クラリスの目に隠しきれない嫉妬の色を見てとり、ロークは言った。「それを忘れないように。いいね？」

「ごめんなさい」

彼はクラリスの鼻にキスをした。「きみのように、ここが敏感な女もいる」彼女の胸にさわり、先端がたちまちとがりだすのを見つめる。

クラリスは小さくあえいだ。

「満たされていてもこんなふうに反応してくれるとは嬉《うれ》しいね」ロークは人さし指の先でかたくなったつぼみを撫《な》でた。

クラリスは小首をかしげた。「どういうことなのかしら」

ロークの眉があがった。「なぜここがかたくなるか、知らないのかい？」

クラリスはもじもじした。「たぶん……ほんとうのところはわかってないんじゃないかしら」

「女は男よりも欲望の証《あかし》がいろいろなところに現れるんだ」ロークは穏やかに説明した。「きみの場合はここでわかる」また胸に触れる。「八年前のクリスマスイブにも、きみのここはしなやかなドレスの下でかたくなっていた。それを見て、きみに触れる前からぼくを求めているとわかったんだ」

「まあ！」

ロークはくすりと笑った。「きみの胸はきれいだよ、タット」彼女の胸を見おろす顔から笑みが消え、生真面目な表情に変わる。

「何を考えているの？」クラリスは尋ねた。

「ンガワできみが抱いていた赤ん坊のことだ」ロークは静かに答えた。「それに、きみがぼくたちの赤ん坊に乳を含ませるのを見たいって……」

クラリスは息をつめた。

ロークが彼女の目に視線を戻した。「子どもができたら、母乳で育てるかい？」

クラリスは胸がいっぱいになって、うなずくことしかできない。

ロークは彼女の額から乱れたブロンドをそっとかきあげた。「子どもができてるといいな。早くほしいんだよ、タット」

「わたしも」クラリスの頬を涙が濡《ぬ》らしはじめた。

ロークはその涙をキスで受けとめた。「何もかもうまくいくよ」安心させるように言う。「ぼくが留守にするのはほんの数日か、せいぜい一、二週間だ。帰ってきたらすぐに結婚しよう」

クラリスは彼に抱きついた。「もしあなたの身に何かあったら、生きていけないわ」

ロークは彼女を抱きしめた。「大丈夫、無事に帰ってくるよ」彼女の心配そうな顔を見て言葉をつぐ。「帰ってきたら、もう二度ときみを心配させるようなことはしない。誓うよ」

クラリスは彼の顔を片手で撫でた。「あなたはわたしのすべてよ、スタントン」唇を震わせてささやく。「もうあなたを失うことには耐えられないわ」

ロークは彼女の唇にキスをした。「そんなことにはならないよ。絶対にね」そして彼女の不安がやわらぐまでじっと抱きしめていた。

だが、不安は消えることなく、クラリスの心の中で、飛びかかるチャンスをうかがう蛇のようにとぐろを巻いていた。これまで虫の知らせなど感じたことはないけれど、ロークが行ってしまうのはむしょうに怖い。だが、クラリスには彼をとめるすべなど何もないのだった。

翌朝目覚めたときには、ロークはもう荷造りも身支度もすませていた。

クラリスは横になったまま彼を見あげた。スーツケースをかたわらに置き、カーキの衣服に身をかためて立っている姿は、見ただけで息をのむほどセクシーだ。

「きみはぼくを増長させる」ベッドに腰かけ、クラリスの裸身にかかっている上掛けをはぎながら言う。「そんな目で見られると、そっくりかえりたくなってしまうよ」

「だって、ものすごくすてきなんだもの」クラリスは笑い声をあげたが、その声はどこかうつろだった。

「きみほどじゃないよ、ハニー」ロークはそうささやいて彼女の胸にそっと口をつけ、つぼみに舌をひらめかせた。それから頭をあげ、彼女のうっとりした顔を見て微笑をうかべる。

「ほかの女性に色目を使っちゃだめよ」クラリスは目をきらめかせて言った。「あなたは誰かさんのものなんですからね」

「そう、きみのものだ」ロークは彼女の顔を記憶に焼きつけようとするかのように顔に指先を触れた。「そして、きみはぼくのもの。カルヴァハルが帰ってきたら、そう言ってやるんだよ」淡いブラウンの目に嫉妬の光を宿して言う。

クラリスはものうげにほほえんだ。「わたしの顔を見ただけで彼にもわかるでしょうよ。わたしって、自分の感情を隠せたためしがないから」

ロークは身をかがめ、彼女の唇に最初は優しく、ついで情熱と欲望と悔恨を感じさせるほど熱っぽくキスをした。

クラリスに誘惑されてベッドに引きずりこまれないよう、さっと立ちあがって言う。「もう行かなくては。好きこのんで行くわけじゃないんだ。もしぼくに選択の余地があったら、きみのそばを決して離れないよ」

「わかっているわ」

「長くはかからないよ。誰か別のやつを引き入れてぼくが仕込まなければならないとしてもね。この種の仕事を受けるのはこれで最後にする」

「電話してくれる？　こっちからかけてもいい？」

ロークはほほえんだ。「電話するよ。長話はできないだろうが、連絡は絶やさない」

「きっとよ」

彼は深呼吸した。「それじゃ、もう行くよ。愛している。何があろうと、それだけは忘れないでくれ。いいね、タット？」

「ええ。わたしも愛してるわ」

ロークの視線が最後にもう一度クラリスの全身を撫でた。まるで何か悲劇的なことが待ち受けているのを感知したかのように、胸に悲しみがあふれてその場に膝をついてしまいそうだ。

「行ってくるよ、タット」

ロークは荷物を手にとり、部屋を出てドアを閉めた。ふりかえりはしなかった。クラリスはレンタカーが走り去る音が聞こえるまで待って、はらはらと涙を流しはじめた。

ロークのいない最初の日は、石の壁に頭からぶつかってしまったかのようだった。どこにいても落ち着かず、テレビを見ようとしてもじっとしていられなかった。料理をしても食べられず、クラリスはわが身をかたく抱きしめて家のそばをぶらつきながら、胸が痛くなるほど甘美な記憶にひたすら溺れていた。

寂しさのあまり死んでしまうのではないかと思ったちょうどそのとき、一台の車が玄関の外でとまった。ロークでないことはわかっていたけれど、それでもクラリスは飛んでいった。

ペグ・グレーンジがリムジンから姿を現し、両手を広げながら駆けよってきた。「久しぶり！　あなたのこと、忘れてしまったかと思ってた？」

クラリスはペグとかたく抱きあった。「ああ、よく来てくれたわ！　ロークが仕事に出かけてしまって、わたし、すごく心配で――」

ペグは目をまるくした。「ロークって……」

クラリスは頬を染め、左手をあげてみせた。「この指輪、彼の亡くなったお母さんのものだったの。わたしたち、婚約したのよ。明日、式を挙げる予定だったんだけど、彼に電話がかかってきてどこかに応援に行くよう要請されたの。彼しか行く人がいないとかいうことでね」

「あなたが婚約した。ロークと」ペグはそのニュースをまだ消化しきれないようだった。「でも、彼には嫌われているって……」

クラリスの目が輝いた。「彼、わたしと血がつながっていると思っていたの。誰かにそう聞かされたんですって。でも、そんな事実はないことがわかって、会いに来てくれたの」顔を上気させて続ける。「まだ信じられないわ。彼、わたしを愛しているの。わたしとの子どもをほしがっているのよ」

「これでいろいろなことがはっきりしたわ」ペグは笑い声をあげた。「バレラ奪還のときのあなたへの彼の態度がどうにも解せなかったのよ。彼、あなたを大事な宝物のような目で見ていた。あなたが怪我《けが》させられたと知ったときには逆上していたわ。難民キャンプに来ると、わき目もふらずにあなただけを見て突進していったし」そこでため息をつく。「あなたを拷問した男が将軍の参謀本部で石段を転げ落ちたとき、ウィンスローがその場にいたの。彼、あんなロークは初めて見たと言っていたわ。あなたのかたきをとるって決意していたのよ。それもこれも、すべてあなたを愛していたからなのね」笑顔で締めくくる。

「いったい誰が彼にそんな嘘《うそ》を言ったのかは、想像もつかないわ」クラリスは言った。「最初はK・Cじゃないかと思ったんだけど、彼はわたしに好感を持ってくれてるし……」

「肝心なのは、もう誤解は解けたってことだわ」ペグは言った。

クラリスはペグのおなかにちらっと目をやった。「そうなの」ペグは声をあげて笑った。「妊娠しているの。わたしも彼も舞いあがってるわ。男の子でも女の子でも構わない。とにかく嬉しくてたまらないの！」

「よかったわ、ほんとうに。わたしも早く同じ立場になりたいわ。中でカフェイン抜きのコーヒーでもいかが？」クラリスは笑顔で言った。

「ええ、ありがとう！」

クラリスは座ってコーヒーを飲みながら、自分とロークが悲しみから喜びへと驚くべき道をたどったことを詳しく話して聞かせた。

「彼、バレラからここまで、ほんとうにわたしを追ってきたの」ほほえみながらため息をつく。「わたしは単なる征服欲にすぎないと思っていたわ。ほしいのに手に入らなかった女に対する征服欲だとね。でも、実際にはまったく違っていたの」クラリスは赤くなって目を伏せた。「それで……抑えがきかなくなってしまって……」

「どのみち結婚するんだもの、気にすることはないわ」ペグはあたたかな口調で言った。「二人とも子どもを望んでいるんでしょう？」

「ええ、すごく。彼が仕事に呼びもどされるのがせめてあと何日か遅かったらよかったんだけど」

「彼は誰の下で働いているの？」

クラリスは首をふった。「わたしも知らないの。前はK・Cの下で諜報《ちようほう》活動をしていたんだけど、いまは別のところに雇われているみたい。仕事の話はいっさいしないのよ」

「機密事項なのね、きっと」ペグは言った。「マチヤド将軍の息子であるリック・マルケスはCIA長官の娘と結婚したの。わたしたち、機密事項に無知ではないのよ」にやっと笑う。

「お父さんの具合はいかが？」クラリスは問いかけた。「あなたとウィンスローはアメリカにいると聞いていたけど……」

「じきに元気になるわ。胆嚢《たんのう》だったのよ。摘出手術を受けたわ。ひどい痛みに襲われるまで原因がわからなかったの。わたしもそんなに深刻だとは気づいていなかったわ」

「回復の見通しが立ってよかったわ。表彰式に来られなかったのは残念だけど」

「勲章は郵送されてきたわ。額に入れて飾ってあるの。子どもたちが大きくなったら自慢しようと思って」ペグは笑った。

「人生って面白いわね」クラリスはあたたかな声で言った。

「まったくだわ」

そのあとは、のろのろと日々が過ぎた。クラリスは買い物や家事、庭仕事などをして時間をつぶしたが、いつもロークが恋しかった。

ロークはひと晩おきに電話をくれたが、会話は短かった。

「ぼくがいなくて寂しいかい？」先日の電話ではからかうように言った。

「もちろん、蕁麻疹《じんましん》が出そうなほど」クラリスは笑いながら答えた。「いつ帰ってこられるの？」

「まだわからない。早く会いたいよ、タット」

「わたしもよ」

「それで、もう妊娠は判明したかな？」ロークはいたずらっぽく尋ねた。

「まだよ」クラリスは笑った。

「早く子どもがほしいな」

「わたしも」

「生まれたら思いっきり溺愛しそうだ」

「そうね」

「できるものなら……あ、ちょっと待って」送話口が手でふさがれ、彼が誰かとやりとりするくぐもった声が聞こえた。「ちくしょう！　やつが高飛びした。名前は言えないが、中東の某国に向かったんだ。われわれもすぐに荷造りして追いかけないと。また電話するよ、スイートハート。いいね？」

「わかったわ。くれぐれも気をつけてね」

「ああ、約束する。愛しているよ」

「愛しているわ」

電話が切れた。

クラリスは電話機をにらみつけた。「もう！」その声にはいらだちがこもっていた。

一週間が二週間に延びた。あのあとロークはもう一度電話をよこし、短い会話の中でこのプロジェクトにかかる時間の長さへの憤りを声ににじませた。なるべく早くにまた電話するけれど、これから数日は通信を遮断しなければならないと言った。でも、大丈夫だ、ぼくは無事だし、危険なことはしない、じきに帰るから心配するな、とも。

クラリスはその言葉を信じたかったが、短期の仕事が生涯の職業に変わりつつあるような気がした。ほんとうは切る前に、早く帰ってきてと言いたかった。毎朝食べたものを戻すようになり、ウエストラインが変わってきたのだ。妊娠していることはほぼ確実だった。

そんなある日、ルイ・カルヴァハルがアルゼンチンから帰ってきた。彼はクラリスを一目見るなり心配そうな顔になった。

「痩せたね。それに顔色が……悪い。どこか体の具合でも――」

クラリスはなんとかほほえんだ。「ただ妊娠しただけよ。心配いらないわ」左手をあげて婚約指輪を見せる。「結婚するはずだったのに、その直前にロークが仕事で外国に行ってしまったの。早く帰りたがっているけれど、仕事が長引いているみたい」

ルイは顔をしかめた。「彼にはほんとうに結婚する意思があるのかい？」

以前ほどにはそうだと言いきる自信が持てず、クラリスは眉根を寄せた。「これは彼の亡きお母さんの婚約指輪よ」指輪に指先を触れて言う。「彼にとって何よりもたいせつな品物だわ」

ルイは吐息をもらした。「それじゃ、わたしが彼を見そこなっていたのかもしれないな」かすかにほほえみ、クラリスを見つめる。「しかし、もしうまくいかなかったら、わたしがきみと結婚して子どもをいっしょに育ててあげよう。そんなことでもないかぎり、ぼくは一生子どもを持てそうにないからね」最後は悲しげな口調になった。

「もしうまくいかなかったら、そのときはありがたくお申し出を受けるわ」クラリスは優しく言った。

ルイは微笑した。

「旅行はどうだった？」クラリスは彼の気持ちをそらすように言った。「コーヒーをいれるから、詳しく聞かせて」

それからさらに二週間が過ぎたが、ロークからは連絡がないままだった。いったいどうやったら連絡をつけられるのだろう？　携帯電話の番号にかけてもつながらないのだ。クラリスは思いあまってナイロビのK・Cに電話してみた。

「いや、わたしのところにも連絡はない」K・Cは答えた。「正直、わたしも心配してるんだ。きみに連絡しないとはロークらしくない。それに、わたしはトップシークレットにも通じている人間だ。きみには言えないことでも、わたしには言えるはずなんだ。だが、この二週間まったく音信不通だ」

「そうですか」

「ロークから聞いたが、彼と結婚するそうだね」

クラリスは声に笑いを含ませた。「ええ。彼の亡きお母さんの婚約指輪をもらって、言葉では表せないくらい幸せです。夢がすべてかなったみたい。彼を心から愛しているんです」

「わかるよ。ロークも同じ気持ちのようだ。きみをバレラから連れだして、自分の手にとりもどすのだと言っていたが、きみとの結婚が決まって、貧乏人が宝くじに当たったかのような喜びようだった」

その表現にクラリスは頬をゆるめた。「それを聞いて、ちょっと元気が出ました。ひょっとしたら考え直したんじゃないかと気になってたので――」

「数週間前にバレラへと旅立ったときの様子からして、それは考えられないね」K・Cは含み笑いをもらした。「それで結婚後はどこに住むんだい？」

「わたしはナイロビに住みたいと言ってあるんです。子どもが生まれたら、たったひとりのお祖父《じい》ちゃんにいつでも会える環境がいいんじゃないかと思って。わたしのほうの家族はもうひとりも残っていないんです」

しばし間があいた。「嬉しいことを言ってくれるね。お祖父ちゃんになるのが楽しみだな。わたしは父親としてもまだ新米なんだ」K・Cは笑いながら続けた。「前々からロークはわたしの子どもではないかと思っていたが、調べてもらう勇気がなかったんだ。否定的な結果が出るのが怖くてね」

「彼も同じ気持ちだったんじゃないかしら。あなたのことをよく話してくれましたわ」

「人生にはときどきいいこともある」

「そうですね。あの、もし何かわかったら、そのときは……」

「必ずきみに電話するよ。それに彼がこっちに帰ってきたら、きみを迎えに飛行機を出そう」

「まあ、ありがとうございます」

「そのときは盛大に祝わなくちゃね。無事に帰ってきた歓迎会と婚約披露パーティを兼ねて」

「楽しみだわ」

K・Cはくすりと笑った。「わたしもだよ。きっとじきに帰ってくる」

「ええ、ぜひともそうあってほしいわ」

だが、ロークは電話もよこさなかった。クラリスはいやな予感がしてならなかった。彼みたいに情熱的な男は、女と別れる場合もいきなり連絡を絶つようなことはしない。クラリス自身、別の女ができたのかもしれないとは考えもしなかった。ロークの気持ちには、自分自身の気持ちに対して抱くのと同じくらい強い自信がある。だが、電話をくれないのはなぜなのだろう？　何か変事があったの？　病気とか、怪我とか、ひょっとしたら死にかけているとか？

クラリスは室内をいらいらと歩きまわった。ルイがおいしそうなシチューを作り、食べるようすすめてくれた。「そんな調子ではだめだよ」心配そうに言う。「きみ自身はどうでもよくても、赤ん坊のために食べなくては」

クラリスは顔をしかめた。ルイは患者の名を誰にも明かさず、自らクラリスの血液検査をしてくれたのだった。その結果、間違いなく妊娠していることが判明した。ロークのことだけでなく、それも心配の種となった。マナウスほどの大都市でも、クラリスの家族を知る人は多く、聖女のごとき母親のこともみなよく覚えていた。そんな環境で、自分が未婚のまま妊娠したとはとても言えるものではない。一生乗り越えられない恥辱となってしまう。

「聞いてくれ」ルイが静かに言った。「もし彼が戻ってこなかったら、わたしと挙式抜きで結婚しよう。教会で式を挙げる場合ほどには拘束力はないだろうからね。もし彼が戻ってきたら、わたしは身を引くよ。だが、あまり長く待たないほうがいい」

クラリスは意気消沈して青ざめていたが、なんとか笑みをうかべた。「優しいのね、ルイ。わたしもあなたが思ってくれるのと同じくらい、あなたを思えたらいいのに」

ルイは肩をすくめた。「いいんだよ。どうせわたしは完全な結婚生活は与えてあげられないんだ。子どもも、ふつうの夫婦生活もね」悲しげにほほえむ。「だが、結婚すれば世間の人々に、わたしがきみの子の父親だと思ってもらえる。たとえ事実は違っても。わたしの年でなぜ結婚して子どもを作らないのかと不審に思われるのはつらいものなんだ。わたしたちの結婚は双方にプラスになる。友人同士の結婚だ」

クラリスは手を伸ばし、彼の浅黒い手にそっと触れた。「最悪の場合には、あなたと結婚できたら光栄だわ。ありがたくお受けします」

ルイは彼女の手を握りしめた。「だが、きっとそんな必要はないだろう」慰めるように言う。「そのうち必ず連絡があるよ」

「わたしもそう信じているわ」クラリスは言った。

「生きてさえいればいい。それ以上は望まないわ。生きてさえいるなら、たとえわたしのもとに帰ってこなくても――」

その祈りにこたえるかのように電話が鳴りだし、クラリスは飛びあがった。

電話機に駆けより、受話器をとる。「はい？」

少しの間があった。「クラリス、K・Cだ」

「彼は無事なんですか？　生きてるんですか？」クラリスはいきなり問いかけた。

K・Cは息を吸いこんだ。「生きているよ。飛行機に乗せられてナイロビに帰ってくる。二、三日前には際どい状態だったそうだ。知っていたらきみといっしょにドイツまで飛んでいったのにね。彼らはロークに家族がいることを知らなかったんだ」歯噛みするように続ける。「わたしが彼の父親であることをまだ公にしていなかったから、誰も知らせてくれなかったんだよ」

彼の声は苦しげだった。受話器を握るクラリスの手が冷たくなった。「意識は……あるんですか？」

「ああ。しかし……ちょっと厄介な問題がある」

「何です？」クラリスの頭にさまざまな恐ろしい可能性が渦巻いた。ロークが手足を失ってしまったとか、もう一方の目も失明したとか……。

「記憶をなくしているんだよ」K・Cは言った。「ああ、こんなことをきみに伝えなければならないなんて！　ロークは過去数カ月のことをまったく覚えてないんだ。最後の記憶はバレラに侵攻したときのことだそうだ。それ以降のことはすべて忘れている」

クラリスは椅子にどさっと腰を落とした。「そんな……」声がひび割れ、涙が頬を伝いはじめた。「その記憶は……永久に戻らないんですか？」

「それは医者にもわからないそうだ。思い出す可能性もあるが、それには長い時間がかかるかもしれない。どの程度記憶が戻るかもまったくわからない。ただ、脳に永久損傷は認められないそうだ」

クラリスはため息をついた。「会いに行ってもいいですか?」

また間があった。「小型ジェット機を迎えに出そう。だがクラリス、ロークがきみを覚えているとしても、婚約者だとは認識できないだろう。わかるかい? 真実を知る前、きみたちに血のつながりなどないことを理解する前の彼に戻っているんだ。まったくなんてことだ!」

クラリスは顔から血の気が引くのを感じた。わたしは彼と婚約している。彼の子をおなかに宿している。それなのに彼は覚えてないなんて。

「クラリス?」

クラリスは唾をのみこんだ。「ええ、聞いてます」

「ほんとうに残念だ」K・Cは優しく言った。「パイロットをスタンバイさせたら、また電話するよ。もしきみが……マナウスに帰らなければならなくなったら、帰りも彼が送る。いいね?」

クラリスは彼の言おうとしていることを理解して答えた。「ええ」

電話を切り、荷物をまとめはじめる。

「なんだって?」ルイが戸口に寄りかかって問いかけた。

「彼は生きているけど、最近の記憶を失っているんですって」

ルイはうなずいた。「孤立性逆行性健忘だな」

クラリスはふりかえった。「今後の見通しはどうなのかしら?」

ルイは顔を曇らせた。

クラリスは吐息をもらした。「だと思ったわ」再び荷造りにとりかかる。クロゼットをあけると、美しいウエディングドレスのレースの一部が清潔な床にこぼれ落ちた。クラリスは苦悩のにじむ目でそれを見つめた。

ルイが近づき、彼女を自分のほうに向かせて抱きしめる。クラリスは彼の腕の中で泣きだした。

「きみにはきみ自身の記憶がある」ルイが耳もとでささやいた。「それに赤ん坊もいる。たとえほかのすべてを失っても、きみにはその二つがあるんだ」

クラリスは泣きながらうなずいた。

「アフリカへ行って、彼に会いなさい。だが、もしこっちに帰ってこなければならなくなったら、帰りしだい結婚の手続きをしよう」

クラリスは涙を拭いて彼の顔を見あげた。「あなたはほんとうに優しいわ、ルイ」

ルイは微笑して彼女の額にキスした。「そう言ってもらえるだけで嬉しいよ。荷造りを終えてしまいなさい。K・Cから電話が来たら、車で飛行場まで送ってあげよう」


ルイはその言葉どおり車で送り、彼女が小さな飛行機に乗るのを悲しげな笑みをうかべて見守った。この旅がもっとつらい形で終わりかねないことを彼も知っているのだ。

クラリスは遠路はるばる迎えに来てくれたパイロットに礼を言った。パイロットは人柄のいい気さくな男性で、操縦の腕も確かだった。副操縦士もちゃんとした免許を持っており、どちらかが常に頭のすっきりした状態でいると請けあってくれた。重大事故の大半はパイロットのミスが原因なのだ。

クラリスはシートに落ち着くと目をとじた。少なくともあと一度はロークに会い、彼の姿を心にきざみつけられるのだ。たとえ歓迎されなくても。たとえすげなく追いかえされても。

彼はわたしと熱く愛しあったことも忘れているだろう。わたしたちが新たな絆《きずな》で結ばれ、言葉に尽くせぬ喜びと親しみと楽しさを分かちあうようになっていたことも思い出してはくれないだろう。彼は確かにわたしを愛していた。それさえも忘れてしまえるものなの？　あんなに激しく情熱的な記憶をどうして忘れられるのだろう？

むろん健忘症はすべての記憶を、いい思い出も悪い思い出もおおい隠してしまうのだろう。クラリスはナイロビまでの長旅のあいだ、いったい何が自分を待っているのだろうかと考えつづけた。

一縷《いちる》の望みは、自分と顔をあわせたら奇跡が起き、二人で過ごしたマナウスでの夢のような日々の記憶が戻るのではないかということだ。その望みだけがいまのクラリスをささえていた。

8

午後の遅い時間に、パイロットはナイロビの空港に機体を着陸させた。そこではK・Cが差し向けた車が待っており、クラリスをロークの家まで連れていくことになっていた。

「念のため、わたしのかわりのパイロットを待機させています」パイロットが優しくほほえみながら言った。「今日マナウスに戻られることはないと思いますが、いちおう……」

「いちおう備えはしておいたほうがいいですよね」クラリスは悲しい気分で言った。「どうもありがとうございました」

パイロットはうなずいた。「幸運を祈ってますよ。万事うまくいくといいですね」

「ええ、ほんとうに」

運転手が彼女をナイロビの外に連れだし、ロークが所有する自然動物公園をめざして長い道のりを走りだした。彼はもうそこに帰ってきているという話だが、クラリスは道すがら彼がどう反応するかをずっと心配していた。過去の彼につらく当たられたことがいやでも思い出される。またあのころのような仕打ちを受けたら、マナウスで幸せをもらったあとだけに、いっそうひどくこたえるだろう。でも、とにかく彼は生きているのだ。生死もわからなかったときのことを思いかえしたら贅沢《ぜいたく》は言えない。彼は生きているのだ。それが何より大事だった。

クラリスは赤子の宿る小さなふくらみに服の上からそっと手を置いた。赤ん坊のことは誰にも、K・Cにすら言わないと決めている。もしロークとの対面がうまくいかず、ひとりでマナウスに帰るはめになったら、人にはルイが子どもの父親だと思わせたほうがいい。K・Cがうっかり口をすべらせることのないよう、彼にも秘密にしておくべきなのだ。昔に逆戻りしてしまったロークがもし自分の子だと知ったら、わたしから子どもを奪うために法廷で争うことも辞さないかもしれない。それほど無慈悲にもなれる男性なのだ。でも、わたしはそんな危険をおかすわけにはいかない。子どもだけがわたしに残された彼の愛の証《あかし》なのだから、何があろうと彼に渡すつもりはない。

そう思いながらも、クラリスは埃《ほこり》っぽい道を走る車の中で、自分の不安が杞憂《きゆう》に終わることを願いつづけていた。

運転手は玄関の前で車をとめた。ロークの家は大きかった。まわりをポーチが取り巻き、そのポーチにはただくつろぐためだけの豪華な家具が置かれている。屋根は赤く輝くすず、敷地を囲むフェンスは高くて頑丈だ。その向こうではロークが飼っているライオンのリーウが大きな牛の骨をかじっていた。昔リーウは顔をあげてつかの間クラリスの目をじっと見て、また骨にしゃぶりついた。

K・Cがポーチでクラリスを出迎えた。彼は打ちひしがれているようだった。

クラリスはポーチへの階段をあがっていった。

「ロークはわたしが父親だということも忘れているんだ」K・Cは静かに言った。「まったく！」

クラリスは優しく彼を抱きしめた。いまの彼は慰めを必要としているように見えた。「長い目で見ていきましょう。まだ日が浅いのだから」

K・Cはなんとかほほえんだ。「げっそりした顔をしているね」

クラリスはため息をついた。「この何週間かは心配でたまらなかったから。でも、少なくとも彼は生きていた。それは大きな救いだわ」

「そのとおりだ」

家の中から声がした。女の笑い声だ。

クラリスの顔が青ざめた。

K・Cは深く息をついた。「シャーリーンだよ」つぶやくように言う。「ロークが帰ってきたとき、わたしの仕事仲間である父親といっしょにここに来てたんだ。それでロークと……親しくなった。ほんとうにすまない！」

「あなたが謝るようなことじゃありませんわ」クラリスは暗い微笑をうかべた。「大丈夫です」そして表情を引きしめる。「さあ、潔く現実に向きあわなくちゃ」

「わたしもいっしょに行くよ。少なくとも、心のささえにはなってあげられるだろう」

「ありがとうございます」

二人は中に入り、ロークの寝室に向かった。ロークはベッドに横たわっていた。上掛けをかけているが、たくましいむきだしの胸が見えている。わきの下を通る形で包帯が巻かれ、左側には厚くパッドがあてられているようだ。頭には縫ったあとがある。生え際のすぐ下だ。クラリスはたじろいだ。

ロークが目をあげ、近づいてくる彼女を見た。

その貴重な数秒間、クラリスは自分を見て彼の記憶のスイッチが入るのではないか、それですべてを思い出すのではないかと、甘い期待に胸を焦がした。

だが、その数秒間はあっという間に過ぎ去った。

片方だけの淡いブラウンの目が細められたが、それは喜びのためではなかった。口もとには皮肉るような笑みが漂っていた。「いったい全体どうしてきみがここにいるんだ、タット？」ものうげな口調だ。

「ぼくがナイロビで片方の目を失ったときのように、また看護のまねごとをしに来たのかい？　悪いが、きみの助けはいらないよ。シャーリーンが面倒を見てくれるからね。そうだろう、ラブ？」最後はもうひとりの女性に問いかける。ずいぶん若い女性だ。

「もちろんよ」シャーリーンは恥ずかしそうに答え、クラリスに笑いかけた。

クラリスは笑いかえせる気分ではなかった。さらにベッドに近づくが、脚ががくがくしている。「元気な顔を見られてよかったわ、スタントン」

「ほんとうに？　なぜ？」そこでクラリスがなにげなくショートカットの髪に手をやった瞬間、その手に目を釘《くぎ》づけにしてロークは起きあがった。目が怒りでぎらついている。「その指輪をどうやって手に入れた？　返せ！」

クラリスは愕然《がくぜん》とした。ロークは彼女の手首をやにわにつかんでねじり、強引にベッドに座らせると細い指から指輪を抜きとった。

「どうやって手に入れたんだ？」激昂《げっこう》して問いつめる。「盗んだんだな？　ぼくが母親の婚約指輪をきみみたいな女にやるわけはないんだから！」

それはクラリスの予想をはるかに超えるひどさだった。彼女は立ちあがり、ベッドから離れてＫ・Ｃのほうにさがった。

「きみのマナーには感心しないな」Ｋ・Ｃが声に怒りをにじませた。

「あなたがマナーを云々《うんぬん》するとはね」ロークはそう言いかえした。「彼女をここに呼んだのはあなただな？」

Ｋ・Ｃはぎりぎりと歯ぎしりした。

「彼女をぼくの家から出してくれ」ロークの物柔らかな声にも怒りがひそんでいる。「早く！」

クラリスは悲しみを抑えてなんとかほほえんだ。

「お気の毒に」シャーリーンが眉根を寄せ、口の動きだけでそう伝えた。

自分の後釜からの同情はロークの怒りと同じほどクラリスを傷つけた。

「出ていけ！」ロークがクラリスに向かってどなった。「二度とぼくに近づくな、この売春婦！　自分が落とした男どもと勝手にベッドに行け！」

彼がそれ以上暴言を吐く前に、K・Cがクラリスを家の外のポーチに連れだした。

「やはりきみを来させるのではなかったよ」K・Cはすまなそうに言った。「もしかしたらきみのことがわからないのではないかと心配だったんだが、ひょっとしたら逆に――」

「ええ、わたしもそれを期待していたんです」

「ほんとうに残念だ。頭の怪我《けが》は難しい。きみも知っているだろうが」

「ええ。わたしもバレラで経験しましたから。あそこであったことはいまでも全部は思い出せないんです」クラリスは青ざめてはいるが、取り乱してはいなかった。「わたしはもう帰ります」

「ああ、新しいパイロットを待機させてある」K・Cが先ほどのパイロットと同じことを言った。「しかし、今夜はわたしのうちに泊まって、明朝帰るという手もある」

クラリスは首をふった。「いいえ、このまま帰りたいんです」

「気持ちはわかるよ。きみにはほんとうに気の毒なことになってしまったな」

クラリスは深々と息をついた。「あなたにとってもね。彼とまた新しく一からやり直すことになってしまったんですもの。でも、少なくとも彼は生きている。ほんとうに大事なのはそれだけだわ」悲しげな微笑をうかべて言葉をつぐ。「わたし、結婚を申しこまれたときですら、うまくいくなんて心の底からは信じられませんでした。彼に嫌われている状態のほうがふつうだったから。もう慣れっこになっているのね」声にため息がまじった。「それじゃ、わたしは帰ります。どうぞお元気で」

「きみもね。もし何か助けが必要になったら……」

K・Cはぎこちなく言った。

　クラリスは無言でほほえみ、向きを変えて歩きだした。もうふりむきもしなかった。

　二日後、彼女はルイ・カルヴァハルとマナウスで手続きだけの結婚をした。その事実を伝える新聞の切り抜きを腹立ちまぎれにロークに送りつけようかと思ったが、そんなことをしてもどうにもならないだろう。もうよけいなことはしないほうがいいのだ。何をしようが、無理やり彼に自分を愛させることはできないのだから。

　クラリスはルイの家に引っ越し、徐々に結婚生活になじんでいった。自分の家にしみついた思い出はあまりにせつなすぎた。

　結婚して間もなく、ロークが負傷してたいへんだったことを聞いたペグが、クラリスに会いに来た。

　ペグはクラリスが昔からの知りあいとなぜ突然結婚したのか好奇心を刺激されているようだったが、何も尋ねはしなかった。それに何か疑っているとしても、口には出さなかった。

「わたしったら途方もない夢を抱いていたけれど、うまくいくわけはなかったのよ」クラリスは静かに言った。「ロークとは古いつきあいだったわ。わが家はわたしが八歳のとき、K・Cの家の隣に引っ越したの。当時のK・Cはまだ現役の傭兵《ようへい》として始終家をあけていたわ。世界中に家を持っていたのよ。メキシコの家はいまでも手放していないはずだわ。でも、本拠地は当時もいまもナイロビ近郊の家なの。ロークは戦闘チームに紛れこもうとして、しょっちゅう村をうろつきまわっていたわ」

「当時の彼はいくつだったの？」ペグが尋ねた。

「十三歳」ペグの驚いた顔を見て、クラリスは笑い声をあげた。「ロークは十歳で……みなしご同然になってしまったの。父親はK・Cといっしょの任務についているときに殺されてしまったのよ。母親はわたしの父がナイロビの大使館に赴任した一カ月後まで生きていたけど、病気のためロークの世話ができなかったから、彼は十歳のとき、反逆者グループに加わって彼らのライフスタイルを学んだの。K・Cが仕事に区切りをつけて帰ってきたときには、反逆者グループの長《おさ》になっていたわ。K・Cは彼の首根っこをつかまえて無理やり母親のもとに連れもどし、今度家を出たらただではすまさないと脅したのよ」

「ミスター・カンターには会ったことがないけど、噂《うわさ》は耳にしたことがあるわ」

「その噂はだいたい真実よ」クラリスは苦笑した。「そのころより少しはまるくなったけどね」ため息をつき、身を乗りだす。「ロークのお母さんは優しい人だったけど、病気だったの。わたしたち家族は大使館が借りあげた家――K・Cの家の隣に住んでいて、わたしはロークのそばについていたわ、彼のお母さんが……亡くなったときに」クラリスはためらいがちに続けた。友人にはミセス・ロークは病死したのだと思わせておいたほうがいいだろう。「わたしは夜通し彼のそばに座っていた。彼がわたし以外の人を近づけようとしなかったの」

「ほんとうに長いつきあいなのね」

「ええ。わたしはまだ八歳だったけど、すでに彼に夢中だったわ。十三歳にしてはすごくおとなっぽかったけれど、わたしが彼の行くところどこにでもついていくのをちっともいやがらなかった。一度K・Cに言われたことがあるわ。スタントンが反逆者グループに戻らなかったのは、わたしがついてくるのがわかっていたからだろうって」

「彼はそのときにはもう片方の目をなくしていたの？」

クラリスは首をふった。「彼が目を失ったのはわたしが十七歳のとき、クリスマスの直後だったわ」つらい記憶に顔がゆがむ。「わたしは父がナイロビ行きの飛行機に乗せてくれるまで大騒ぎしてやったの。そうして彼のもとに飛んでいき、医者が彼の目と命を救おうとがんばっているあいだずっと付き添っていた。彼は重傷を負っていたわ。理由はついにわからなかった。彼の仲間の話では、注意深く、武器の扱いにもたけていたのに。彼の仲間の話ではお酒を飲んでいたらしいんだけど」また首をふる。「そのときまで彼がお酒を飲むなんて思ってもいなかったわ」

「誰でも限界を超えてしまうことはあるものだわ」ペグが静かに言った。

「そうね。ともかくわたしは病院で彼に付き添った。ほんとうはK・Cも付き添いたかったんだけど、彼がロークの父親なんじゃないかというかねてからの噂が再燃するのを恐れて思いとどまったのよ。わたし、その噂に関してロークに直接訊《き》いてみたことがあるんだけど、彼はそれから長いこと口をきいてくれなかったわ。つい最近まで、その話題に関しては神経過敏になっていたのよ。だけど、K・CがDNA鑑定を受けた結果、ほんとうにロークと親子だったとわかったの。その裏にも長くて悲しい話があってね」ペグが驚きの表情を見せたので、クラリスは言葉を続けた。「K・Cが心から愛していた、ただひとりの女性は修道女になってしまったの。彼女との結婚を望んでいたK・Cはお酒に溺れ、そんな彼にスタントンのお母さんが同情したの。彼女はK・Cを深く愛していたのよ」目を伏せて言う。「間違った相手を愛してしまう人って多いのよね。あなたとウィンスローは幸運だわ」

「そうね」ペグはクラリスの青白い顔をじっと見つめた。「あなたのご主人はとても優しいわ。だけど、ずいぶん年が離れている」

「ええ」クラリスの目がうつろになった。「彼はわたしの子どもに自分の姓を名乗らせるために結婚したの」声がかすれる。「このことは絶対に口外しないでね」

「まあ」ペグの目が涙でうるみだした。「そうだったの！」

クラリスは深呼吸した。「スタントンはわたしといっしょに過ごしたことを何も覚えてないの。わたしが未婚のまま子どもを産んだら、亡き母の評判に傷がつくわ。もう他界してずいぶんたつけれど、それでもここの人たちはいまでも母に尊敬の念を抱いている。そんな母の思い出をわたしが……汚すわけにはいかないわ。それにわたし、ルイのことが好きなのよ」

「確かに並の男ではないわね」ペグは顔をほころばせた。

「ええ。彼、自分の子どもは持てないの。だから、この子が彼にとってはほんとうにたいせつなの」

「あなたにとってもね」

クラリスは赤ん坊を守るようにおなかに手をあてた。「充分気をつけて大事にするわ。この子ほどほしいものなどいままで何もなかったくらいよ」

「いつかはロークに話すつもりなの？」

クラリスの顔にやるせなさそうな微笑がうかんだ。「話しても自分の子だとは信じないでしょうね。彼、昔の彼に戻ってしまったの。わたしを娼婦《しょうふ》呼ばわりする昔の彼に」深いため息をつく。「彼にとって、わたしを傷つけることはほとんど習慣になっていたのよ。わたしを寄せつけないためにね。わたしを近づけたら禁じられた関係に陥ってしまうと思いこんで。いまもそう思いこんでいるのかもしれない。それとも、理由は思い出せずに、わたしを忌み嫌っていたことだけ覚えているのかも」

「いずれ記憶をとりもどす見こみはないの？」

「自然に思い出す場合もあるそうだわ。一部の記憶だけが戻ることもあるって。子ども時代のことは思い出すでしょうし、これからのことを記憶していくこともできるでしょうけど、負傷する前の一定期間の記憶は永久に失われたままかもしれないの。先のことは医者にもわからないのよ」

ペグはクラリスの手にそっと触れた。「お祈りするときには、あなたのこともお願いするわ」

クラリスはペグの手を軽く握った。「わたしもあなたの健康を祈ってるわ。予定日はいつなの？」

「四カ月後よ」ペグの声がはずんだ。「ウィンスローもわたしも楽しみにしてるの。それにわたしの父もね」

わたしにも子どもの誕生を待ちわびてくれる家族がいたらいいのに、とクラリスは思った。「ほんとうに楽しみね」

「あなたの予定日は？」

「半年後よ」クラリスは笑い声をあげた。「ああ、待ちきれないわ」

「よくわかるわ」ペグがにっこりした。

ルイはいい夫だった。週末、仕事がなければ遊びに連れていってくれた。趣味で絵を描いており、クラリスが妊娠六カ月のときには肖像画を描いてくれた。これがすばらしい肖像画で、澄んだブルーの目やばら色の頬がいきいきと描かれていた。ドレスはグリーンのシルクのドレスだ。ロークが信じられないほどの情熱をもってキスしてくれた、何年も前のクリスマスイブに着ていたドレス。

クラリスはその肖像画がすっかり気に入った。ルイにとっては、愛が描かせた肖像画だった。彼自身は隠そうとしていたが、美しい妻に彼は完全に魅了され、友人や遠い親戚にも嬉《うれ》しそうに見せびらかした。むろん子どもは彼の子だと誰もが信じており、おかげで彼の面目も保たれた。そしてクラリスは彼の姓と子どもを産むための安全な場所を手に入れていた。

一度K・Cから電話がかかってきた。

「ロークが順調に回復して歩けるようになったことを知らせようと思ってね」K・Cは静かに言った。「まだ記憶は戻らないが、今日思いがけないことを口にしたよ。誘拐犯を捜すという、自分がやっていた仕事のことを話したんだ。犯人はつかまったそうだ。銃撃戦で二人の工作員が犠牲になったそうだがね。それにわたしの……息子も死ぬところだった」

「彼は、まだあなたが父親だということを思い出せないんですか？」クラリスは優しく尋ねた。

「そうなんだ」K・Cは重いため息をついた。「わたしは言いたくてたまらないんだよ。だが、医者がもう少し待てと言うんだ。抜け落ちた記憶のほんの一部でも思い出したのはいい徴候だからって。たとえ時間はかかっても、ほかの記憶もついてくるかもしれないという話だ」

「それじゃ、いつかはすべて思い出すかもしれないんですね？」

「そう、いつかはね」K・Cはつかの間押し黙った。「きみは元気かい？　将軍経由で結婚したと聞いたが」

クラリスはほほえんだ。「ええ、ルイ・カルヴァハルと結婚したんです。昔からの友人で、優しい人なんですよ。きっとすばらしい父親になるわ」

「きみに……訊こうと思っていたんだ。その、子どものこと……」

「ええ」

K・Cは逡巡《しゅんじゅん》している。

クラリスには何が訊きたいのかわかっていたが、こちらから言うわけにはいかなかった。「ルイは大喜びしてますわ。わたしもですけど。なんて名前をつけようか、彼と話しあってるんです」クラリスは無理に笑い声をあげた。「それに、わたしと彼のどっちに似るかとか」

「そうか」K・Cの声にあきらめがにじんだ。希望をなくしたような、うつろな声だ。

「シャーリーンはどうしてますか？」クラリスは強いて無関心を装いつつ尋ねた。

「二週間前にスタントンと婚約したよ」K・Cはかたい口調で答えた。「あいつはきみの話となるといっさい聞く耳を持たなくなるんだが、それでもわたしは、ペグ・グレーンジがきみに会いに行って、きみとルイ・カルヴァハルが仲むつまじそうだったと言っていたことはなんとか伝えたんだ。きみが結婚したことまでは言わなかったが、スタントンは険しい顔で黙りこんだ。そして翌日シャーリーンにプロポーズしたんだ」K・Cは吐息をもらした。「彼女を愛してもいないのに。彼女もなんだかスタントンを怖がっている。彼女は父親や父親のハンサムなビジネスパートナーといっしょにあちこちを旅しているんだ。きっとスタントンが脅して婚約に持ちこんだんだろうが、あいつも彼女も日取りについては口をつぐんでいる。婚約はおそらく……きみへの仕返しだよ」

その言葉はクラリスの心に重く沈みこんだ。「わたしもルイと結婚したんだから、おあいこだわ」

「父親としてあいつを愛しているが、あいつは天使ではない」

「ええ、わかってます」

「ほんとうに残念だよ、クラリス」

「わたしも残念に思います。わたし自身のためというより、あなたのために」クラリスはやんわりと言った。「少なくともわたしの息子はわたしが母親だとわかってくれるわ。あ……ごめんなさい」

「いいんだよ。元気な子を産んでくれ。生まれたら……知らせてもらえるかな？」K・Cはためらいがちに言った。「きみとは長いつきあいだ。よかったら赤ん坊の洗礼名をつけさせてもらいたいんだ」

クラリスは涙ぐみながら笑った。「光栄です」

K・Cはごくっと唾をのみこんだ。「ありがとう。嬉しいよ」

「それじゃ、お体に気をつけて」

「ああ、きみも。おやすみ」

クラリスは涙をこらえながら電話を切った。K・Cは気のまわる男だ。ロークのことを知りつくしているし、わたしのおなかにいる子どもの父親がほんとうは誰なのかうすうす感づいているに違いない。わたしはそれを認めるわけにはいかないけれど、K・Cもあえて尋ねはしないだろう。でも、彼にはおなかの子の人生にかかわってもらいたい。たとえロークにはかかわってもらえなくても。


クラリスとルイは子どもの誕生を楽しみにしながら静かに暮らしていた。すでにペグは男の子を産み、ジョンと名づけてクラリスとルイに見せに来てくれていた。クラリスはジョンを抱かせてもらい、わが子の誕生がますます待ち遠しくなった。もう調べてもらえば性別はわかるけれど、彼女もルイも訊かなかった。どっちなのかは生まれたときの楽しみにとっておきたかった。

しかし妊娠八カ月で予期せぬことが起きた。ペグが心配そうな声で電話してきたのだ。

「どうかしたの？」クラリスは優しく問いかけた。

「サパラが反逆罪で終身刑の実刑を受け、ここメディナの刑務所で仮釈放の望みもなく服役していることは知っているわよね？」

「ええ。わたしを含め、多くの人がほっとしたものだわ」

「ところがサパラは今朝メディナに傭兵たちを呼び

集め、白昼堂々ヘリで刑務所の中庭から脱獄したのよ」

クラリスはどさりと椅子に座った。「サパラは自分の逮捕に協力した全員に必ず復讐《ふくしゅう》してやると息巻いていたわ」

「そう、あなたやあなたの夫、わたしやわたしの家族、将軍の家族や、あなたを逃がしてくれたあの年寄りの看守にも復讐するってね」

「わたしたち全員、防弾チョッキを着て、寝るときには枕の下に銃を入れておくべきね」クラリスは冗談でまぎらそうとした。

「敵にまっこうから向かっていくのはサパラの流儀ではないわ」ペグはひややかに言った。「あの男は臆病者よ。汚い仕事は人を雇ってやらせるのよ。ドアや窓には常に鍵をかけ、知らない訪問者には決して気を許さないでね」

「そうするわ」クラリスは背筋が冷たくなるのを感じた。「スタントンはどうするのかしら?」彼の身を心配して問いかける。

「マチャド将軍がK・C・カンターに話をしたそうよ。K・Cは元独裁者がロークを追うつもりなら、一個連隊引きつれていったほうがいいと言ったそうだわ。彼、世界中から援軍をかり集め、サパラを刑務所に送りかえすだろうからってね」

クラリスは思わず笑い声をあげた。「K・Cらしい言い草だわ」

「でも、ロークにサパラが脱獄したことを言うつもりはないらしいわ。全部を説明するとなると情報過多になりかねないから。いずれにしてもたいしたことにはならないわ、K・Cは彼に援護をつけるつもりだから。でも、あなたはマナウスから離れる必要があるわ。ジェイコブズビルにいるわたしの父のところに身を寄せてもいいし、キャッシュ・グリヤと奥さんのティピーもあなたにあいている寝室を提供すると言っているわ」

「わたしが行ったら、あなたのお父さんまで危険な目にあうかもしれないわ」クラリスは優しく言った。

「それくらいならグリヤ夫妻の申し出を受けるわ。でも、ここを離れるわけにはいかないの。予定日はもうすぐだし、産婦人科医に一週間おきに受診するよう言われているのよ」

「まあ」ペグはうめくように言った。「いったいなぜ?」

「べつに異常があるわけではないと思うわ。産婦人科医とルイが決めたことで、わたしには何も教えてくれないの。でも、ルイはいつもわたしの行動に目を光らせて、運動もさせてくれないのよ」

ペグの頭に心配すべきさまざまなケースが思いうかんだ。「もしわたしたちが必要になったら――」

「わかってるわ。ありがとう」クラリスは物柔らかに言った。「あなたはわたしのたったひとりの友だちよ。わたしもあなたのためならなんだってするわ」

「ええ」ペグは口ごもった。「ウィンスローの友だちがいま休暇でこっちに来ているの。その彼にあなたの身辺を警戒するよう頼んでみましょうか?」

クラリスは笑った。「ルイが引きつけを起こすわ。彼ではわたしを守れないと思っているみたいで、男のプライドを傷つけちゃう」

「ありえなくはないわね」ペグは言った。「でも、彼には知らせなければ?」

「知らなければ……文句の言いようもないでしょうね」クラリスはかすかに笑って承知した。

「あなたの知らない人物だけど、彼があなたの身辺に目を光らせるようになるわ」

「どういうタイプの人?」

「長身で、黒っぽい髪をしたハンサムな男よ」ペグは面白がっているような口調で言った。

「わたしの夫と同じタイプだわ」クラリスは笑った。

「そういえばそうね。とにかく彼があなたたち二人を見守るから。でも、気をつけてよ。サパラがいまどこにいるか、誰にもわからないんだからね」

「きっと今日にも国際刑事警察機構《インターポール》やいくつもの諜報機関《ちょうほう》がサパラの背後に迫るでしょうね」クラリスは答えた。「将軍のスパイ網とかね」

「そうね。だけど赤ちゃんが生まれたら、本気でテキサスに行くことを検討して。お願い」

クラリスは生まれてくる子どものことを思った。ルイはマナウスを離れたがらないだろうし、クラリスは彼なしではやっていけない。だが、サパラはクラリスの新しく生まれた家族にさえも復讐の刃《やいば》を向けかねないのだ。

「考えておくわ」クラリスは言った。「心配してくれて、ほんとうにありがとう」

「友だちじゃないの」ペグはあたたかな声で言った。「それじゃ、また電話するわね」

「あなたも気をつけて」

「もちろんよ」

クラリスはルイにサパラが脱獄したことを話したが、ウィンスロー・グレーンジの友人が自分たちの身辺警護に来るということは言わなかった。

ルイは彼女をそっと抱きよせた。「かわいそうに、物事なかなかうまくいかないね。ロークが記憶をとりもどすことをきみのために心から祈っていたんだよ。たとえその結果きみを失うことになったとしてもね」クラリスの顔を見おろして続ける。「悲しいだろうね、いまはきみの人生において一番幸せな時期のはずなのに」

クラリスは彼の頬に触れ、情愛をこめて笑いかけた。「実際いまが人生で一番幸せだわ。もうじき赤ちゃんが生まれるし、わたしを気遣ってくれる優しくてハンサムな夫はいるし」

ルイは彼女の手を口もとに持っていってキスをした。「運命はぼくたち両方に不親切だ」

「赤ちゃんが生まれたら変わってくるわ」そのときのことを思うと、クラリスの胸は喜びではちきれそうになった。「男の子と女の子、どっちでもいいから、早く生まれてきてほしいわ」そう言って笑う。

ルイもにっこりした。「まったくだ、これからちょっと往診に行かなければならないが、帰ってきたらワインを飲みながらテレビを見よう」

クラリスは彼に寄りそった。「ええ」

ルイは彼女の髪を撫《な》で、その髪に唇を押しあてた。

「なるべく早く帰ってくるよ」

「ええ、行ってらっしゃい」

ルイが帰ってくる直前に、ポーチにぼんやりした人影が見えた。その人影はルイの寝室にある窓の前でちょっとためらってから闇の中に消えていった。ガラス瓶の蓋をあけるような、奇妙な物音も聞こえた。

自分たち夫婦のためにウィンスローがよこしてくれたボディガードに違いないと考え、クラリスはルイには何も言わなかった。彼を心配させるようなことを言ったら、ルイは自分に彼女を守る力がないのだと感じてしまうかもしれないから。

翌日、朝食の席に現れたルイはだるそうだった。

「なんだか元気がないわね、ルイ」クラリスは気になって言った。

ルイは声をあげて笑った。「ゆうべは何年かぶりに蚊帳を吊《つ》らなきゃならなかった。寝室で何箇所か刺されたらしい」

「まあ」クラリスは心配になった。

「マラリアの徴候が見られたらキニーネを使うから

大丈夫だよ」ルイはほほえんだ。「心配しないで。わたしは医者だ。自分の体のことはわかっている」それからふと顔をしかめた。「この家の中に蚊が入りこんだことはないんだが……」

「そうね」クラリスはなるべく早くペグに電話してボディガードのことを訊いてみようと思った。むろん何も心配いらないはずだが。

「気分が……悪い……」突如ルイが椅子からずり落ちた。

それから数時間は目がまわるような慌ただしさのうちに過ぎた。クラリスはルイとの共通の友人である内科医に電話をかけ、すぐに来てもらった。内科医は検査をするとルイを病院に運んだ。急激に熱があがり、ほかにもマラリアの症状が出はじめた——悪寒、嘔吐《おうと》、譫妄《せんもう》。

「きみは彼のそばについていてはいけないよ」医者が心配そうに言った。「予定日が近いんだ。赤ん坊を危険にさらすことになる」

「ルイのそばを離れるわけにはいかないわ」クラリスは自分が心から大事に思っている二人のあいだで胸を引き裂かれる思いがした。「彼のほうだって、どんな危険があろうがわたしのそばを離れないはずだもの」涙声でそう付け加え、医療スタッフがルイのそばを動きまわって必要な処置を施しているあいだも彼の手を握りしめていた。「ルイは前にもマラリアにかかったことがあるけれど、こんなにひどくはなかったわ」

「わたしもこれほどのケースは数えるほどしか見たことがない」医師は静かに言った。その数少ないケースが例外なく死に至ったことは口にしなかった。血液検査の結果、ルイはマナウスではほとんど見られない、ことのほか危険なマラリア原虫にやられたことがわかっている。「彼は最近国外に出たのかな?」

クラリスは首をふった。「アルゼンチンに行ったけど、それはもう半年も前だわ。そのあとは一度もマナウスを出ていません」

「アジアとかアフリカとか、蚊が多いところには全然行ってないんだね?」

「ええ」クラリスは落ち着かなくなった。「なぜそんなことをお訊きになるの?」

医師はうっすらとほほえんだ。「藁《わら》にでもすがろうとしているんだよ、たぶんね。もし付き添うつもりなら、きみのために簡易ベッドを運ばせよう」

「ええ、ずっとついています」クラリスはきっぱりと言った。

医師は微笑した。「きみはお母さんによく似ているね、セニョーラ・カルヴァハル。彼女も慈悲深く献身的だった」

クラリスは唇を噛《か》んだ。「ありがとう」

医師は彼女の肩にそっと片手をかけた。「もし熱が出たような気がしたら……」

「ええ、すぐに言います」

医師はうなずいた。


クラリスの願いもむなしく、ルイの容態は悪化する一方だった。クラリスは彼の手を握り、話しかけ、これまでの彼の優しさに礼を言い、死なないでと懇願した。だが、彼は急速に衰えていき、翌朝クラリスがまだ眠っているうちに、誰も知らない闇の中へとひっそり滑り落ちていった。

ルイの死を告げられ、クラリスは胸がつぶれるほど泣いた。「そんな……」身を震わせ、声をふりしぼる。「そんなのって、あんまりだわ……」

医師は彼女の額に手をあて、歯ぎしりした。病棟の職員を呼びにやったが、ストレッチャーが来たとウィンスローは深く息をついた。「殺害方法としては卑劣で悪辣だ。サパラのやりそうなことだ」

ペグはうなずいた。「ロンドンのあなたの知りあいに熱帯病の専門医がいなかったっけ？」

ウィンスローは眉をあげた。「ラドリー・ブラックストーンか。確かに彼は専門家だ」そしてさっそく携帯電話で連絡をとった。

翌日、ブラックストーンがマナウスに飛んできて、空港からまっすぐ病院に来た。彼はペグやウィンスローとの挨拶もそこそこに、クラリスの主治医とともに病室に姿を消した。

「ロークに電話すべきじゃないかな？」ウィンスローが静かに言った。

ペグは下唇を噛み、かぶりをふった。「彼は何も覚えていないのよ。それにクラリスは子どもが彼の子だとは言っていないの。誰に対しても夫の子だということで通してきたわ」ウィンスローの顔を見あきにはクラリスは気を失っていた。

ペグは夫のウィンスロー・グレーンジと待合室でクラリスの容態に関する知らせを待っていた。やがてしびれを切らしてウィンスローが立ちあがり、医者を探しに行った。戻ってきた彼は暗い顔をしていた。

「クラリスの夫を死に至らしめたものが彼女の命も奪おうとしているそうだ」かたい声で言う。「医者は帝王切開で子どもをとりあげると言っている。ぐずぐずしていると両方とも助からないかもしれないんだ。ルイは脳マラリアを引きおこす、きわめて危険な病原体に感染したそうだ。いったいどこで感染したのか理解できないと言っていた。クラリスの話だと、彼は敷地内で蚊が発生しないように神経質すぎるくらい始終薬を噴霧していたそうだ」

ペグはぞっとして彼を見た。

げる。「何をしようが、彼女も赤ちゃんも死んでしまうかもしれない」

ウィンスローはじっと彼女を見つめた。「ぼくがロークの立場で、きみがぼくの子を身ごもったのをぼくに知らせないまま死んでしまったら、とても立ち直れないだろう」

ペグは彼の頬に手を触れた。「わかるわ。でも、ロークは何も覚えていないのよ。クラリスを嫌っているの。K・Cによれば、彼女の名前さえ口にしないし、人にも彼女の話はさせないそうだわ」

「厄介だな」

「ええ」ペグは逡巡した。「どちらにしてもK・Cには電話すべきかもしれない」

ウィンスローはゆっくりとうなずいた。「そうだな。電話してみよう」

9

ウィンスロー・グレーンジがなぜ電話してきたのか、K・Cにはすぐにぴんと来た。「クラリスの身に何かあったんだな？」即座に問いかける。「何があった？　赤ん坊がどうかしたのか？」心配そうな緊張した声音だ。

「いや」ウィンスローは重苦しい口調で答えた。「二日前、ルイ・カルヴァハルが脳マラリアで死んだ。たちの悪いマラリア原虫に感染してね。敷地内のどこにも蚊はいなかったんだから、妙な話だ。ルイは感染予防には神経質すぎるほど気を遣っていたらしい。最近も薬を噴霧したばかりだったそうだ」

「それじゃ、なぜ感染したんだ？　外国に行っていたのか？」

「いや」ウィンスローは言いよどんだ。「先週クラリスがパティオで——ルイの寝室の外で——ガラス瓶の蓋をひねるような音がしたのを聞いたそうだ。何者かがハマダラ蚊を持ちこんで、家の中に放した可能性が高い」そこでため息をつく。「ルイはインフルエンザだと思ったらしく、病院で調べてもらおうとはしなかったんだ」

「サパラか」K・Cは歯噛《が》みした。「卑劣で陰険な野郎だ……」

「まったくだ。クラリスもおそらくルイの部屋で看病していたときに蚊に刺されて発症したらしい。いま医者が今後の治療方針を検討している。熱帯病が専門のぼくの友人がロンドンから来てくれて、クラリスの主治医と話しあっているんだ。新薬も含めて薬を何種類か組みあわせてみるようだが、事態の深刻さをあなたに知っておいてもらったほうがいいと思ったんだ」ウィンスローはゆっくりと言葉をついだ。「万一に備えて……」

重苦しい沈黙が長く続いた。

「今後の見通しがはっきりするのは？」

「いつになるかわからない。とにかく重態なんだ」

「これからそっちに行く」

「危険かもしれないぞ」

「なあに、わたしは二十四歳のときから余生を生きているようなものだ。クラリスのことは彼女が八つのときから知っているんだ。すぐに行くよ」

「わかった。警備を強化しよう」ウィンスローは静かに言った。「じつはクラリスの家の外にひとり張りこませていたんだが、彼がいまどこにいるのか皆目わからないんだ。なんの報告もあげてこないし、いったいどうなっているのやら」

K・Cはつかの間黙りこんだ。「身元不明の死体保管所をあたってみるべきだな」

ウィンスローはその言葉にはっとした。「そうしよう。あなたも小型ジェット機に乗る前に機体をくまなくチェックして、部下を二、三人連れてきたほうがいい。念のためにね」

「ああ」

「ロークはどうしている？」この瞬間まで先延ばしにしていた質問を投げかける。

「ロークはいまどこにいるかもわからないんだ」無念そうな言葉が返ってきた。「秘密の仕事を請け負って姿を消してしまったよ——婚約者を彼女の父親や父親のビジネスパートナーといっしょにパリに行かせて。わたしにはろくに口もきかないんだ」

「いったいどうして？」

「何カ月か前、ロークに会わせるためにクラリスを連れていったんだが、ロークは彼女への嫌悪感をむきだしにして、とりつく島もなかった。なぜなのかはわからない。以前はどれほど嫌悪感をあらわにしても、彼女の身に何かあったときは真っ先に飛んでいったものだが」

「頭の怪我《けが》は難しい。ロークの怪我も相当ひどかったんだろう」

「そのとおりだ」K・Cはちょっと躊躇《ちゅうちょ》した。「もとのロークに戻ったら——そんな日がほんとうに来るとはかぎらないが——ぶん殴ってやる！」

ウィンスローは声をあげて笑った。昔のK・Cらしい言い草だった。「そのときにはクラリスが協力してくれるかもしれないな」

生きてさえいれば。二人とも心の中でそう付け加えた。だが、どちらも口には出さなかった。

「それじゃ、数時間後に会おう」K・Cはそう言って電話を切った。

クラリスは生死の境で闘っていた。高熱のせいで早産させることになったが、子宮口がまったく開かず、母子の双方を助けるために緊急の帝王切開手術がおこなわれた。とりあげられた赤ん坊にもマラリアの診断がくだされたものの、翌日にはマラリア原虫が減少しはじめ、ペグとウィンスローはほっとした。医者はクラリスの体が作り出した抗体のおかげだと説明し、とくに珍しいことではないと言った。

その間にイギリス人の専門医はクラリスが感染したマラリア原虫を——ルイと同じ熱帯熱マラリア原虫だ——血液から分離し、ルイを死に至らしめた脳マラリアの予防になるよう数種の薬を組みあわせて処方した。それらの薬は危険なのだが、マラリアじたいが命にかかわる危険な病なのだ。失うものは何もなかった。

K・Cはクラリスの息子が生まれた翌日にようやく姿を現した。ナイロビ空港がテロリストの脅迫を受け——その脅迫は現実とはならなかったが——離陸を遅らせたせいで大幅に時間をとられてしまったのだ。

「男の子ですよ」やってきたK・Cにペグは物柔らかな口調で言った。

「男の子。息子か」K・Cは目をうるませ、顔をそむけた。クラリスがどうごまかそうが、彼にはロークの子だとわかっていたのだ。つまり彼自身の孫息子になる。たったひとりの孫息子――誰にも言えはしないけれども。

ペグは立ちあがって優しくK・Cを抱きしめた。K・Cは抗《あらが》いもせず、彼女の抱擁を受けながら涙を見せまいとこらえていた。間もなく奇妙な笑みをかすかにうかべ、彼は体を引いた。「ありがとう」かすれ声で言う。「赤ん坊は無事だったんだね？」

ペグはうなずいた。「一時は危なかったけどね。先天性マラリアだったんだけど、自然に治ったんですって」にこやかに続ける。「見に行きますか？新生児室にいますよ」

「ああ……ぜひ」

ウィンスローが両手をポケットに入れてほほえんだ。「かわいい子ですよ。うちの息子ほどハンサムじゃないけどね。まあ完璧な人間はいないから」冗談めかして言う。

「きみたちにも子どもが生まれたそうだね。ジョンだったっけ？」

ウィンスローが顔中に笑みを広げてうなずき、三人は長い廊下を歩いて新生児室に向かった。そして大きなガラス窓の外で立ちどまった。

「あれがクラリスの息子ですよ」ウィンスローが新生児室でひとりだけブルーの毛布をかけられている赤ん坊を指さし、看護師に笑いかけた。看護師はその赤ん坊を抱きあげて部屋の外に連れてきた。

K・Cは言葉が出なかった。ロークが生まれたときには生後間もない彼を見て、ほんとうは自分の子ではないかと思いながらもロークの両親のために喜んでいるふりをしたのだった。

いまは喜びを隠せなかった。満面に笑みをたたえ、ロークと似たところを探してしげしげと顔を見る。すでに開いている目は青くて柔らかい。その色も形もクラリスの目を受け継いでいるが、耳の形はロークにそっくりだ。K・Cはその小さな顔にカンター一族の血筋を見た。

「なんてかわいいんだ」かすれ声でつぶやく。

「でしょう?」ペグが言い、小さなため息をもらした。「この子のためにも、クラリスは生きのびなくちゃ。何があろうとね!」

「わたしでできることはなんでもするよ」K・Cは言った。「だが、万一のときにはわたしがこの子を引きとり、愛情をもって育てよう。何も不自由させはしない!」

ペグはウィンスローに目をやり、彼もたじろいでいるのを見た。ロークに黙ってどうしてそれをするつもりかということは、どちらも口にしなかった。

赤ん坊を見つめるK・Cの心は喜びに満ちあふれていた。「クラリスは名前のことを何か言っていたかい?」

「ええ。女の子ならカトリアンヌ・デジレ、男の子ならジョシュア・スタントンにしたいって」ペグが答えた。「ミドルネームは公開しないつもりでいるようだけど……」

「わたしも誰にも言わないよ」K・Cは約束した。それからカーキのスラックスのポケットに両手を突っこんだ。「それにしてもひどいことをしやがる」

「まったくだ」ウィンスローの顔つきが厳しくなった。「マチャドがいまサパラを捜させていますよ。今度つかまえたら、もう連行はしてこないだろうな。やつはもう刑務所にも入れないはずだ」

K・Cはウィンスローを見た。その淡いブラウンの目は長く続いた冷徹な傭兵《ようへい》時代の名残をとどめていた。「わたしの部下にも協力させよう」そう言うと、赤ん坊に視線を戻し、悲しげにほほえんだ。

「ロークは自分があなたの子だということも覚えていないんですか？」ペグがやんわりと尋ねた。

「ああ。彼とはろくに話もしていないんだ」K・Cは答えた。「帰ってきた直後はちょっと常軌を逸していたから、そのころよりよくはなっているんだ。しかし、癇癪《かんしやく》がひどくてなかなか人を寄せつけない。とくに彼の婚約者は彼を怖がっている。彼女はできるものなら婚約を解消したいんじゃないかな」

ペグはため息をついた。「ロークはお母さんの婚約指輪を彼女にあげたのかしら？」

K・Cはかぶりをふった。「金庫にしまいこんであるよ。解錠のための暗証番号を知っているかと訊《き》かれたところをみると、わたしがクラリスにやったんじゃないかと思ったらしい。わたしは暗証番号など知らないからそう答えたら、それでちょっと考えたようだが、きっと自分がそのへんに置きっぱなしにしてしまったのをクラリスが持っていったんだと言っていたよ。反論しようとしても、まったく話にならなかった」暗い声で締めくくる。

「戦闘に加わって負傷したために記憶喪失になったやつは何人か見たことがある」ウィンスローが言った。「自然に記憶をとりもどすケースもある」

「何カ月もかかるがね」K・Cが静かに言った。

「ときには何年もかかることもある」ウィンスローは続けた。「最後まで希望を失うべきじゃない」

K・Cはなんとかほほえんだ。「そのとおりだ」

「わたしはとにもかくにもクラリスに生きのびてほしいわ」ペグが言った。

ウィンスローが彼女の肩を抱きよせた。「信念は山をも動かす、だ」

K・Cは低く笑った。「わたしには名づけ子がいてね。彼女はわたしが唯一結婚したいと願った女性の姪《めい》だ。ケイシーという名前で、モンタナのキャリスター牧場のギル・キャリスターと結婚している」

「その二人、知っている」ウィンスローが驚いた顔で言った。

「たいていの牧場主は知っているよ」K・Cはくすりと笑った。「大金持ちだからね。ケイシーは苦労したが、ギルと結婚して幸せに暮らしている。ギルは前妻を亡くし、二人の幼い娘と暮らしていたんだ。ケイシーが彼の生活に明るさをとりもどしてくれたんだと言っているよ」

「ケイシーが？」ペグが言った。

K・Cはうなずいた。「わたしがある国の反乱で殺されそうになったところをかくまってくれたのがケイシーの両親だった。その後、わたしが反乱軍の襲撃から母親を助けだし、父親のいた安全なところに送り届けた。翌日母親は双子を産み、わたしの名をとってケイシーおよびカンターと名づけた。しかしカンターはアフリカで死んでしまったよ。家族といっしょに乗っていた飛行機にロケット弾を打ちこまれて」

「お気の毒に」ペグがそっと言った。

K・Cはうなずいた。「わたしはケイシーに結婚のお祝いとしてペンダントを贈った。からし種が入ったペンダントだ」

「一粒のからし種ほどの信念が山をも動かす」ペグは先ほどの話との関連に気づいて言った。

K・Cは微笑した。「そうだ」大きく息を吸いこむ。「きみが呼んだイギリス人の医者がきっと奇跡を起こしてくれるよ、ウィンスロー」

「ぼくもそう信じましょう」ウィンスローは答えた。

二日後、クラリスに処方された薬が少しずつ効果を現しはじめた。熱がさがるにつれ、悪寒もおさまってきて、再び意識をとりもどしたときにはほんとうに奇跡が起きたかのようだった。

入院して四日後にクラリスは目をあけ、心配そうな顔がベッドを取り囲んでいるのを見た。

彼女はなんとか弱々しい微笑をうかべた。吐き気がして、おなかが痛かった。身動きして顔をしかめる。「赤ちゃんは！」ふいにぎょっとしたように声をあげる。

「元気な男の子だよ、クラリス」K・Cが優しく言った。「いま新生児室で寝ている」

「ああ」クラリスはつめていた息を吐いた。「男の子なのね」表情が柔らかくなり、それからまたゆがんだ。「ルイが……ルイが死んでしまったの」目から涙がこぼれだす。「死んでしまったのよ！」

重苦しい沈黙が室内を満たした。

クラリスは涙をぬぐった。「ペグ、あなたがわたしたちの身辺警護のために送りこんでくれた人だけど……わたし、彼がポーチに立っているのを見たの。わたしたちを守ってくれているんだと思ったから、ルイには何も言わなかった。ルイのプライドを傷つけないように。ルイは寝室で蚊に刺されたと言ってたわ。でも、彼が家のまわりに始終薬を噴霧していたから、蚊なんかいなかったはずなのよ。だから彼は病院に行かなかったの。自分の患者からインフルエンザをうつされただけだと思っていたの。疲れもたまっていた。インフルエンザの流行で日に十四時間も働いていたのよ。そのせいでマラリアだとはまったく思わず……。わたしも数日後に突然彼が倒れるまで何も知らなかったの」涙がまた頬を伝う。

ウィンスローは歯ぎしりした。言いたくはないが、言わなければならない。「クラリス、ぼくがきみたちの警護のために送りこんだ男は殺害されてしまったんだ。きみが見かけたという男は、ぼくが送りこんだ男ではなかったんだよ。ほんとうにすまない」

「あなたの……せいではないわ」クラリスは涙をの

みこみ、なんとか言った。腹痛がひどくなっていた。

「その晩、ガラス瓶の蓋をあけるような音を聞いた記憶があるわ」そこで目をとじたので、憤怒《ふんぬ》に燃えるK・Cと罪悪感を背負ったウィンスローが深刻な顔で目を見かわしたことには気づかない。

K・Cは目をぎらつかせた。「われわれで必ずサパラを見つけだすよ。何があろうとね」

「ぼくもいい情報網を持ってるんだ」ウィンスローが言い、K・Cの表情に気づいて眉根を寄せた。「多少の穴はあるみたいだけどね」かたい声で続ける。「白昼堂々、ヘリがサパラを刑務所の中庭から吊《つ》りあげたんだからな」

「金でころんだんだ」K・Cが言った。「金の流れを追って、買収されたやつを見つけだせ」

「帰ったら真っ先に調べよう」ウィンスローが答えた。

「きみたち家族のセキュリティも強化しろ。これはほんの序の口だ。サパラが復讐《ふくしゅう》に乗りだしたんだ。やつには失うものは何もない。つかまったら生きて帰れないことはやつもわかっているんだ」

ウィンスローはうなずいた。「ぼくがうかつだった。同じミスは繰りかえさない」

K・Cはウィンスローの肩に片手をかけた。「わたしも同じようなミスをしたことがある。ただし一度だけ」そこで頬をゆるめる。「きみなら大丈夫だ」

ウィンスローは含み笑いをもらした。「しかし、あなたには及ばない。いまはまだ」

K・Cは肩をすくめた。「わたしのほうが何年か先輩だからな」

「わたしの赤ちゃん」クラリスが眠そうな声で言った。「わたしに似てる?」

「似てるよ」K・Cが笑顔で答えた。「きみによく似ている」

クラリスはほっとしたようにため息をついた。

「とてもかわいいよ」K・Cは優しく言った。

クラリスはブルーの目を悲しみに翳《かげ》らせて彼の目を見あげた。その目尻から涙が流れだす。

K・Cには彼女の気持ちがよくわかった。親指でそっと涙をぬぐってやる。「彼はわたしが父親だとは知らないんだ」優しくさとすような口調だ。「今後もいつまでも思い出さないかもしれない」

クラリスは彼が言おうとしていることを理解し、小さくうなずいた。涙をのみこみ、ちょっとしてから言う。「わたしはどうして死なずにすんだのかしら？　ドクターの話では、わたしもルイと同じように脳マラリアになってしまいかねなかったのに」

「ぼくにはドクター・ブラックストーンという友人がいるんだ」ウィンスローがにっこり笑って言った。「彼にロンドンから来てもらったんだよ。熱帯病の権威でね。彼が何をしたのかはわからないが、ともかく最適な処置をしてくれたようだ」

クラリスはほほえんだ。「そうだったのね」

「きみは国外に出なくてはならない」K・Cが言った。「やつはまだまだやる気だ」

「ええ」クラリスは唇を噛んだ。「わたしのことはともかく、ジョシュアは誰にも見つからず手出しもできないところに移したいわ」

「ジェイコブズビルのキャッシュ・グリヤが家に来いと言っているの」ペグが思い出させた。「彼のところほど安全な場所はほかにないわ。キャッシュにも悪いお友だちがたくさんいるの」そう言って笑う。

クラリスもなんとか笑顔を作った。「でも、ご迷惑じゃないかしら……」

「まさか」ペグは声をあげて笑った。「ティピーは新生児用品をすべて買い揃《そろ》え、あなたが来るのを心待ちにしているわ。トリスはもうじき三つだし、ティピーは赤ちゃんが恋しくてしょうがないのよ」

「彼女たちご夫婦がもうひとり作ればいいのに」

「努力はしているんでしょうけど、結果が出ないのよ。そこにあなたが生まれたばかりの赤ちゃんを連れてきてくれるので、ティピーはいまからうきうきしているわ」

「そういうことなら、ありがたくお世話になるわ……」クラリスはそこで口ごもった。「スタントンがジェイコブズビルに現れる可能性はありませんよね？」K・Cに問いかける。

K・Cは深々と息をついた。「彼はアメリカに戻るつもりはないと言っていた」正直に答える。「しばらくはね。ひょっとしたら永遠に。彼がいま請け負っているのはヨーロッパの仕事ばかりなんだ」

「そうですか」

「秘密の仕事だよ」K・Cは続ける。「いま彼が誰の下で何をしているのかは、わたしも知らないんだ。彼の中ではわたしも例外ではないってことだ」

クラリスは顔を曇らせた。「残念ですね」

K・Cは吐息をもらした。「まったくだ。しかし彼の記憶が戻らないかぎり、お互いどうすることもできない。まあ、きみは心配するな。赤ん坊は何不自由なく育つよ。わたしが史上最高のよき……名づけ親になるからね」無理に言葉を押しだす。ほんとうに言いたいのはその言葉ではなかった。

クラリスはそれを理解し、目で感謝した。ロークに子どものことを知られるわけにはいかない。絶対に。もし知ったら彼は子どもを奪いとるために平然と裁判を起こすだろう。ロークと若いシャーリーンが息子を育てるのかと思うと、ぞっとして総毛立ってしまいそうだ。

「心配いらない」K・Cがまた言った。「たいてい物事は最後にはうまくおさまるものだ」

「そうなのかしら」クラリスはほほえんだ。

そのときドクター・ブラックストーンがクラリスの主治医とともに部屋に入ってきた。二人ともにこにこしている。

「わたしの最大のサクセス・ストーリーだ」ブラックストーンがクラリスを見て言った。「きみがマラリアの最終段階から生還した第一号であり、このあと同様に生きのびる患者が次々と続いてくれれば、わたしたちは夢の新薬を発見したことになる」

クラリスは疲れた笑顔で言った。「その薬が大勢の人々を救ってくれるといいですね。ほんとうにありがとうございました」

「唯一残念なのは、きみのご主人を救うのには間にあわなかったことだ。立派な医師だったそうだね」

「ルイはよき内科医でした」クラリスの目に涙がこみあげた。「ごめんなさい。まだ彼の死を受け入れられなくて。そうだわ、葬儀の手配をしなければ」

「それはわたしが面倒を見るよ」K・Cが口をはさんだ。「きみがもう少し元気になったら、追悼供養をしよう。だが、いまはまだ動きまわってはだめだ。そうでしょう？」

「ええ」ブラックストーンが答えた。「しかし、完治に向けて順調に回復していくでしょう。それにいまのきみにはお披露目すべきかわいい息子さんがいるしね」彼はそう言ってくすりと笑った。

K・Cはクラリスが赤ん坊といっしょに退院するまで家には帰らなかった。そしてクラリスの家にボディガードとして戦闘のベテランである二人の男を配置した。

「ご親切にありがとうございます」クラリスは礼を言った。

K・Cは両手をスラックスのポケットに突っこんだ。「わたしが生きているかぎり、きみにも子どもにも決して害は及ばない」真面目な顔で言うとそばに来て、クラリスが抱いている赤ん坊に優しいまなざしを向ける。

クラリスはまだ本調子ではなかったが、動きまわれるぐらいにはなっていた。籐《とう》椅子に腰かけ、薄い毛布にくるんだ小さなジョシュアを抱いている。ふと身をすくめ、彼女は笑った。「縫ったところがいまでも痛いわ」

「重いものを持ってはいけないよ」K・Cはたしなめるように言った。

「重いものは持ってません。ジョシュアはたったの三千グラムですから」クラリスは笑顔で言い、子どもを見るK・Cの淡いブラウンの目にものほしげな色を見てとった。「抱いてみますか?」

「ぜひ!」

K・Cは背をかがめて赤子を抱きとり、笑顔でダークブルーの目をのぞきこんだ。「この目はきみの目か、それとも……ジョシュアの父親の目かな」口ごもったのは名前を口にしそうになったからだ。

クラリスはため息をついた。「ご存じなんでしょう?」

K・Cは彼女の顔を見おろした。「わたしは知っている。だが、彼が知ることはない。約束するよ」

「ありがとう」クラリスは目を落とした。「彼は以前にもまして、わたしを嫌ってます。もし子どものことを知ったら――」

「彼が知ることはない」K・Cは静かに繰りかえした。「だが、わたしは知っている。それで充分だ」再び赤ん坊の目を見て笑いかけ、優しく頬ずりする。「この子に不自由な思いはさせないよ」

「ええ。お忘れかもしれないけれど、わたし自身もお金には不自由してませんから」

「それはそうだ」K・Cは口をすぼめた。「だが、わたしはボディガードのことを考えていたんだ」

「その種の援助ならありがたくお受けします」身じろぎした拍子にまた傷痕が引きつれ、クラリスはたじろいだ。「国を出ることに関してはペグの言うとおりなんでしょう。テキサスに行けばサパラにも簡単には見つからないわ。ことにジェイコブズビルのような、住人同士がみな知りあいの小さな町では」

「それにアメリカの優秀な傭兵の半数が故郷と呼ぶような町ではね」K・Cは笑いながら言った。赤ん坊を抱いたまま優しい目をして歩きまわりはじめる。

「ジェイコブズビルではジョシュアはみんなに見守ってもらえるだろう。キャッシュ・グリヤがこの子ときみの安全を保証してくれる」

クラリスはK・Cの顔を見あげた。「サパラは残虐なスパイを飼ってるわ。バレラでわたしを拷問したような頭のおかしな連中をね。蚊が媒介する寄生虫で人を殺すなんて極悪非道だわ」

「リスキーでもある」K・Cは言った。「ルイは医者だったんだから」

「でも、彼はすごく疲れていたわ。新型ウィルスの流行で患者の処置に忙殺され、体調を崩していた。だからマラリアだとは気づかなかったんです。わたしが気づいてあげるべきだったわ。マラリアの症状は知っていたんですもの。十歳のとき、マラリアにかかったスタントンを看病したから」

K・Cは立ちどまってほほえんだ。「彼は昔からきみの生活の一部だったんだね」

クラリスはうなずき、唇を噛んだ。「彼と二人で過ごした数週間のことは、あなたには想像がつかないでしょうね」ロークが隠しきれない愛を惜しみなくそそいでくれた日々の喜びを思い出し、胸をつまらせて押し黙る。

「彼も同じ気持ちだったんだよ、クラリス」K・Cは優しく言った。「彼がああなる前に話をしたときには、きみとの将来を語ってばかりだった」

クラリスは泣きそうな顔になんとか微笑をうかべた。「だから、よけいにつらいんです。神は人間を罰するためにまず楽園に連れていき、それから地上に戻して解放したと言われるけれど、そのあまりの落差に人は絶望してしまうんですよね。わたしのケースも似たようなものだわ」

「ロークが記憶をとりもどす可能性はゼロではないんだよ。自然に思い出すこともあるそうだ」

「神経科医と話したんですか？」

K・Cはうなずき、ジョシュアをあやしながらまた歩きだした。ジョシュアは彼の腕の中からじっと彼を見つめている。「神経科医は、われわれがロークに過去のことを教えてやってもいいが、それでは何にもならないと言うんだ。それで彼自身の記憶が喚起されることはないとね。単に彼に物語を読んでやるのと変わりがないそうだ」

「それはがっかりだわ」

「そうなんだ」K・Cは顔をしかめた。「医者の話だと、自然に記憶をとりもどすには過去の記憶と関係した脳の部位へと新しい回路が作られる必要があるんだが、それが作られないこともあるし、作られるにしてもそのプロセスには時間がかかるそうだ。長い時間がね」

「これまでもずいぶん長かったわ」クラリスは沈んだ声で言った。

「わたしにとっても長かったよ。彼が自分の子であることがはっきりしたばかりだったんだ。それなのに……」

「あなたも希望を持たなくては」クラリスが励ました。「彼はいまでもあなたの息子ですわ」

K・Cは微笑した。「そうだな。しかもわたしには孫までできた」彼の笑みが満面に広がった。「屋根の上にあがってそう叫びたいくらいだよ。孫が誇らしくてたまらないんだ。でも、人には言えない」

「ジョシュアの名づけ親であることは公言できますわ」クラリスは指摘した。「名づけ親《ゴッドファーザー》なら中折れ帽とマシンガンが必要になるでしょうけど」

K・Cは低く笑った。「コンバットナイフやウージーの短機関銃ではどうかな?」

「いいんじゃないかしら」

彼は名残惜しそうにジョシュアをクラリスの手に返した。「もう行かなくては。そばを離れたくはないが、終わってないプロジェクトがあるんだ」

「追悼供養の手配をありがとうございました」クラリスは言った。「きっとルイも喜んだでしょう。彼の遺体は、お母さんのお墓の隣に埋葬しました。彼、お母さんが大好きだったんです」

「いい男だったな」

「ええ」クラリスはちらりと目をあげ、眉をひそめた。「何か心配ごとがおありですか?」

K・Cはうなずき、ポケットに手を入れた。「サパラの手下の中に、ほとんど顔を知られていないやつがいる。わたしの知るかぎりでは、そいつの顔がわかるのはロークだけだ。そいつはどこにでも紛れこめるという特技がある。実際どこにでもいそうな男なんだ。そいつがサパラの殺し屋という役目を負っていた」

「ルイの寝室に蚊を放したのはその男だとおっしゃるんですか?」

「いや。あんな単純な仕事ならサパラの手下の誰でもできるだろう。問題の殺し屋はもっと巧妙な計画的殺人の際に使われ、独創的な手を使ってきた。たとえばカークきょうだいのひとりとかかわっていた、ワイオミングの女性の殺害を試みた悪党と同じような感じでね。そいつは偏頭痛の薬のカプセルの中に農薬のマラチオンを仕込んだんだ。サパラが糸を引く殺人計画はそういうところが抜きんでているんだよ——非凡で極端な殺害方法がね。噂《うわさ》ではサパラ以上に残虐な中東の独裁者から教わったらしい」

クラリスの全身に寒けが走った。「ペグやウィンスローよりも、わたしがターゲットになっているとお考えなんですか？」

「ああ。なぜならきみは無防備だから。少なくともサパラはそう思っている。それにやつに言わせれば、きみが独房から逃げだしたのがきっかけでやつは転落したんだ。おそらく獄中で報復の計画をじっくり練り、じきにその計画を実行するだろう。だから、きみは今夜テキサスに旅立たなければならない」

「今夜！」

K・Cはうなずき、クラリスの寝室のほうに目をやった。そこでは二人の長身の男がスーツケースを持ちだしていた。「そう、今夜だ。わたしの操縦する飛行機できみをテキサスまで送り届ける」

「あなたにはもう充分すぎるほどのことをしていただいたのに」

「きみはサパラからひとつの国を救ったんだ。これでおあいこだよ。だいいち、わたしの孫息子をほかの民間機に乗せる気はないんでね」

クラリスはほほえんだ。「わかりました。ありがとうございます」

K・Cは肩をすくめた。「長いつきあいじゃないか。いまでも髪をおさげにして膝小僧に絆創膏《ばんそうこう》を貼り、スタントンにくっついて藪《やぶ》の中で化石を探していた姿を覚えているよ」

「化石のほかにもいろいろなものが見つかったわ」

「そう。たちの悪い毒蛇とかね」

クラリスは笑い声をあげた。「あのときはスタントンがわたしを抱っこして病院まで走っていってくれたわ。それからわたしが元気になるまで、ずっとついててくれた。母はそれを外聞が悪いと考えていたけど」

「きみのお母さんにかかったら、どんなことでも外聞が悪かったんだ」

「そうかもしれません。でも、いい人だったわ」

K・Cは黙っていた。ロークとクラリスが長いあいだ離れていなければならなかった原因を知っているのだ。マリア・キャリントンはことロークに関するかぎり、エデンの園の中の蛇だった。

「彼らがちゃんと荷造りできているか確かめておいで」K・Cはそう指示して両手を差しだした。「そのあいだジョシュアはわたしが抱いていよう」

クラリスは笑顔でK・Cの手にジョシュアを渡し、荷造りをチェックしに行った。だが、ルイの寝室に入るときにはためらいがちな足どりになった。彼はあまりものを持たなかったが、ひとつだけ大事にしていたのが、紛争地域での仕事ぶりが評価されて内科医の国際的な団体から授与された賞状だった。クラリスはそれを壁からはずした。そして彼がベッドサイドテーブルにいつもしまっていた十字架もとりだした。それを見おろす目に涙がこみあげた。ルイはいつもわたしに優しかった。彼なりにわたしを愛していたのだ。わたしも彼に深い信頼と情愛を寄せていたけれど、ロークを愛するようには愛せなかった。ルイはそれを知ったうえでわたしを受け入れ、結婚したことに感謝してくれていたのだ。

「あなたのことは忘れないわ」クラリスは部屋に向かってささやいた。それから十字架を強く握りしめ、涙をこらえて部屋を出た。

テキサスまでのフライトは長かった。K・Cは途中で小さなジェット機に給油するたび、クラリスに脚を伸ばさせた。ようやくジェイコブズビルの飛行場に着陸すると、通信施設として使われているトレーラーのそばでパトカーが待っていた。

飛行機から降りた二人にキャッシュ・グリヤが近づいてきた。

クラリスはちょっと怖さを感じた。キャッシュは犯罪者が心底恐れるタイプに見えた。だが、彼に笑いかけられ、肩の力を抜いた。

キャッシュはK・Cと握手した。「久しぶり。いまもまだ操縦を？　驚きだな」からかうように言う。

「わたしはそこまで年寄りじゃないぞ」K・Cが笑いながら応じた。

「きみがクラリスだね」キャッシュは言った。

「ええ。そしてあなたがグリヤ署長ね」クラリスはそう応じ、彼の頭をじろじろと見た。

「何を探しているんだい？」キャッシュが尋ねる。

「角よ」クラリスは真顔で言った。

キャッシュはふきだした。「誰がそんな作り話をしたんだ？」K・Cに目をやって言う。

「わたしはきみに角があるなんて言った覚えはないぞ」K・Cは否認した。

「嘘《うそ》だ」

キャッシュはK・Cを手伝って荷物をおろしはじめた。「あなたも一泊するんだろう？」

「そのほうがいいだろうな」K・Cはため息をついた。「このままアフリカまで操縦するのは気が進まない。かわりのパイロットを連れてこなかったからな。町にはジャグジー風呂つきのホテルがあるそうだし……」

「なにもホテルに泊まることはない。わが家は大きなビクトリア朝時代の家なんだ。客用寝室がたくさんある」キャッシュは笑いながら続けた。「クラリスと赤ん坊のための部屋はすでにティピーが張りきって用意してあるよ」荷物を車のトランクに入れ、クラリスのところに戻る。「いいかな？」

クラリスは赤ん坊をキャッシュに抱かせた。すると彼の顔がいきなり一変した。それまでとは別人のようだ。赤ん坊に笑いかけ、ジョシュアが彼の指を握りしめるのに任せる。「かわいいな」声も優しい。

「お宅には、お嬢ちゃんがいらっしゃるのよね？」クラリスは言った。

キャッシュはうなずいた。「トリスというんだ。

じきに三歳になる。ぼくもティピーももうひとりほしいんだが、思った以上に時間がかかってね」

K・Cが彼の背中を叩《たた》いた。「いいことというのは時間がかかるものだよ」

「確かに。まあ、トリスがぼくの人生を照らす光になっているからね。トリスのすてきな母親についで明るい光だ」ため息まじりに言うと、ジョシュアをクラリスの手に返す。「昔は自分を家庭的な男だなんて思ったことがなかったよ。ところが、いまでは家庭的でなかったころの自分を思い出せないんだ」

「きみの奥さんの写真は見たことがある」K・Cが言った。「たいへんな美人だよな」

「ティピーはぼくの妻なんだ。魅力をふりまくのはやめてくれ」キャッシュは言った。

「なんだ、つまらない。彼女が夫探しをしているときに、わたしがそばにいなかったのが残念だよ」

K・Cは冗談を言った。

「ぼくにとってはラッキーだったな」キャッシュは笑いながら言った。「それじゃ、行こうか。きっとティピーがポーチで双眼鏡を手に立っているぞ。お客の到着を心待ちにして」

「ありがたいお申し出に心から感謝しています」クラリスは口調を改めて言った。「ここ数日はほんとうにきつかったの」

「ご主人のことは残念だったね」キャッシュの声には心がこもっていた。「だが、いまはきみと赤ん坊がサパラの手の届かないところにいることが肝心だ。ここにはやつらが隠れられるところなどない。陸軍基地より安全だ」

「ありがとうございます」クラリスは言った。

「どうってことないよ。それじゃ、行こうか」

10

キャッシュが玄関前に車をつけたとき、ティピーはポーチの階段の上に立っていた。家の向こうに沈みかけている日の光で赤みがかった金色の髪を光輪のように輝かせ、階段を駆けおりて客を迎える。

「わたしはティピーよ」彼女はクラリスに抱きついた。「ジェイコブズビルにようこそ!」

「ありがとうございます」クラリスは答えた。「それに、わたしたちをここに泊めてくださることにもお礼を言わなくちゃ」

「いいのよ。わたし、すごくうきうきしてるんだから。わが家が赤ちゃんを迎えるのは三年ぶりなの。抱かせてもらえる?」ティピーは飛行場でキャッシュがやったように両手を差しだした。

クラリスは笑い声をあげた。「ええ、もちろん。重くはないんだけど、縫ったところが引きつれて、いまだに痛くて……」

「いまだに痛い?」

「帝王切開だったんだよ」K・Cがクラリスにかわって言い、ティピーに笑いかけた。「わたしの名前は——」

「K・C・カンター」ティピーがにこやかに引きとった。「ごめんなさい。ロークを知っているのよ。あなたは彼にそっくりだから……おっと」K・Cの表情がかたくなったので言葉をのみこむ。

「いや、気にしないでくれ」K・Cは悲しげにほほえんだ。「実際、わたしはロークの父親なんだ。DNA鑑定ではっきりした。しかしロークはわたしが父親であることを覚えてないんだよ。非常に……厄介なことだが」

ティピーはたじろいだ。「それはお気の毒に」

「短期記憶のかなりの部分を失っていてね」

「ロークは最後にいたところからジェイク・ブレアに電話している」キャッシュがスーツケースを運びながら言った。「そのときの話だと、彼がこの前にここに来たときのことはおおかた覚えていたそうだ。つまり残っている記憶もあるというわけだ」

「ジェイクって?」クラリスが尋ねた。

「地元のメソジスト教会の牧師だよ」

クラリスはほほえんだ。「そういえばロークが牧師と友だちだと言っていたわ」

「ふつうの牧師ではないんだけどね」キャッシュが小さく笑った。「まあそれ以上は言わずにおこう。さあ、中に入って、ほかの家族に会ってくれ」

クラリスとK・Cとジョシュアは、中で美しい母親に瓜《うり》二つの幼いトリスを紹介された。トリスはローリー叔父さんの膝に抱かれてアニメ映画を見ていたが、クラリスを見ると抱っこしてもらおうと一目散に駆けてきた。

クラリスは初対面の自分をたちまち好きになってくれたことに心あたたまる思いがした。「こんにちは、トリス」ひざまずいて笑いながらトリスを抱きとめる。「ごめんね、抱っこはしてあげられないの。体の調子がよくないから……」

「わたしこそ、ごめんなさい」トリスはおずおずとほほえんだ。「ママみたいにきれいね」

「あら、ありがとう」

「赤ちゃんは女の子? 男の子?」

「男の子よ。ジョシュアっていうの」

「いい名前ね」

「いい名前だ」キャッシュが言った。「コルトレーン夫妻にも息子がいて、その子もジョシュアというんだ。だが、彼らはティップと呼んでいる」

「ティップ?」クラリスは立ちあがった。

「ものを引っくりかえす《ティップ》ことが好きなんだよ」キャッシュはにやっと笑った。「おもに模型の列車をね。コルトレーン夫妻は一部屋まるまる使ってライオネル社の鉄道模型を組み立てているんだ。ジョシュアが初めて発した言葉は〝脱線〟だったそうだよ。それがニックネームの由来だ」

クラリスは声をあげて笑った。「わたしも列車は大好き」

「彼らは、クリスマスには自宅を開放してパーティを開くから、そのとき模型を見られるわ」ティピーが言った。ティピーはジョシュアを抱いて歩きまわりながら、その小さな鼻にキスしたり、笑いかけたり、抱きしめたりしていた。「ああ、クラリス、この子ほんとうにかわいいわ！」

「あなたのトリスもね」クラリスがほほえみかけると、トリスは顔を輝かせた。

ローリーが近づいてきた。黒っぽい髪にグリーンの目に屈託のない笑顔を持つ若者だ。「ぼくも抱いてもいいかな？」

クラリスはびっくりしたが、うなずいた。

「ローリーは子どもが大好きなの」ティピーがローリーの腕にジョシュアを抱かせながら言った。「でも、ちょっと面倒なことになりそう……」トリスがローリーをにらんでいるのを見て、眉根を寄せる。

「ローリー！」トリスが下唇を突きだして抗議した。「ローリーはわたしを抱っこするの！」

ローリーは笑い声をあげ、赤ん坊にキスしてからティピーに返すと、トリスを抱きあげた。

「ローリー」トリスはローリーの顔に顔をこすりつけた。「わたしのローリー」

クラリスはローリーとトリスが映画を見にソファーへ戻るのを笑いながら見送った。

「トリスったら、生まれたときからあの調子なの」ティピーが首をふりながら言った。「ローリー叔父ちゃんが大好きなのよ」

「いい青年ね」クラリスは言った。

「この子もいい子だわ。おとなしいし」ティピーは名残惜しそうに赤ん坊をクラリスに返した。「トリスは生まれてから二週間、泣いてばかりだったわ」

「ひょっとしたら、ジョシュアが生まれたときの環境が関係しているのかも」クラリスは言った。「この子は、わたしが生死の境をさまよっているときに生まれたの……」

ティピーはクラリスの腕をとった。「こっちに来て。コーヒーをいれるわ。詳しい話を聞きたいの」

クラリスは涙をこらえた。「つらい話だわ」

ティピーはクラリスを抱きしめた。「生きるってつらいことよ。ここにいるあいだは、つらいことも分かちあいましょう」

クラリスは力なくほほえんだ。「ありがとう」

「話し相手ができて、わたしも嬉《うれ》しいのよ。最近キャッシュは留守にすることが多くて」ティピーはため息をつき、K・Cと話している夫のほうに目をやった。「次から次へと事件が起きるのよね。いまは連邦犯罪の捜査にもかかわっていて、何かと心配なの。だけど、自分の面倒は自分で見られる人だし、それどころかわたしたち家族の面倒もよく見てくれるのよ。もし昔の彼を知ってたら……」そこでティピーは小さく笑い、ひとり首をふった。

クラリスはジョシュアをあやしながら、ティピーとコーヒーを飲んだ。

「トリスが生まれたころがなつかしいわ」ティピーが言った。「すぐに二人めができるんじゃないかと思っていたんだけど……」言いかけて恥ずかしそうに笑う。「でも、ひとり子どもを持てただけでも夢みたいだわ」

クラリスはほほえんだ。「あきらめるのはまだ早いわ。わたしの両親も同じ悩みをかかえていたの。悩みというと大袈裟《おおげさ》だけど、わたしの下にもうひとりか二人、子どもがほしかったのよ。わたしの妹は……」言葉をとぎれさせ、こみあげてきたものをぐっとのみこむ。「わたしの何年もあとに妹が生まれたの。妹とは年が離れていたのよ」

ティピーはクラリスの肩にそっと手をかけた。「妹さんは亡くなったのね？」察して問いかける。

クラリスは涙ぐんだ。「ええ、父といっしょに。旅行中に二人が乗ったカヌーが転覆してしまったの。その川にはピラニアがいたわ。マチルダは無事に岸に泳ぎ着いたんだけど、父を助けにまた戻っていったの。その結果、二人とも死んでしまった。わたしはその場にいなかったから、何もできなかったわ」

「それはつらかったでしょうね」

クラリスは深呼吸した。「ロークが葬儀も含めてすべて手配してくれたわ。わたしはショックのあまり茫然《ぼうぜん》としていたの」そこで悲しげにほほえむ。「わたしの人生につらいことが起きるたび、彼はいつもそばにいてくれたわ。だけど、彼はわたしを忌み嫌っていたの。バレラで表彰式に出たときまでずっと。そのあと彼はマナウスのわたしの家まで追いかけてきてくれたのよ」再び目がうるむ。「それから何週間かは幸せだったわ。二人で仲むつまじく過ごしたの。でも、彼が仕事に行かなければならなくなって……。彼は二、三日で帰ると言ったわ。帰ったら結婚するつもりで、結婚指輪やウエディングドレスを用意して、式をとりおこなってくれる神父さまへのお願いまですませておいたの。そうして彼は旅立っていった。だけど、仕事先で頭を負傷し、短期記憶を失ってしまったの。いま思い出せるのはわたしを嫌っていたことだけ。嫌う理由まで覚えているかどうかはわからないけど」

「逆行性健忘ね？」ティピーは言った。キャッシュの友人で元ギャングのマーカス・カレーラが同じような症状を経験しているのだ。

クラリスはうなずいた。「もう一年近くたつのに、何も思い出せないの。きっと一生思い出せないんだわ」悲しい気持ちでほほえむ。

ティピーは無言でクラリスと彼女の腕の中の赤ん坊を見比べた。クラリスは何も言わなかった。たとえ親切な新しい友だちにも、この秘密を明かすわけにはいかない。

翌朝K・Cがナイロビに戻る準備をしているとき、電話がかかってきた。応答した彼は顔面蒼白《そうはく》になった。

「どうなさったんですか?」クラリスは何か悪いことが起きたのを察知して問いかけた。「まさかロークが……」凍りついたように立ちつくすK・Cの姿にぞっとして、声が悲鳴に変わる。

「いや」K・Cはなんとか短く答えた。ランニングをしてきたかのように息が荒い。「メアリー・ルーク・バーナデットが……。彼女の隣人が今朝池のそばに倒れているのを発見した。死後、数時間たっていたそうだ。わたしの名づけ子のケイシーは、ひどい発作に襲われたのではないかと言っている。ひどく打ちひしがれているよ」K・Cは深く息をついた。「すぐにモンタナに飛ばなければ。いますぐに」

「だめ」クラリスが彼の前に立ちふさがった。メアリー・ルークはK・Cがただひとり愛した人であり、彼が未婚である原因だった女性だ。彼にとっては、クラリスにとってのロークみたいな存在であり、いまの彼は尋常な精神状態ではないはずだ。「誰か別のパイロットを呼んで送り迎えしてもらうべきです。もしご自分の操縦で飛ぼうとしたら、連邦航空局に電話して飛行機から引きずりおろしてもらうわ!」

ティピーとキャッシュは難しい顔で聞いていた。

K・Cは他人の、まして女性の指図を受けるような人間ではなさそうだ。

だが、彼は唾をのみこむと、口もとにかすかな笑みをきざんだ。「きみはまるで……彼女みたいな口をきく」かすれ声で言って、顔をそむける。「小型ジェット機はこっちに置いたままにして、チャーター運航サービスを頼むことにするよ」そして携帯電話をとりだし、操作しはじめた。

彼が電話をかけているあいだ、クラリスはキャッシュとティピーをテレビの前の子どもたちとは離れたキッチンに引っぱっていった。ジョシュアはまだクラリスの腕の中だ。

「K・Cは彼女を愛していたの」声を落としてささやく。「彼女は修道女だったんだけど」

「そういうことか」キャッシュが言った。

「わたしたちに何ができるかしら？」ティピーは言った。「ほら、ジョシュアを抱かせて。あなたは傷痕が痛むんでしょう？　重いものを持ってはいけないはずよ」

クラリスはほほえんでジョシュアを渡した。「ありがとう。こんな赤ちゃんにしては確かに重いわ。きっと背が高くなるわね」

「K・Cは気の毒だな」キャッシュが静かに言った。

「ええ。こんなときに彼に操縦はさせられないわ」クラリスは答えた。「せめてロークが記憶をなくしてなかったら……。きっと父親のもとに飛んでくるでしょうに」

「彼に電話できないの？」ティピーが尋ねた。

「無理だわ」たとえできたとしても、クラリスが声を発しただけで切られてしまうだろう。「今回の仕事は最高機密に属することだから、K・Cでさえ連絡がつけられないそうなの」

「そう」

やがてK・Cがキッチンに入ってきた。「飛行場に行かなくては。小型ジェット機が来てくれることになった」顔をしかめて続ける。「すまないが――」

キャッシュが車のキーをとりだした。「いいんだよ。荷物は持ったかな?」

「ポーチに出したままだ」K・Cはクラリスに近づいて手をとった。「ありがとう、クラリス」

クラリスはK・Cを抱きしめた。彼はちょっと抗《あらが》ったが、慰めを求める気持ちに負けて抱きしめかえした。メアリー・ルークのいない世界を想像しようとするだけで顔がゆがんだ。

ようやくクラリスから離れたときには、目がかすかにうるんでいた。K・Cはそれを見られないよう首をふり、咳払《せきばら》いした。「もう行くよ」クラリスの顔を見おろす。「きみは大丈夫だろうね? 念のため、モンタナに行く途中でエブ・スコットに電話しておく」

クラリスは顔をしかめ、居間にいるトリスとローリーを見やった。「わたしがいるだけで、ここのみんなの身を危険にさらしているんじゃないかしら」

キャッシュが笑って首をふった。「ぼくは警察署長だよ。危険を相手にするのが商売だ。エブは外からサポートをしてくれるし、うちの中ではぼくがすべて面倒を見る」ティピーのほうに頭をぐいと傾け、言葉をつぐ。「彼女もまだ鉄のフライパンを持っているしね」

「あれはほんとうにいい武器になるわ」ティピーが笑いながら言い、クラリスに笑顔を向けた。「心配しないで。大丈夫だから」そしてK・Cに向き直る。「道中お気をつけて」

「ああ、ありがとう」K・Cはなんとか微笑してみせ、それからクラリスに視線を移した。「もし何か必要になったら――」

「わたしは大丈夫。あなたはあなたのすべきことをなさってください」

「わかった」K・Cはうつろな目をして向きを変え、キャッシュのあとから出ていった。

「すごく怖いことだわ」彼らが行ってしまうと、クラリスは言った。「あんなふうにいちずに女性を愛しながら、あきらめなければならなかったなんて。それでも彼はまだ希望を抱いていたはずだわ。もしかしたらいつかは……と」そこで笑い声をあげる。

「わたしも同じで、希望を捨てられないの。いつかはロークもマナウスでの出来事を思い出してくれるんじゃないかって」ティピーに抱かれている赤ん坊のブロンドに手を触れながら、言葉をつぐ。「でも、たとえ思い出してもらえなくても、あの日々をささえに残りの人生を生きていけるわ」

「わたしも何年か前のクリスマス直前に、ニューヨークで同じような数日間を過ごしたわ。彼は結婚したくなんかなかったの。最初はわたしを嫌っていたくらい。でも、わたしが誘拐されると助けに来てくれたの。そしてここに連れてきて、あれこれ気遣って世話を焼いてくれた……」ティピーは恥ずかしそうに笑った。「家庭的な男性だとは思ったこともなかったけれど、いまはほら！」そう言ってトリスのほうに顎をしゃくる。

「確かにわたしが聞いていた噂《うわさ》からすると、彼がほんとうに身をかためたなんて意外だわ」クラリスは言った。

「あなたとK・Cは古くからの知りあいなの？」

「ええ」クラリスはキッチンの椅子にそろそろと腰をおろした。「わたしが八歳のときからよ。当時の彼は傭兵《ようへい》の仕事に没頭していたわ。父はそんな彼に心酔していた。わたしの父は外交官で、品行方正だったの。K・Cのワイルドで男らしいところが羨ましかったんでしょう。でも、母は彼を嫌っていた」にっと笑って言葉をつぐ。「彼が父だけでなく、わたしにも悪影響を与えていると思っていたのよ。子どものころに、わたしは何度か面倒を起こしたの」

「あなたは長年ワシントンの社交界のシンボルだったわ」ティピーは言った。「新聞や雑誌であなたの写真を見たのを覚えている。映画スターやスポーツ選手や、外国の王族にまでエスコートされていたわね」

「ただのお飾りよ」クラリスは顔を曇らせた。「十七歳のとき、わたしの両親がマナウスで開いたパーティにロークが来たの」そのときの記憶に頬を染め、咳払いして続ける。「それ以降、わたしは彼以外の男性には何も感じなくなってしまったのよ。でも、ロークはわたしを誰とでも寝る女だとなじるようになったわ」彼女は身をすくめた。「あの数年間はつらかった」

「かわいそうに。わたしも男にはいやな思いをさせられた時期があったわ」ティピーは目を伏せ、母親の情夫のことを話した。

「そんなやつは銃殺されるべきだわ」クラリスはブルーの目をきらめかせて言った。

「いまは連邦刑務所に入っているわ。最近ひどく殴られたらしい。わたしにしたことがわが身に返ってきたのよ」ティピーはため息をついた。「子どもを虐待した男は刑務所内で報いを受け、あまり長くは生きられないそうよ。さまざまな暴力犯罪で刑務所送りになった男たちの多くが、彼ら自身児童虐待の被害者なのよね」

「たいへんな世界ね」

「キャッシュの話によると、あなたはわたし以上にたいへんな思いをしてきたそうね。マナウスでマチャド将軍の侵攻作戦に関する情報を握っていると思われ、拷問にあったとか。でも、ひとこともしゃべらなかったそうね。キャッシュが感心していたわ。彼もイラクでトップシークレットの襲撃作戦に加わっていたとき、つかまって拷問を受けたのよ」

「知らなかったわ。彼って、とても……男らしい感じ」

ティピーは笑い声をあげた。「ええ、ほんとうに男らしい人よ」それから小首をかしげた。「ロークがあなたをそんなに嫌うのはどうしてなの？」

「じつは誰かから、わたしと彼は血がつながっていると聞かされたそうなの。わたしの母親とK・Cが肉体関係を結び、それで生まれたのがわたしだと」

「まあ、そんな！」

「もちろんでたらめなのよ。結局ロークもでたらめだと思い知ったわ。K・Cを非難し、その見当違いの非難に怒ったK・Cに張りとばされてね」クラリスは笑った。「ロークとK・CはDNA鑑定で親子であることが証明されたの。逆にわたしとロークは血のつながりなどいっさいないと判明した。血液検査によって血縁関係を否定することもできるんだとルイは言っていたわ。ルイというのは亡くなったわたしの夫なの」クラリスは静かに続けた。「いい人だったわ。ドクターたちのおかげでわたしは助かったけど、ルイは助からなかった」目にうかんだ涙をさっとぬぐう。「ルイへの感謝の気持ちは一生忘れないわ。窮地に陥ったわたしに救いの手を差しのべ、ほんとうによくしてくれた」

「ジョシュアの血液型は何型？」ティピーが尋ねた。

クラリスは口ごもった。だが、ちょうどそのときキャッシュが戻ってきたので、返事をせずにすんだ。

ティピーはジョシュアを抱いたまま立ちあがってキャッシュを迎えた。

キャッシュは赤ん坊の頬にそっと手を触れ、いとおしげにほほえんだ。

「わたしたちにも男の子ができるといいのに」ティピーが言った。「男の子っていいわ。もちろん、うちの女の子もかわいいけどね」まだローリーとテレビを見ている娘に愛情のこもった視線を投げかける。

キャッシュは妻と目をあわせた。「きっとそのうちできるよ」笑顔で言う。

ティピーも笑った。「そうね」

クラリスは立ちあがり、二人に近づいた。「K・Cは無事に出発しましたか？」

キャッシュはうなずいた。「操縦士と副操縦士にぼくから話をしておいた。二人とも小型ジェット機の操縦免許を持っているから、K・Cをどこにでも連れていける。葬儀がすんだらこっちに連れて帰り、ここからナイロビまで彼の小型ジェット機を飛ばす別のパイロットを手配してくれることになっている」

「ありがとう、キャッシュ」クラリスは真面目な顔で言った。「彼のことが心配だったんです。彼はいい人だわ」

キャッシュはくすりと笑った。「ああ、そのとおりだが、彼を知る人たちにそんなことを言ったら、きっとまじまじと見られるか驚かれるだろう。きみは傭兵時代のK・Cも知ってるんだよね？」

「ええ。ロークは当時の彼を崇拝していたわ。その気持ちが高じて、まだ子どもだったのにむちゃをして叱られていたっけ」クラリスはキャッシュの顔を見あげた。「今回K・Cに操縦させずにすんだのはよかったけれど、葬儀がすんだあとの彼が心配だわ。ロークがK・Cと親子であることを思い出してくれたらいいのに。いまの茫然自失の状態から脱したら、きっとK・Cは荒れてしまうわ」

キャッシュは顔をしかめた。「かもしれないな」ティピーに目をやる。「ぼくだったら間違いなく荒れるだろう」

ティピーが表情豊かな目で彼を見つめかえしたので、クラリスは邪魔者になったような気がした。

「もうジョシュアを寝かせなくちゃ」クラリスは言

った。「申し訳ないんだけど、この子には規則正しい生活をさせているの。軍隊にいるつもりでね」笑い声をあげる。「わたしは子ども時代に規則正しい生活なんて全然送れなかったわ。父の行動はまるで読めなかったし、母は近所の病人やお年寄りの世話をいつまででもしている人だったから。母はほんとうに聖女のような人だったの」

「きみのお母さんについては、ぼくも聞いたことがあるよ」キャッシュは言った。ジェイクから聞いた内容については黙っていた。クラリスの幻想を壊すことはない。

「ロークはほんとうにジェイコブズビルには戻ってこないんでしょうね？」クラリスは心配そうに言った。

「まず心配ないだろうよ」キャッシュはそう言ってほほえんだ。

K・Cは週末に戻ってきた。表情はうつろで、目には苦悩の色がにじんでいた。

「どんなにかつらかったでしょうね」彼の胸の痛みを思って、クラリスはいたわった。「お気持ち、よくわかります。彼女をロークに置きかえたら、わたしだって……」

「そうだろうね」K・Cは静かに言った。「結婚するはずだった相手が突然敵になってしまったら、死なれるのと同じくらいこたえるはずだ」

クラリスは唾をのみこんだ。「ええ」

K・Cはため息をついて彼女を引きよせ、そっと抱きしめた。「わたしは乗り越えるよ。乗り越えなくてはならないんだ。ケイシーもつらい思いをしているからね。メアリー・ルークが亡くなって、ケイシーは親族をまた失ってしまった。両親はアフリカで死んだし、兄貴のカンターは乗っていた飛行機にどこかの革命家気どりの愚か者からロケット弾を打ちこまれ、家族もろとも命を落とした。ケイシーも苦労してきたんだ」

「いまはギル・キャリスターと結婚しているんでしょう？　わたし、彼のご両親を知ってるわ。ワシントンの社交界では有名なご夫妻よ」

「ケイシーのおかげで彼らはギルやギルの弟のジョンとの距離をぐっと縮めたんだ。ケイシーが彼らの生活を変えたんだよ。ジョンはいま新妻のサッシーと、モンタナ州のホリスターに住んでいる」K・Cはためらいがちに続けた。「数カ月前、ロークはそこでサッシーやサッシーの友人のボディガードをやっていたんだ。その友人がおじさんの元雇い人に付け狙われていたんでね」

「そうですか」

K・Cは体を引き、クラリスの顔を見おろした。

「わたしは家に帰るが、しばらく留守にするかもしれない。カンクンの別荘に休養に行こうかと思うんだ」彼は嘘《うそ》をついた。

クラリスはその嘘を信じて安堵《あんど》した。少しでも悲しみを癒やすには休暇をとるのが一番だ。

「わたしが必要になったときのために、ナイロビの家の管理人の電話番号を教えておくよ」K・Cはティピーが電話機のそばに置いているメモ帳に番号を書きつけ、その紙をクラリスに渡した。

「でも、あなたの携帯の番号は知っているわ」クラリスはとまどって言った。

「携帯には出られないかもしれない」

ぎょっとして顔をあげる。「だめよ！　死んではだめ！」クラリスはほかの人に聞こえないよう声を落として言い、K・Cの両腕をつかんで揺さぶった。「あなたはジョシュアのたったひとりのお祖父《じい》ちゃんなんですよ！」

K・Cは彼女の髪に優しくさわった。「大丈夫、死にはしないよ。ジョシュアをマナウスの病院で一目見たときから愛しているんだ。あの子は……赤ん坊のころのロークにそっくりだ」

「それをロークには言わないで」クラリスはみじめな気持ちで言った。「彼はわたしを嫌っているから。たとえその理由は思い出せなくてもね。ジョシュアが自分の子と知ったら、法廷で争ってでもわたしからとりあげようとするに違いないわ」

「心配いらないよ。わたしは昔からさまざまな秘密を守ってきたんだ」K・Cは手をおろした。「わたしはもう現場の汚れ仕事はしていない。部下たちの後方支援にまわるつもりだ。前線に出るには年をとりすぎているし、動きも鈍くなっているからね。わかったね？」

クラリスはほほえんだ。「ええ、わかりました」

「まあ自分の生き死にを気にしてくれる人がいるのはいいものだ」K・Cも笑顔で言う。

「あなたの場合、少なくとも二人はいるわ」クラリスは答えた。「わたしとジョシュア」

彼はクラリスの額にキスをした。「きみはいい子だ。自分が老いぼれなのが残念だよ。若かったらロークなんか放っておいて、わたしがきみと結婚するところだ」にやりと笑って言う。

クラリスは声をあげて笑った。「それはどうもありがとうございます。体に気をつけてね。それと、連絡を絶やさないで」

「ああ」K・Cは両手をポケットに突っこんだ。「いまの彼は年相応に見えた。「もしかしたら、いつかロークはすべてを思い出すかもしれない。それまでわたしは忙しくしていなくちゃならないんだ。完全に理性を失ってしまわないようにね」

「いい考えかもしれませんね。ただし極端に走らないようにね」

K・Cは引きつった笑みをうかべた。「ああ、大丈夫だ」そして、ほかのみんなにさよならの挨拶をすませると、キャッシュの車に乗りこんだ。

「わたしに何かできることがあったらいいのに」クラリスはつぶやいた。

横に立つティピーがクラリスの体に片手をまわし、二人を乗せた車が飛行場へと走り去るのを窓越しに見送った。「わたしも同じ気持ちだわ」

ナイロビに帰ってきたK・Cはひえびえとした遠い目をしていた。もはやここ数年の気さくな男ではなくなっていた。古い道具箱をとりだし、自動火器の手入れを始める。

ロークは上の空でドアをノックし、中に入っていった。そしてダイニングテーブルに手入れしたばかりの銃がずらりと並んでいるのを見て、ぴたりと立ちどまった。

K・Cがスーツケースを持って室内に戻ってきた。カーキの服に身をかため、氷のような目をしている。

「いったい全体どうしたんだ？」彼のただならぬ様子に、ロークはそう問いかけた。

「仕事だ」K・Cは息子の目を避けながら答えた。手入れのすんだ武器を、内戦が起きているアフリカの某国に飛ぶ便に持ちこめるよう分解しはじめる。「重要な書類は金庫の中に入れてある。万一に備え、これが解錠のための暗証番号だ」彼はロークに折りたたんだメモを渡した。「やるべきことを書いたものも金庫の中だ。ほかに必要なものはすべてわたしの弁護士が持っている」

ロークの心臓が飛びはねた。こういういでたちのK・Cを子どものときに見た記憶がある。彼の冷たく危険な表情にも見覚えがある。何かとんでもないことが起きているのだ。

「いったい何があったんだい？」ロークは口調をやわらげて尋ねた。

K・Cは顔をあげ、息子を無表情に見た。「言ってもわからんだろうよ」

「いいから話してくれよ」

「数日前メアリー・ルーク・バーナデットが亡くなった」喉から絞りだすように言う。狂おしい感情から気をそらすように、彼は銃器に意識を戻して集中した。

メアリー・ルーク・バーナデット。ロークは眉をひそめた。聞き覚えのある名前だ。喉まで出かかっているのに思い出せない。彼は考えた。懸命に。

「……修道女」顔をあげてK・Cを見る。「あなたが愛した人だ」低く言い、K・Cの表情を見てたじろいだが、その表情はすぐにぬぐい去られた。

「そうだ」K・Cは答えた。「わたしが生涯でただひとり愛した女性だ」

ロークは彼に近づいた。「彼女が亡くなったからといって、自分も死にに行くんじゃないだろうな」

強い口調で言う。「そんなことはさせないぞ」

K・Cは氷よりもひややかな目をして身構えた。

「とめられるものならとめてみろ」

ロークは顔をしかめた。K・Cは驚くほど自分に似ていた。年は上だが、ぼくにそっくりだ！ロークの眉間の皺《しわ》がいっそう深くなる。「あなたは……ぼくに似ている」

「ああ、妙な偶然だな」K・Cはものうげに言った。ロークがそれ以上近づいてこないので、無駄のない動きで荷造りを再開する。

「なぜだ？　もうずっと現場からは離れていたのに。ここで部下の管理や後方支援をしていたのに」

K・Cはロークを見ようともしなかった。「もうわたしには失うものなど何もないんだ。家族も……メアリー・ルークももういない。金や権力ばかりがいくらあっても仕方がない。わたしは愛するものをすべて失ったんだ」スーツケースの蓋を閉め、ロークに向き直る。「金庫についてわたしが言ったことを忘れるなよ」そしてスーツケースを手にとった。

「待ってくれ！」ロークはK・Cの前にまわりこんだ。頭の奥深いところで何かが動きだしていた。この何週間かの記憶が混乱したイメージとなって脳裏に飛びかい、バレラで起きた何事かに関する不安がよみがえった。そして目の前の男に関する別のかすかな記憶が喚起された。「あなたの血液型はRHマイナスのAB型だ」目をしばたたきながら言う。

K・Cはぐいと顎をあげた。「そうだ」

ロークは顔をしかめた。「ぼくも同じだ」

「よくある偶然だ」K・Cは短く応じた。

「偶然……ではない」ロークは片手を頭にやった。「検査したんだ。ぼくもあなたも確かなことがわからなかったから」目をあげてK・Cを見る。「ぼくはあなたに張りとばされた！」

「当然の報いだ」K・Cは怒りのこもった声で言った。「クラリスの母親と寝たなどと、わたしを非難したんだからな！」

ロークはK・Cを見つめていた。クラリス云々《うんぬん》というせりふは意味不明だった。「あなたはぼくの父親なんだ。ぼくのほんとうの父親」

K・Cの心臓が早鐘を打ちだした。頬をわずかに紅潮させ、無言で年下の男を見つめかえす。

「あなたがぼくの父親なんだ」ロークは感情を抑え、かすれ声で繰りかえした。

K・Cは深々と息をついた。ふいに気力を失ったように見える。「そうだ」短く言って顔をそむける。

「なぜだ？　どうしてあなたが父親なんだ？」

「メアリー・ルークは修道女になってしまった」疲れた声音でK・Cは切りだした。「わたしはとめようとした。わたしの気持ちを伝えて一生懸命に説得した。だが、彼女は言った。〝ごめんなさい、あなたのことは好きだけど、わたしには教会のほうが大事なの〟と。その晩わたしは酒に溺れた。きみの母親はわたしの親友と結婚していた。親友はちょうど任務で家をあけていた。それで彼女がわたしの様子を見に来たんだ——わたしの下で働いていた女の子から話を聞き、心配して。そして、わたしにつきあって彼女も一杯飲んだ。その一杯が二杯になり、二杯が三杯になって、ついに……」

K・Cの目が窓の外に向けられた。

「彼女はわたしを愛していた。それがよけい事態を悪くした。わたしも彼女も何事もなかったようなふりをして、それまでどおりの生活を続けるしかなかった——きみを彼女の夫の子であることにして」彼は目をとじた。「わたしは親友を裏切ってしまったんだ。その罪悪感を三十一年間かかえつづけてきた」目をあけ、ロークを見る。「だが、きみのことは後悔していない」しゃがれ声で言いながら、ロークと似ているすべてのところに視線をさまよわせる。

「きみはわたしが自分の人生で得た唯一のよきものだ。きみを心から……誇りに思っている」声がひび割れ、顔をそむけた。

ロークはK・Cに近づき、ためらいがちに両手を伸ばして父親を抱いた。

K・Cはついに理性を保てなくなった。ロークが思い出してくれたのだ。

「ごめん」ロークの声もしゃがれていた。「忘れていて、ほんとうにごめん」

K・Cの頬に涙がこぼれ落ちた。少なくとも自分には息子がいる。だが、メアリー・ルークは永遠にいなくなってしまった。もう彼女から手紙をもらうこともなくなったのだ。ケイシーや近所の人たちの愉快なエピソードや、彼女自身の生活についてつづられた手紙は、もう決して届かない。彼女の美しい目、自分に笑いかけるあの目を見ることもできない。もう二度と会えないのだ。

K・Cは荒々しく悪態をつき、ロークはそんな父親をいっそう強く抱きしめた。「大丈夫だよ。いまにきっと立ち直れる。ただ少し時間が必要なだけだ。どんなことだって乗り越えられるよ。今度のことだって必ず乗り越えられる」

「わたしには……耐えられない！」K・Cは声をつまらせた。

ロークの腕にさらに力がこもった。「耐えられるさ。あなたは強い男だ。必要な力を備えている。ぼくもここにいるじゃないか。こんなときにあなたをひとりにはしない。だからそのスーツケースはうちの中に置いておくんだ。いいね？」

K・Cは気持ちが弱くなっていた。守られたいなどと思うのは彼にとって初めてのことだった。なんとか深呼吸し、気を落ち着かせてから言う。「電話でキャンセルできるかもしれないな」

ロークはくすりと笑った。最近の自分を取り巻いていた冷たく空虚な世界に、とうとういくらかの光とぬくもりが戻ってきたような気がした。「ああ、たぶんね」

K・Cは体を引き、顔をそむけてさっと涙をぬぐった。「いままでどこに行ってたんだ？」

「教えたいところだけど、それは……」そこでロークはふいに笑いだした。「言わなくてもわかっているくせに」

K・Cはおどけた表情になった。「おいおい、わたしはきみよりも広範囲の、最高機密へのアクセス権を持っているんだぞ」

「でも、いまぼくが働いている機関の情報にはアクセスできないんだよね」ロークはにやっと笑った。

K・Cは苦笑した。「かもしれないな」

「何か食べないかい？　家政婦にキッチンで何か作ってもらえないかな？　空港から直行してきたから腹ぺこなんだ」

K・Cは息子の肩に腕をまわした。「それじゃ、リーウ」背をかがめ、黄色い毛皮を撫《な》でてやって頭にキスする。「テレビが見たいのかい？　それじゃ、面白そうな自然動物番組を探してやろう、おまえがテレビ画面の中の野生動物に飛びかからないと約束してくれるならね。どうだい、リーウ？」

その言葉に、ライオンは大きなあくびをしただけだった。

「頼んでみようか」

その後、Ｋ・Ｃはロークにクラリスに関することを多少なりとも話してみるべきだろうかと考えた。だが、シャーリーンが父親や父親のハンサムなビジネスパートナーといっしょにやってきたときに、やめておいたほうがよさそうだと判断した。ロークはシャーリーンに対して感じがよく、そろそろ結婚式の日取りを検討しようとまで言った。シャーリーンは気が進まないらしく、まだ旅行の予定がつまっているから、と言った。申し訳ないんだけど、まだ家事や子育てに専念することは考えられないの、と。

ロークは自宅の敷地へ帰り、ペットのライオンを檻《おり》から出すと、いっしょに家の中に入った。ライオンはソファーに飛びのり、そのアームレストに顎をのせて寝そべった。

ロークは笑いながら言った。「会いたかったよ、

11

　グリヤ一家との生活にも慣れてきたころ、クラリスは市内にいい家を見つけた。食料品店や郵便局、メソジスト教会にも近く、数ブロック先には学校がある。小さな塔がついたビクトリア朝様式の家で、屋根が高く、ポーチが長い。クラリスは一目で気に入って購入し、大工や内装業者を呼んで――サンアントニオからも何人か呼んで――住めるようにしてもらった。資産家の特権は、銀行口座の残高を気にすることなく何でもほしいものを買えることだ。クラリスは大金持ちだった両親の遺産を、たったひとり生き残った相続人としてすべて受け継いだのだった。

「寂しくなるわ」引っ越しの準備が整うと、ティピーが言った。クラリスはすでに家のことやジョシュアの世話を手伝ってもらうため、若いヒスパニックの女性、マリエルを雇ってあった。

「わたしもみんなと別れるのは寂しいわ」彼女は言った。「でも、すぐ近くなんですもの。いつでも好きなときに遊びにいらしてね」

「ええ、そうさせてもらうわ」ティピーはクラリスの腕の中の赤ん坊を見た。「ジョシュアはほんとうにかわいいわね」

「あなたのトリスもね。それにローリーも最高」クラリスは笑いながら続けた。「わたしにあのテレビゲームのやりかたを教えてくれたんだけど、わたしがあまり何回も死んだものだから、ゲームの中にわたしの名前をつけた通りを設けるべきだって」

　ティピーは笑い声をあげた。「ローリーはあのオンラインゲームに夢中で、キャッシュも引きずりこんだのよ。わたしはコントローラーもうまく扱えないけど」

「わたしもよ」

「ぼくの話をしているのかい？」キャッシュが部屋に入ってきて言った。

「どうしてわたしたちがあなたの話をするの？」ティピーが彼に近づき、いとおしげな目で見あげた。「あなたがとんでもない人だからといって、あなたの話をする理由にはならないわ」

「ぼくはすばらしい人でもあるんだよ」キャッシュは彼女に軽くキスをした。「きみがいつもそう言ってるじゃないか」

「おっしゃるとおりだわ」ティピーは吐息をもらした。

キャッシュはにっと笑って、また彼女にキスしてから解放した。そしてクラリスを心配そうに見た。

「ほんとうにこれでいいのか、ぼくはまだ不安を捨てきれないんだが」

「ゆうべエブ・スコットから電話があったわ」クラリスは言った。「彼が訓練した優秀な新人を二人、つけてくれるって。その二人が昼も夜もわたしの身辺に目を光らせ、守ってくれるんですって」下唇を噛《か》んで続ける。「サパラはマチャド将軍の新政権樹立に協力した二人の人物を殺している。グレーンジ夫妻はボディガードを増やしたわ。サパラは彼らのことも追わせているのよ」

キャッシュは黒い目でクラリスを見つめた。「きみには、エブがよこす二人のほかにも見張りがつく。ぼくの町ではきみにもきみの子どもにも決して手出しさせない。約束するよ」

クラリスはほほえんだ。「ありがとう。それに、わたしが家を見つけるまでここに置いてくださったことにも感謝しています」

「いや、ぼくたちにはじつは下心があったんだ」キャッシュ

ャッシュがささやき、両手を差しだした。「いいかな?」

クラリスはジョシュアをキャッシュの手に渡し、その表情を、ついで彼に寄りそって赤ん坊の小さな手に触れるティピーの表情を見守った。

二人が、子どもをもうひとりほしがっているのがひしひしと感じられる。その願いはきっとかなうはずだ。

「新居まで車で送るわ」しばらくしてティピーが言った。

「ほんとうならぼくが送るところだが、会議があって……。ちくしょう、もう遅刻だ。行かなくちゃ」

キャッシュはティピーにキスをし、ジョシュアをクラリスに返してほかの家族にキスしに行った。

「彼、出かけるときはいつもああするの」ティピーがジャガーでクラリスを新しい家まで送りながら説明した。「みんなにキスして、愛してるって言いあうのよ。わからないものでしょう」静かな声音で続ける。「キャッシュはわずかでも危険を実感していないと生きていけないのよ。心配だけど、なるべく気に病まないようにしているわ」

「わたしもロークが仕事に出かけるときには心配でたまらなかったわ。彼が危険な仕事をしていることはわかっているの。だからずっと……」クラリスはそこで言葉を切り、話題を変えた。「ジェイコブズビルって好きだわ。特別な町ね」

「わたしたちもそう思ってるの」ティピーは言った。

「でも、車が必要よ」

「家の次は車ね。このジャガーはどこで買ったの?その販売店、いろいろ扱っているかしら?」

「ええ、サンアントニオの販売店よ。ウェブサイトのアドレスを教えるから、見てみるといいわ。実際にお店に行くときには、わたしが送ってあげる」

「ありがとう、助かるわ」

「いいのよ、こっちは下心があってのことなんだから。あなたがお店の人と話しているあいだ、わたしはジョシュアを抱っこできるわ」ティピーはそう言い、クラリスと二人して笑った。

マリエルは二十代後半で、礼儀正しく物静かだった。クラリスはルーク・クレイグに雇われているハンサムなカウボーイ、ジャック・ロペスを介してマリエルを知った。ジャックとは〈バーバラズ・カフエ〉で知りあい、クラリスがジョシュアを連れて町に出たときにはときどきいっしょに昼食をとっていた。そのジャックがいとこを推薦したのだった。

実際、マリエルは理想的な人材だった。一目でジョシュアを気に入り、クラリスの手から抱きとると、優しい声であやしながらクラリスとティピーを家の中へと案内した。クラリスが帝王切開の傷跡がまだ痛くて階段ののぼりおりに苦労しているため、マリエルには一階の部屋を用意してあった。その部屋にはスライド式の木のドアで仕切られた続き部屋がついており、ドアをあけるとその向こうが子ども部屋になっていた。ブルーのカーペットに淡いブルーの壁、家具は白で、ベビーベッドの上にはモビールが吊《つ》るされている。

「すてきな家ね!」ティピーが叫んだ。

「でしょう? インターネットで見つけたのよ」クラリスは笑いながらタブレット型パソコンをとりだした。「次は車だわ!」

ティピーから聞いたサイトにアクセスし、取り扱っている車の種類をチェックして、記載されていた電話番号にかけてみる。応対したセールスマンは新型のジャガーの在庫が何種類かあるので、ぜひ見に来てくださいと言った。クラリスは明日の午前中に行くと返事しながら、送ってくれる予定のティピーがそれで大丈夫だとうなずくのを確認した。

マリエルがおむつをかえに子ども部屋に向かった。「心をこめてお世話しますね」クラリスに向かって言う。「どうかご心配なく」

「ありがとう。よろしくね」

ティピーと二人きりになると、クラリスは言った。「さあ、わたしはエブに約束したことをすませなくちゃ」

クラリスはエブに電話し、自分の予定を伝えた。「ほんとうにありがとう。あなたが手配してくださった二人のお給料はわたしに払わせてくださいね」

そこで相手の言葉に耳を傾け、笑い声をあげる。「わかりました。だけど、いつかこのお礼はさせてくださると約束して。決まりね。それじゃ重ね重ねありがとう」

「エブみたいな人はめったにいないのよね」ティピーは言った。

「ええ、ほんとうにいい人だわ」クラリスはリフォーム済みのキッチンに入っていった。そこは一流の料理人も喜ぶようなキッチンで、豪華な食事を作るために必要なものがすべて揃《そろ》っていた。

「あなた、料理が好きなのね」ティピーが言った。

「ええ、大好き」クラリスはそう答えたが、ロークが料理が得意だから習ったのだとは言わなかった。実際、ロークは若いときに一時期ヨハネスブルグのレストランで料理人として働いていたのだ。マナウスでのあの至福の数日間、二人はいっしょに料理したものだった。

マリエルが赤ん坊を抱いて戻ってきたときには、クラリスはコーヒーをいれていた。ティピーが抱きとって頬ずりすると、ジョシュアはぐずりだした。

「おなかがすいているのよ」クラリスは笑顔で言い、マリエルに授乳ケープを持ってきてもらうと、ジョシュアを受けとってブラウスと授乳用ブラジャーの前をあけた。ジョシュアがお乳を飲みはじめると、小さく身震いし、それから笑い声をあげる。

「わたしも母乳で育てたわ」ティピーがため息まじりに言った。「母乳育児にはメリットがたくさんあるのよね。でも、痛いでしょう?」

「手術の痕がつれるわ。それに、おかしいとは思うんだけど……吸いつかれると陣痛が始まるような気がするの」

「わかるわ! わたしも同じだったの」ティピーは夢見るようなまなざしになった。「もうひとり、ほしいわ……」

「その願いがかなうよう、世界中の神さまに祈ってあげるわ」

ティピーは声をあげて笑った。

クラリスはジャガーのスポーツカーの最高級車種であるXKを見せられたが、首を横にふった。スポーツカーよりセダンのほうがずっと機能的だ。それでも彼女はV型八気筒スーパーチャージャー付きエンジンを搭載した車を選んだ。

「キャッシュはわたしとつきあいはじめたころ、ニューヨークで赤いXKに乗っていたの」ようやくクラリスの家に帰ってくると、ティピーがなつかしそうに言った。「彼、そのXKがすごく気に入っていたんだけど、わたしがトリスを身ごもったのを知ってセダンに買いかえたのよ。後ろにベンチシートはあったけど、ローリーが脚を伸ばせるほど広くはなかったしね」

「二人乗りのスポーツカーは、子どものいない若い人たちか、子どもが育ちあがった年配の人たちのためのものだわ」クラリスは笑いながら言った。

「確かに。だけどかっこいいのよね」ティピーはため息をついた。

「わたしの新しいセダンもいいわよ。あなたが暇な日にはいっしょにサンアントニオまで買い物に行けるわ」

「わたしが暇で、なおかつ今日みたいにローリーが休める日にはね」ティピーは言った。「ローリーは最高のベビーシッターだわ」

「ほんとうにいい子よね」

「ええ」ティピーはマリエルがクラリスの腕からジョシュアを抱きとるのを眺めた。クラリスが疲れた顔をしていることに気づき、心配そうに言う。「今夜は早く寝なきゃだめよ。この二、三週間たいへんだったんだから」

「マラリアの薬も切れているしね。明日の朝一番に薬局にとりに行かなくちゃ。昨日のうちに電話で頼んでおいたんだけど、今日は疲れて行く気になれなかったの」

「わたしがかわりにとりに行くわよ」

「いいえ、自分で行くわ。明日はバーバラのお店でお昼を食べない？　薬局に行った足で、あなたとトリスを迎えに行くわ」

「明日はキャッシュが休みだから、わたしひとりで行くわ。薬局に行く前に迎えに来てくれたら、あなたが薬代を払っているあいだ、わたしがジョシュアを抱っこしててあげる」

「えーと、つまりはそこにも下心があるってことかしら？」クラリスは久々にユーモアをとりもどし、おどけた調子で言った。

「当たり！」

「それじゃ、十一時十五分前ぐらいに迎えに行くわ」

「オーケイ！」

「でも、わたしがうちでおもりしますのに」マリエルが残念そうに言った。クラリスはジーンズにベージュのセーターにローファーという格好で、ジョシュアをベビーシートごと抱きかかえて玄関に向かっていた。

「そのうち置いていくことにも慣れるでしょうけど、マナウスであんなことがあってまだ日が浅いから、いまはまだ離れたくないの」クラリスは言った。「なんて言ったらいいのか……神経質になっているのよ」

「ああ」マリエルは納得したように微笑した。「たいへんな思いをなさったんですものね。でも、時間がたつにつれて落ち着かれますよ」

「わたしもそう思うわ。ともかく、あなたの気持ちは嬉《うれ》しいわ。ありがとう」

「そのために雇われているんですから。そうでしょう?」マリエルは笑いながら言い、寝室の掃除をしに家の中へ戻った。

クラリスが薬局のカウンターに並んでいるあいだ、ティピーはジョシュアを抱いて新しい口紅を探しに行った。そして戻ってきたちょうどそのとき、クラリスは何の気なしに顔の向きを変え、とたんに心臓が凍りついた。衝撃のあまり、声もなかった。

「くそっ!」ロークが言った。ひとつしかない淡いブラウンの目に殺気立った光を宿してクラリスに近づいてくる。「なぜきみがここにいるんだ? ぼくがこっちで働いているのを知って追ってきたんだな?」憎しみのこもった目つきで彼女を上から下までじろりと見る。「悪いが、ぼくはきみとベッドをともにする気なんて毛頭ないんだ」

混んだ店内のざわめきを意識しながら、クラリスはボニーにクレジットカードを渡した。ボニーは金髪の男をにらみながらクレジットカードをレジに通し、伝票にクラリスのサインをもらってマラリアの処方薬を差しだした。

「はい、あなたの息子を返すわ」ティピーがかたい表情で赤ん坊をクラリスの手に抱かせた。

「きみの息子？」ロークは体が爆発したような気がした。かつて経験のない悲痛な思いがなぜか胸にこみあげ、クラリスの腕の中の赤ん坊を険しいまなざしで見やる。「子どもを産んだのか？　なんて無責任な……。父親は誰だかわかっているのか？」

ティピーが前に進みでた。「あとひとことでも彼女と口をきいたら、夫に逮捕してもらうわよ」怒りに声がうわずっている。「いやがらせの容疑でね。そして、いざとなったらわたしが法廷で証言してやるわ。きっとほかにも証言してくれる人は簡単に見つかるでしょうね！」

「そのとおり」ルーク・クレイグのところの新人カウボーイ、ジャック・ロペスが口をはさんだ。ヒスパニックらしさを感じさせる容姿の、ハンサムで背の高い男だ。彼がクラリスにマリエルを紹介してくれたのだ。「ぼくも喜んで証言するからね」クラリスに笑いかけ、ロークをにらみつける。しかしロークはジャックには目もくれなかった。ひたすらクラリスを見すえている。

「行きましょう、クラリス」ティピーがロークをきつい目で一瞥《いちべつ》して言い、茫然《ぼうぜん》としているクラリスを引ったてるように外に連れだして新車のジャガーに向かわせた。「ほら、乗って。運転はわたしがするわ。ジョシュアは後ろに乗せるわよ」

ロークがジェイク・ブレアに頼まれた薬を持って冷たい視線を浴びながら薬局を出ると、ティピーが後部座席のベビーシートに赤ん坊をくりつけるところだった。それからティピーは運転席に乗りこみ、ドアを閉めて走り去った。彼女も助手席のクラリスもふりかえりはしなかった。

ロークは心臓を激しく鼓動させながらじっと見送った。裏切られたような気分だった。だが、そういう感情じたいが信じられなかった。だって自分は彼女を嫌っているのだから。理由は思い出せないが、もう何年も前から忌み嫌っている。それなのに憤怒《ふんぬ》と、それにまさる深い喪失感と苦しみが胸を引き裂いていた。彼女の子どもを見るのが苦痛だった。なぜだ？

ロークは片手を頭にやった。その中に何かの記憶があるが、手が届きそうにない。自分がなぜあんなにいきりたって彼女を責めたのか理解できなかった。だが、彼女が自分を追ってアメリカに来ていたことにはいらだちを禁じえない。生活の拠点をアメリカに移したのだろうか？　かつて政治的な場面や社交の場にいる彼女を見た覚えがある。しかし、あれはワシントンＤＣだったのではないか？　テキサスには来たことがないはずだ。それとも、あるのか？

ロークはジェイク・ブレアの家に戻り、薬の袋をダイニングテーブルに置いた。

ジェイク・ブレアがろくに口もきかず、沈んで見えたので、ジェイクは眉根を寄せた。「どうしたんだい？」

「タットがこっちに来ている」

ジェイクはたじろいだ。「すまない。彼女がここで暮らしているのを言っておくべきだったな」

「ここで暮らしている？　いったい何のために？」

ロークは声を荒らげた。

ジェイクは深いため息をついた。「複雑な事情があって、わたしの口からはあまり話せないんだ。彼女はグリヤ家に身を寄せていたんだが、最近家を買ってそちらに移ったようだ」

「それじゃ、彼女と薬局に来ていたのがティピー・グリヤか。どうりで見覚えがあると思った」

「薬局？」ジェイクは落ち着かなくなった。

「タットは赤ん坊を連れていた。彼女の息子だそうだ。ティピーがそう呼んだんだ」ロークの顔つきがかたくなった。「父親が誰なのか、ちゃんとわかっているのかと訊《き》いてみたが……なぜそんな目でぼくジェイクは目をとじた。まさかここまでこじれているとは思っていなかった。

「だから何なんだよ、その顔は？」

ジェイクはコーヒーをすすった。「彼女は結婚していたんだよ、ローク」静かに切りだす。「マナウスの友人で医者の、ルイ・カルヴァハルと」

「結婚……」ロークの呼吸が喉の奥でとまった。カップを口もとに運ぶ。熱いコーヒーが唇を焼いたが、その熱さもいま彼を襲っている苦悩をまぎらす助けにはならなかった。「カルヴァハルと結婚……。しかし、彼はタットより二十は年上だぞ！」

「子どもができたんだ」ジェイクはロークの顔を見ずに言った。

「彼女が抱いていた子か。男の子だな」ロークの顔が引きつった。「そうか」ひとつ深呼吸する。「それでいまはカルヴァハルと暮らしているんだな？」

ジェイクは首をふった。「彼は死んだ。脳マラリを見るんだ？」

「座りたまえ、ローク」ジェイクは穏やかに言った。

ロークは顔をしかめながらも言われたとおりにした。

ジェイクはキッチンに行き、ブラックコーヒーの入ったカップを二つ持ってきた。ひとつをロークに渡し、テーブルをはさんで彼の向かいに腰かける。

「最近彼女の身に起きたことをK・Cから何も聞いていないかな？」

「ぼくは彼女の名前すら聞きたくなかったんでね」ロークは苦りきって答えた。「ぼくが退院してうちに帰ってきたとき、彼女がぼくの寝室にまでのこのこやってきたんだ。しかもぼくの死んだ母の婚約指輪をはめて……。いつの間にか盗みだしたんだ。ぼくはそれをとりもどし、彼女を追いかえした。それから何カ月か、K・Cとも口さえきかなかったよ。彼がタットを連れてきたんだから」

アで。数週間前にマナウスで」

マナウス。マナウスには何かがある。なぜマナウスをこんなに近しく感じるのだろう？　数えるほどしか行ったことがないのに。それもたいていが彼女がらみだった。彼女の母親が死んだとき。父親と妹が川に落ちて死んだとき。ああ、この記憶はどこから湧いてきたんだ？　ロークは頭をかかえた。頭がずきずきしている。

「大丈夫か？」ジェイクが心配そうに尋ねた。

ロークは目をあげてジェイクを見た。「大丈夫だ」ちょっと間をおき、そう答える。「その後タットはこっちに来た。なぜだ？」

「彼女にはもう誰もいなくなってしまったんだ」ジェイクが言った。「夫と同じ種類のマラリアにかかったが、ウィンスロー・グレーンジが熱帯病の専門家を呼んで彼女の治療にあたらせた。際どいところだった。彼女が死ぬことも想定し、医者たちは帝王切開手術に踏みきった……」

「そんな！」ロークは動揺して立ちあがり、顔をそむけた。自分自身の感情の動きに内心愕然《がくぜん》とする。なぜだ？　大嫌いな彼女が生きようが死のうが平気なはずだろう？　生きようが死のうが……。死ぬ可能性もあったのだ。

「彼女は幸運にも死なずにすんだ」ジェイクが重々しく言葉をついだ。「しかし彼女は赤ん坊のことが心配だった。それで赤ん坊の世話をしてもらえるところに移りたかったんだ。自分の身に万一のことがあっても大丈夫なように」

ロークはまたジェイクに向き直った。「いまはもう元気なんだろう？」気遣わしげな口調だ。「熱は完全にさがったんだろう？」

ジェイクはコーヒーを飲んだ。「きみもマラリアにかかったことがあるだろう。どういう病気かはわかっているはずだ」

「ぼくがかかったマラリアは再発するタイプのものではなかった」

「彼女のは再発することもあるんだ。アジアやアフリカ、さらにはアマゾン流域でも見たのを覚えているだろう？　特定の地域に特有のものだ。熱帯熱マラリア」

「ハマダラ蚊が媒介する」ロークは重苦しい口調になった。確かに彼は患者をその目で見ていた。脳マラリアを併発したら、ほぼ間違いなく死に至る。彼は唇を噛んだ。「どうして感染したんだ？　マラリアが発生する国に住むなら、きちんと予防措置をとるべきだろう？」

「カルヴァハルも予防はしていた。頻繁に薬を噴霧していたそうだ」

「それでも不充分だったんだろう。だいたい、なぜ自分でマラリアと気づかなかったんだ？　医者のくせに！」

「地域で新型ウィルスが流行したために、日に十四時間も働いて疲労困憊《こんぱい》していたんだ。自分もそのウィルスにやられたんだと思ったらしい。似たような症状だったから。それで気づいたときには手遅れだったんだ。クラリスは彼の看病をして発熱した。彼が死んだときにはひどい高熱を出していた」

ロークは顔をそむけた。夫が死に、赤ん坊が生まれるというのにクラリスは世話してくれる人もなくひとりぼっちだったのか。

「彼女はこっちに引っ越してきたくはなかったんだ」ジェイクは言った。「しぶる彼女を……」K・Cが、と続けそうになり、なんとか言いかえる。

「みんなで脅すようにして引っ越しさせたんだ」

「なぜしぶったんだ？」

「きみがまたこっちに来るんじゃないかと思ったんだよ。だが、きみは結婚して今後はヨーロッパの仕事に絞るようなことを言っていたと、みんなで安心ろから、彼女を見るたびに、ぼくは自分が自分でなくなるのを感じた」

さっきの大見得は撤回させたんだ」

「ぼくと出くわすリスクを避けたかったわけだ」ロークは声に出して言った。言葉にしてみると、胸が痛かった。両手をカーキのスラックスのポケットに突っこんで、かたく握りしめる。

「自分を侮辱し、けなすだけの相手と顔をあわせたいと思う人間がいるかい？」ジェイクがやんわりと問いかけた。

「いないだろうな」ロークは足もとに目を落とした。

「彼女は夫を看病した」

「そうだ。彼女もマラリアに感染していたが、マラリアは症状が出るまで一、二週間かかることもある──きみも知ってのとおりだ。クラリスの場合、症状が出たときには早産させることに決まった。熱は四十度を超えてさらに上昇しつつあった。医者はやるべきことをやり、彼女はよくがんばった」K・Cから聞いたとおりに伝える。「気がついた彼女は何よりもまず赤ん坊の心配をしたそうだ」

赤ん坊。カルヴァハルの赤ん坊。ロークは喉の奥に苦いものがこみあげるのを感じた。彼女がほかの男に抱かれたなんて考えたくもなかった。いったいなぜなんだ。彼女には嫌悪感しかないのに……。

ロークは深いため息をついた。「彼女にひどいことを言ってしまった。思いがけないところで会って、気が動転してしまったんだ。ずっと彼女を避けていたから」顔をしかめて続ける。「しかし、彼女がどうしてぼくの母親の指輪をはめていたのか、さっぱりわからない！　あれは金庫にしまっておいたはずで、暗証番号はぼくしか知らなかったのに！」

「きみは長いあいだ彼女を嫌いつづけてきた」ジェイクが言った。「長年の習慣はなかなか抜けないものだ」

ロークは壁を見すえた。「そもそも、なぜ彼女をこんなに嫌っているのかがわからない。子どものころの彼女はいつもぼくにくっついてまわっていた」口もとに優しい笑みがほんのり漂う。「怖いもの知らずの子どもだった。ぼくは十歳のときに傭兵《ようへい》グループの一員になった。K・Cがそれをやめさせ、ぼくの後見人になったあとも、またグループに戻りたかったんだが、結局思いとどまったのはタットがついてくるのがわかっていたからだ。あのころの彼女はぼくの影みたいなものだった」ふいに頭がひどく痛みはじめ、ロークは片手で頭を押さえた。「ああ、どうして思い出せないんだ?」

「無理をするな」ジェイクが立ちあがり、彼の肩を叩《たた》いた。「自然に思い出したことだってあるんだろう?」

「K・Cがぼくの父親だということは思い出した。うちに帰ったら、彼が銃器を荷物につめていたんだ。メアリー・ルークが亡くなって……。K・Cは彼女を心の底から愛していた。彼女が修道女にならなかったら、結婚していただろう。その彼女が亡くなり、K・Cは任務についている仲間たちのところに行こうとしていた。そのとき思い出したんだ。彼が自分の父親であることを。ぼくは彼の前に立ちふさがり、行けるものなら行ってみろと言ってやった。正直、勇気がいったよ」そこで小さく笑う。「彼にはぶん殴られたことがあるから……」ふいに言葉を切ると、ロークは宙を見すえた。「そう、殴られたんだ。ぼくが何か言ったから。何かタットに関することを……」彼は歯ぎしりした。「だめだ、何を言ったのか思い出せない」

「医者はまだ記憶をとりもどす可能性があると言っていたそうだ。ただし時間はかかるだろうと。だから無理をするな。ひとつずつでいいじゃないか。無理して思い出そうとすることはない」

「自分が思い出せない部分について人から聞かせてもらうのはどうかと医者に訊いてみたよ」ロークは

短く笑った。「それでは意味がない、と医者は答えた。人から聞かされても、ぼくにはぴんと来ないんだそうだ。物語を聞かされるのと同じようなものだと」首をふりながら続ける。「しかし、このままでは頭がおかしくなりそうだよ」

「きみなら必ず乗り越えられる」

「かもしれないな」ロークはため息をついた。「タットに会ったら謝るよ。つらい思いをしてきた彼女にひどいことを言ってしまった。あの残忍なけだものがバレラで彼女の口を割らせようと拷問したが、ぼくはやつをナイフで……」はっと息をのみ、ジェイクを凝視する。

「そうだ」ジェイクはうなずいた。

「K・Cは彼女が結婚していることをなぜ教えてくれなかったんだろう？」ロークは頭にうかんだ疑問を口にした。

「きみが彼女の話は誰にもさせなかったんだ」ジェイクは答えた。

ロークはまたため息をもらした。「そうかもしれない。苦痛だったんだ」首をふる。「ぼくが故意にあんなふうに彼女を傷つけるわけはないんだ。それとも故意だったのか？　ぼくはずっと彼女に代償を支払わせようと……何の代償だ？」ほとんどひとりごとだ。「ああ、ちくしょう！」

「ひとつずつだ」ジェイクが言った。「きっとそのうち自然に思い出す」

「ほんとうに？」ロークは再び座った。「まあ、そうあってほしいものだが」

ジェイクは返事をしなかった。まだロークには言えないことがある。サパラが殺し屋にクラリスを追わせているが、その風貌を誰も知らないということだ。ローク以外は誰も。ロークはバレラに行くはるか以前に、サパラが手なずけている殺し屋に会っているのだ。だからロークの記憶が戻るのが間にあわなければ、クラリスは危機的状況に陥る可能性がある。

だが、たぶんそんなことにはならないだろう。なにしろキャッシュと・エブ・スコットが事態を掌握しているのだ。誰であれクラリスに近づく者は、秘密工作員に武器を突きつけられることになるだろう。彼女は安全だ。いまのところは。

クラリスはジョシュアを町の公園に連れていった。三月半ば、早春の気持ちのいい日で、公園では地元の高校の楽団が地域住民のために演奏していた。ジエイコブズ郡の商工会議所と地元の商店街が協賛する文化イベントのひとつだった。

クラリスは厚いキルトを乾いた草の上に広げ、ジョシュアを寝かせた。ジョシュアには青いフリースのベビー服を着せ、クラリス自身はジーンズにスエットという格好で化粧もしていない。ジョシュアの母親でいることが楽しくて、男性の気を引きたいとは思わないので、自分を魅力的に見せることは何もしていなかった。

それでも彼女を盗み見る男たちにとって、クラリスは素のままでも美しかった。ロークはちょっと離れたところから彼女に視線をすえ、赤ん坊を扱う手つきの優しさや、清潔感にあふれた肌、優雅な身のこなしに見入っていた。

彼女がたいへんな苦難をくぐりぬけてきたことも知らず、薬局でひどい暴言を吐いてしまったことが悔やまれてならない。冷たくあしらわれるかもしれないが、それでもひとこと謝りたかった。

クラリスは彼の存在を感知した。不思議なことだが、ロークがそばに来るとなぜかわかるのだ。薬局でも、彼が現れる直前に妙に胸が騒いだ。彼女は不安になり、その場から逃げだすためにジョシュアを抱きあげようとした。

「行かないでくれ」ロークは優しく言った。片膝を地面につき、赤ん坊に目を向ける。ヒスパニックの男の子どもにしては、髪や目の色が変わっている。ロークが覚えているカルヴァハルは黒い髪に黒い目、肌は濃いオリーブ色だった。この子はクラリスに似たのだろう。彼女の色を受け継いでいる。

「何の用?」クラリスはかたい声で言った。

ロークは肩をすくめた。「きみに謝りたかったんだ。ご主人のことを知らなかった」

クラリスは彼の目を見られなかった。胸が痛くて、口もきけなかった。

「いい子だね」短い沈黙をはさみ、ロークは言った。その子を見ているのはつらかった。なぜなのかはわからない。

「ええ」クラリスは答えた。

「ジェイクから聞いたよ。グリヤのところに身を寄せていたんだってね」

クラリスはうなずいた。「グリヤ夫妻にはほんとうにお世話になったわ。縫ったところがまだつれて……」そこで言葉をとめる。

「そのこともジェイクから聞いたよ」ロークはクラリスをじっと見つめた。彼女は以前より痩せて年をとり、疲れているように見えた。「苦労したんだね。それなのにいやな思いをさせて悪かった」

クラリスは返事をしなかった。ロークに早く立ち去ってほしかった。彼がそばにいると落ち着かない。

ロークはそれを察した。無理もない。そう思って立ちあがる。「そのうちぼくはいなくなるよ。今回を最後に、しばらくアメリカでの仕事からは遠ざかるつもりだ」

クラリスは顔もあげずにうなずいた。

ロークは奥歯を噛みしめた。二人のあいだには何かがあった。彼女を忌み嫌っていたという記憶とは相容《あいい》れない何かが。「どうしてこうなんだろう?」

唐突に言う。

「え？」クラリスはとまどったようだ。

「どうしてぼくは……きみに対してこうなんだ？　きみは子どものころにはぼくの影のようにどこにでもついてきた。どこにでも！」

「昔のことよ、ローク」無意識のうちにクラリスは自分だけ特別と感じられるファーストネームでの呼びかけではなく、ほかのみんなと同じように姓で呼びかけていた。

ロークはそれを心にとめた。「ぼくたちはバレラでいっしょだった」

「ええ、表彰式でね」

ロークは誰かにみぞおちを殴られたような気がした。「表彰式って、何の？」

「え、いま、あなたが言ったのは……」

「野営地でのことだ。きみがサパラの手下に拷問されたあとに逃げてきたときのこと」

「ああ、そうだったわね」クラリスはうっかり口をすべらせてしまったことを後悔した。

「あのけだものは報いを受けたよ」ロークは冷たい口調で言った。

クラリスはうなずいた。

ロークの思考はめまぐるしく動いていた。頭の中でさまざまなイメージが飛びかう。野営地。サパラからの政権奪還。罪のない人々を大勢殺した独裁者。手下がそばにいないとおろおろする臆病者。

そういえばK・Cがサパラについてつい最近何か言ってなかっただろうか？　ヘリコプターがどうとか？　思い出せない。ああ、ぼくの記憶はどうなっているんだ？

「その子を自分で抱きあげようとしちゃいけない」ロークはふいに厳しい表情になった。「もう生後六週間ぐらいか？」

「ええ、もうじき六週間よ」

ロークはためらい、それから表情をやわらげた。「ンガワの難民キャンプで、きみは赤ん坊を抱いていたな。とてもきれいだった。服や髪が汚れていてもね。あのときぼくはきみが死んでしまうのではないかと思っていたんだ。でも、よかった。きみは不死身だった！」

ロークの言葉に驚いて、彼女は顔をあげた。その可憐《かれん》な顔にうかんでいるのは何だ？　希望か？

「ぼくは忘れていたんだ。そうだろう？」ロークは言葉をついだ。「ぼくはバレラへの侵攻作戦が実行に移される前に、きみを助けに行ったんだ」そこで眉をひそめる。「きみがトラブルに巻きこまれたとき、苦しんでいるとき、ぼくは常に飛んでいった。なぜだ？　きみを嫌っているはずなのに」

彼女の顔にあふれていた希望がほんの数秒で液体のように洗い流され、いまはもう完全に消えていた。

彼女はなんとかほほえんでみせた。「わたしにもわからなかったわ」柔らかなブルーの目はあたたかく美しい。

「なんてきれいなんだ」ロークは考えもせずに口走った。そして次の瞬間、口もとをこわばらせた。片方だけの淡いブラウンの目がきらりと光る。

「停戦解除ね？」クラリスはそう言って苦労しながら立ちあがった。「もう帰らなくちゃ。マリエルが昼食を用意してくれているの」

「ミセス・カルヴァハル、その子を抱きあげるのはちょっと待ってください」長身のハンサムな男性が笑顔で近づいてきた。「ぼくが抱いていくから。どうせ同じ方向だし。ミスター・クレイグに言われて、町まで焼き印用のブタンガスを買いに来たんだ」

「ありがとう、ミスター・ロペス」クラリスはロークにちらりと目をやったが、彼の表情は読めなかった。「スタントン・ローク、こちらはジャック・ロペスよ。よく食料品の買い出しを手伝ってくれるの。

「重いものを持たなくていいようにね。バーバラのお店で知りあって、手伝いを買ってでてくれたのよ」

ジャックににっこり笑いかける。ロークの目がきらめいたときに予感した激しい攻撃を受けずにすんで、心の底からほっとしていた。

「新米ママを助けるのは当然だよ」そのカウボーイにはわずかになまりがあった。ロークに向かって帽子を傾けて挨拶し、しばしじっと顔を見つめる。だが、ロークの表情に変化はなかった。

「どうも、はじめまして」ジャックはそう言うと、かがみこんで赤ん坊を抱きあげ、そのあいだにクラリスは毛布をたたんだ。

「ああ、ぼくが持つよ」ジャックはすかさず言い、片腕にジョシュアを抱き直すと、おむつや毛布の入ったバッグを受けとった。「忘れ物はないね？」

クラリスはうなずいた。

「それじゃ、また」ロークが言い、ほとんど脅すような目つきでジャックを見た。

クラリスはなんとか微笑した。だが返事はせずに、ジャックとともに歩きだした。

12

ロークは国際的な誘拐犯グループの関与が疑われるビジネスを監視していた。若い女性たちが海外でわくわくするような仕事ができるという甘言に騙《だま》され、世界中の売春組織に売りとばされているのだ。中には十四歳にも満たない少女もいるという。むろんこの非道なビジネスは麻薬の密売とも結びついている。女性たちの大半は売春宿に送りこまれる前に、決して逆らわないよう薬漬けにされてしまうのだ。

ロークがサンアントニオにある高級ベビー用品の専門店から出てくるクラリスを見かけたのは、昼休みをとっているときのことだった。彼女はひとりで買ったばかりの新しいセダンのほうに歩いていた。その姿を見ているうちに、彼は妙な気分になった。

長年にわたって彼女をふしだらな女だと罵倒してきたし、だからこそ子どもを産んだと知ったときに父親が誰かわかっているのかと難詰したのだが、彼女は妖婦のような服装はしていない。妖婦のようにふるまってもいない。それなのになぜ自分は彼女をそのようなカテゴリーに入れたのだろう？

疑問ばかりが増えて、答えはひとつも見つからない。ロークはK・Cを避け、アメリカを避けてきた。この仕事でこっちに来るまでは、友人のジェイク・ブレアのことさえここしばらく避けていた。ほんとうは失われた過去を思い出したくないのかもしれない。となると、また新たな疑問が出てくる。いったいなぜ思い出したくないのだろうか？

タットの結婚も依然として謎だ。ルイ・カルヴァハルのことは昔から知っている。あのマナウスの内科医はタットの母親が亡くなったときに彼女に付き添っていた。タットの父親と妹が川で死んだときにもタットのそばにいた。親切な男ではあるが、情熱とか特別な熱意といったものは感じられなかった。それにタットとは二十歳以上年が離れている。それなのに、なぜタットは彼と結婚したのだろう？　結婚したのは負傷したぼくに会いにナイロビに飛んできたあとのことに違いない。

あれはじつに不愉快な記憶だ。ぼくは押しかけてきたタットに激怒し、亡き母の指輪を盗んだと責めたて、出ていけとどなって追いかえしたのだ……。

ふとロークは顔をしかめた。タットの子どもはまだ生後数週間であり、ぼくが負傷したのは何カ月か前だ。ということは、あの時点でタットは妊娠していたのだ。妊娠していながらぼくを心配してやってきた彼女に、ぼくはみじめな思いをさせてしまった。恥じ入る気持ちが胸にあふれ、ロークは目をとじた。一歩間違えたら自分のせいでタットは流産していたかもしれないのだ。

あのときにはもうカルヴァハルと結婚していたのだろうか？　だとしたら、なぜあの婚約指輪をはめていたんだ？　ぼくの父親が――というか、ぼくが父親だと思っていた男が――結婚前に母に贈ったあの指輪を。

ロークは深呼吸した。思い出そうとすると胸が痛んだ。タットが母親に手を引かれた、通りすがりの幼い子どもに立ちどまって笑いかけるのを見ると、もっと痛くなった。彼女は子どもが大好きなのだ。難民キャンプで赤ん坊を抱いていた姿が思い出される。ロークは眉をひそめた。ンガワ。そうだ。彼女はンガワにいて、ぼくが迎えに行ったのだ。彼女が八つのときから、ぼくは常に彼女を守ってきた。彼女が悲劇に見舞われると、すぐに飛んでいった。しかし彼女を嫌っているのだとしたら、なぜそんなふうにしてきたのだろう？

頭の中を断片的な記憶が飛びかった。ラテンクラブ。そこでタットと踊った。はるか昔、日本の似たようなクラブでタンゴを踊ったことも思い出した。そのときの相手がタットではなかったことも。それにウエディングドレス。ぼんやりとした神父の姿も思い出される。

ロークは笑い声をあげた。だいぶ妄想が入ってきている。神経科医は失われた記憶に通じる新しい回路ができる可能性があると言っていた。たぶん偽の回路ができつつあるんだろう。つい最近シャーリーンと婚約するまで、結婚など一度も考えたことはないのだ。シャーリーン。またロークの顔が曇った。彼女はまだ子どもだ。さらに悪いことに、父親の若いビジネスパートナーに心惹《ひ》かれている。といって、ぼくは本心から彼女と結婚したいわけではない。だが、ぼくがすべての友人に彼女と結婚するつもりだと知らしめたのは、それがタットに伝わってほしいからだった。ロークは顔をしかめた。なぜぼくは彼女を傷つけたいんだろう？

彼女がまた動きだした。ジャガーのドアをあけ、中に乗りこむ。そのときロークはジャガーの後ろにとまっていた黒っぽいセダンの中の男が動いたことに気がついた。仕事で長年尾行をしてきたロークのことだから、見ただけでタットを監視しているのだとわかった。

彼はチームリーダーに少しだけ抜けると連絡し、さらに別の工作員にジャガーの特徴と向かった方角を伝えて、自分も動きだした。

クラリスは寝具とバス用品を扱う小さな店に入り、好みのシャワーカーテンを見つけた。若い店員に笑顔で代金を払い、買ったものを手に外に出る。ジャガーは半ブロック先にとめてあった。彼女が歩きだすと、男がその後ろにすっとついた。

赤ん坊はハウスキーパーかティピーに預けてきたのだろう。ロークは彼女をつける謎の男のあとに続いた。淡いブラウンの目は抑えた怒りを宿して細められている。自分の前で誰にもタットに手出しさせるつもりはない。

彼女は角を曲がると、また別の店に入った。今度はコーヒーショップだ。彼女をつけていた長身の男は路地に入って立ちどまり、人目を引かないようにこっそり監視しはじめた。ロークが背後に忍び寄ってきたことには、コルト四五ＡＣＰの銃口を首筋に押しあてられるまで気がつかなかった。

男が身をかたくして動こうとしたのを察知し、ロークは言った。「ちょっとでも動いたら体重が何グラムか重くなるぞ」

「ローク！」

ロークは驚き、ふりむいた男に詰問した。「何者だ？」

「キルパトリックだ。エブ・スコットの下で働いている」

ロークは顔をしかめ、銃をおろした。「いったいなぜクラリス・キャリントンを尾行している？」

「ミセス・カルヴァハルのことだな？」

「そうだ」ロークは彼女の新しい姓が嫌いだった。

キルパトリックは肩をすくめた。「答えられないな。エブには彼女から絶対に目を離すなとしか言われてないんだ」

「彼女の監視を命じたのはエブか？」

「キャッシュ・グリヤだよ。いったいどうなっているのやら」彼は低く笑った。「きっとキャッシュとティピーは彼女がここにいつくのが心配なんだ」

なるほど、だから彼女に監視をつけているのか、とロークは心の中で皮肉った。「そうか、すまなかったな」拳銃を上着の下のホルスターに戻して言う。

「いいんだよ。スラックスをはきかえるだけのことさ」キルパトリックは笑いながら冗談を言った。ロークは彼の肩を叩《たた》き、その場を立ち去った。

昼休みが終わらないうちに彼はキャッシュのオフィスに向かった。秘書のカーリー・ファーウォーカーは、夫のカーソンが彼自身研修医《インターン》として働く地元の病院で残業のときにするように、デスクでサンドイッチを食べていた。大きなおなかに、晴れやかな顔をしている。

「いるかい？」ロークはキャッシュの部屋のほうに顎をしゃくって尋ねた。

「ええ。ノックして入って。デスクワークをしているだけだから」

「ありがとう。おめでたみたいだね」

カーリーは笑い声をあげた。「ええ、最高に幸せよ。わたしも彼もね！」

「それはきみの親父《おやじ》さんから聞いたよ。彼が部屋を提供してくれて、ほんとうに感謝している」カーリーはジェイク・ブレアの娘なのだ。「ホテル暮らしにはあきあきしてたんだ」

「父も喜んでいるわ。わたしが家を出てから寂しがっていたの」

「そうらしいね。ご主人によろしく伝えてくれ。町を離れる前に、会う時間を作ろう」

「ええ、そうして。カーソンも喜ぶわ」

ロークはかつてのカーソンを脳裏によみがえらせた。あのやさぐれ狼《おおかみ》がジェイコブズビル総合病院のインターンになり、結婚して子どもまでもうけるとはたいした変わりようだ。もっとも、驚きに満ちているのが人生というものだ。

ロークはカーリーに笑いかけ、キャッシュの部屋のドアをノックすると、中に入っていった。

キャッシュはカーリーほど友好的ではなく、毒を含んだ目でじろりとロークをにらんだ。

「なるほど、その表情をティピーに教えたのは夫だったんだ」ロークは後ろ手にドアを閉めながら言った。「もう背中に蕁麻疹《じんましん》が出そうだよ！」

「今度クラリスを困らせたら、ただではすまないからな」キャッシュは言った。「それにぼくの妻の気性の激しさを思い知ったつもりでいるなら、それは大間違いだ」

ロークは吐息をもらし、キャッシュのデスクと向かいあう椅子に座って脚を組んだ。「正直なところ、自分がどうして彼女に食ってかかるのかわからないんだ」

「ぼくにも理解できないよ」キャッシュは報告書の束をわきに置いた。「きみはもうじき結婚するのかと思っていたが」

ロークは気まずそうな顔になった。「彼女はまだ若いし、父親のビジネスパートナーに夢中なんだ。ぼくが無理やり婚約に持ちこんだようなものさ」

「なぜ？」

その問いには肩をすくめる。「ぼくの婚約がタットに伝わることはわかっていた」

「やれやれ」キャッシュはつぶやくように言った。ロークに対するクラリスの気持ちは彼も知っているのだ。むろん当のロークも知っている。「夫を亡くし、自分も危うく命を落としそうになった女性を苦しめるのがそんなに楽しいか？」

ロークは顔がほてるのを感じた。「タットとは古いつきあいなんだ」キャッシュの問いかけには答えない。自分がタットを遠ざけるためにどれほどひどいことをしてきたか考えると、胸が悪くなるのだ。

「だからといって、彼女につらく当たるな」年上の男は冷たい目をして続けた。「さっさと仕事を片づけて、国に帰れ」

「ぼくのいまの仕事について、どうして知っているんだ？」

「現実的に考えてみろ。もう秘密工作にはかかわっていないものの、その世界の人間は大勢知っているんだ」

ロークは肩をすくめた。

「用件は？」

そう訊《き》かれて身を乗りだす。「エブ・スコットの部下になぜタットを尾行させているのか知りたい」

キャッシュは躊躇《ちゅうちょ》した。「ぼくが尾行させているのをどうして知った？」

「彼をつけて、後ろから銃を突きつけたんだ」ロークはそう答え、相手に目をこらした。「いったいなぜなんだ？」

キャッシュは、ほんとうのことを言う気にはなれなかった。記憶の一部を失っているロークが何かの拍子に口をすべらして、クラリスをいっそう危険な立場に追いこむ恐れもあるからだ。彼はぐいと顎を
あげた。「クラリスはしつこい崇拝者に悩まされているんだ」ようやく答える。

ロークは息をついた。それなら信じられなくはない。彼女は男が執着したくなるほど美しいのだ。

「そうだったのか」彼の目つきが鋭くなった。「ルーク・クレイグのところで働いているジャック・ロペスという男か？　最近彼女の行くところに決まって現れるような気がするが」

キャッシュは眉根を寄せた。「いや、ロペスじゃない。ロペスは彼女のことを気にかけているんだ」

ほかの男が彼女の守護者を自任しているなんて納得がいかなかった。彼女を守るのはぼくの仕事なのだ。ずっと前から。

「ぼくが背後にいるのを教えたのは誰だ？」キャッシュはぶっきらぼうに言った。

「鳥だよ。鳥が話しかけてくるんだ」ロークは軽い口調で続けた。「ふだんはからすなんだが、今回は

むくどりが情報を……なんで笑っているんだ？」

キャッシュは片手で追い払う仕草をした。「さっさと仕事に戻って、ぼくに書類仕事を片づけさせてくれ」

ロークは立ちあがった。「タットには謝ったよ。彼女が結婚しているとは知らなかったんだ。それに、あんな試練を経験していたことも」

キャッシュは言った。「すごい女性だよ。親族に死なれ、誘拐され、拷問を受け……それでも笑顔を忘れない」

「彼女は昔からそうだった」ロークの口調がどこか柔らかくなった。「見た目はシュークリームみたいでも、根性がある」

「確かに」

ロークはドアの手前で立ちどまった。「彼女につきまとっているのは誰なんだ？」

「地元のやつさ。危険人物ではない」キャッシュは笑顔で嘘《うそ》をついた。「彼女に熱をあげている若者だ。彼女が危害を加えられるとはわれわれも思ってないんだが、いちおう念のためだ」

ロークはうなずき、ドアの外に出ていった。

その週は長い一週間になった。容疑者を逮捕するに足る証拠を集めようとして小型の望遠鏡をのぞいたり、ブラックコーヒーをがぶ飲みしながら遅くまでデスクに向かったりすることに、ロークはもううんざりしていた。

土曜日、ジェイコブズビルの公園でダンスパーティが開かれた。地元のバンドが演奏し、露店が並び、ダンスフロア兼用の木製の大きな演壇が用意された。あたたかな春の週末を家族ぐるみで楽しんでもらおうという趣向だった。タットもジョシュアを抱いたハウスキーパーといっしょに参加していた。彼女がハンサムな長身のカウボーイと踊るのをロークは木に寄りかかって見ていた。またあのロペスの野郎だ、と心の中で苦虫を噛《か》みつぶす。

ロークはカーキの服を着ていた。ほとんどの男がジーンズにブーツにカウボーイハットという格好をしている町では彼の服装は場違いで、周囲から浮いていた。だが、この小さな町特有の雰囲気は、彼の生まれ故郷と同じだった。

彼はタットと踊っている男が気に入らなかった。なぜかはわからない。ロペスに嫉妬する理由など何もないのだ。ロペスは危険そうにも見えない。確かに彼はストーカーではないのだろう。だが、彼にはなんだか見覚えがある気がする。奇妙だ。

タットは長いデニムのスカートに半袖の青いチェックのブラウスにぺたんこの靴という格好だった。弱まっていく日ざしの中で、若く可憐《かれん》に見える。公園内の照明が自動点灯し、ダンスフロアを取り巻く豆電球が光りはじめた。

踊っているタット。それがなぜこんなに胸を騒がせるのだろう?

曲が終わり、彼女とカウボーイはハウスキーパーのいるテーブルに戻っていった。

自分でも理解できない衝動にかられ、ロークはバンドリーダーのところに行って短い言葉をかわした。音楽のリズムが変わった。ロークはタットがカウボーイや赤ん坊を抱いた女性と座っているテーブルに近づいていった。

踊ってくれとは言わなかった。無言でタットの手をとり、ダンスフロアに引っぱっていく。

曲はタンゴだった。ダンスフロアでキャッシュ・グリヤとティピーがふりかえった。ロークがタットを連れてきたのを見て、キャッシュは眉をあげ、面白がっているような笑みをうかべた。

ロークはその顔を見はしなかった。彼の目はタットの柔らかなブルーの目に釘《くぎ》づけになっていた。

「やめたほうがいいわ」彼女は言った。

ロークは何も言わずにほほえみ、官能的なリズムにあわせてタットをゆっくりとリードしはじめた。彼のダンスにはキャッシュ・グリヤもかなわなかった。タットは彼のリードに従って複雑なターンやひねりや速いステップをこなし、いつしか周囲の人々の注目を集めていた。

それにも気づかず、ロークはタットと踊りつづけた。「相変わらずうまいね」

「あなたこそ」彼女はそう返したが、内心落ち着かなかった。彼がなぜ自分と踊っているのかさっぱり理解できない。あんなに反感をむきだしにしていたのだから、もう話しかけられることさえないと思っていたのに。

ロークが素早いターンをした。クラリスは難なく動きをあわせた。まるでマナウスのラテンクラブで明け方まで踊ったときのようだった。ただし今回はみんなの注意を引いている。この町にこれほど複雑なタンゴを踊れる人間は数えるほどしかいない。マットとレスリーのコールドウェル夫妻は踊れるが、いま町にはいない。キャッシュとティピーも踊れるけれど、彼らでさえいまは見物人にまじってロークとクラリスのダンスにうっとり見入っている。

クラリスはロークの広い胸に視線をすえ、彼と一体となって踊りつづけた。たくましい体の感触や手のぬくもり、彼女を引きよせる腕の優しさや難しいダンスを踊りこなすテクニックに胸が騒いでいた。彼のすべてに胸をときめかせ、それをなんとか隠そうと一生懸命だった。

「日本でクラブに行ったね」ふいにロークが顔をしかめた。「ぼくもきみもタンゴを踊った。だが、二人いっしょには踊らなかった……」

クラリスははっと息をのんだ。

ロークが彼女の目をのぞきこみ、またターンした。

「ストロボの光みたいなんだ。ストロボみたいに場所や人の記憶が瞬間的にぱっとうかぶ。ジグソーパズルのピースみたいなものだが、それがばらばらに散らばっててつながらないんだ」

クラリスは唇を噛んだ。

「ぼくはなぜきみを傷つけるんだ？」ロークの声はかすれている。「傷つけるつもりはない。傷つけたくもないのに……」

クラリスはまた彼の胸に目をそらした。「ばか言わないで。あなたに傷つけられたことなんか一度もないわ」笑顔で嘘を言う。「わたしたちは子どものころからお互いを知っている。あなたにとって、わたしはなじみ深い存在なのよ」

曲が終わりに近づいていたが、ロークは彼女の手をぎゅっと握りしめた。「なじみ深い存在……」

彼がクラリスの体を回転させてその腕にささえ、フィニッシュを決めたときには、彼女の心臓は早鐘を打っていた。ロークは帝王切開で縫った傷跡に響かないよう、そっと彼女を引きおこした。

突然わきおこった拍手喝采に、二人はびっくりして体を離した。

ロークがくすりと笑った。「ごめん。見世物になっていたとは気づかなかったよ」

「いいのよ」

再び、今度はもっと若いカップル向けの音楽が始まり、フロアをあとにした二人にキャッシュとティピーが近づいてきた。

「自分では踊れるつもりだったが、いまのを見て考えを改めたよ」キャッシュが笑いながら言った。

ロークは肩をすくめた。「以前タンゴを教えていたんだ。秘密の仕事で何年かブエノスアイレスに住んでいたとき、カムフラージュのためにね」

「ものすごくじょうずだわ」ティピーがしぶしぶながらもほめた。

ロークは口をすぼめ、目をきらめかせた。「ありがとう」

「あなたもタンゴが踊れるなんて知らなかった」ティピーはクラリスに笑顔を向けた。

「父が大使だったから、わたしに社交上のたしなみを身につけさせようと、ダンスの個人教授をつけてくれたの」

「マナウスにクラブがあった」ロークが眉間に皺《しわ》を寄せ、唐突に言った。「ラテンクラブだ。ウェイトレスは赤いフラメンコの衣装を着ていて……」片手を頭にやり、顔をしかめる。

クラリスはたじろいだ。「大丈夫?」

ロークはため息をついた。「ストロボの光だよ」つぶやく。「どこから出てきた記憶なんだろう。マナウスには一度か二度しか行ったことがないのに。きみのお母さんが亡くなったとき、そしてお父さんと妹の葬儀のとき……」

「ええ」クラリスは目をそらした。ほんの一瞬、最後にマナウスを訪れたときのことを思い出してくれるのではないかと思ったのだ。

長身のカウボーイ、ジャック・ロペスが近づいてきた。「ダンスがものすごくじょうずだったんだね、ミセス・カルヴァハル」にこにこしながら言う。「よかったら、ぼくに足を踏まれるのをもう一度我慢してもらえるかな?」彼はほかの面々にちょっと失礼と断って、クラリスをフロアに連れだした。

ロークの目が殺気立った。

キャッシュはティピーとともにそれを見て、歯を食いしばった。

テーブルではハウスキーパーのマリエルが赤ん坊をあやしていた。ジョシュアは泣き叫んでいた。

ロークとキャッシュとティピーはそのそばで足をとめた。

「何をそんなに泣いているんだ?」ロークが尋ねた。

「疳《かん》の虫ですよ」マリエルはほほえんだ。「赤ちゃんにはありがちなことだわ」

「そうそう」ティピーが言った。「わたしたちもトリスがこのくらいのときには眠れない夜を過ごしたものだったわ」

ロークは両手をポケットに突っこみ、ジョシュアをじっと見つめた。自分がなぜ急に子どもを望むようになったのか、その理由を思い出せないのが無念だった。この赤ん坊はタットが父親ほどにも年の離れた男に情熱を燃やした結果なのだ。ロークは暗い顔になり、断りを言ってその場を離れた。


一週間後の金曜日の晩、ロークとジェイク・ブレアはチェスをしていた。チェスは二人にとって昔からの趣味で、以前はよくチェスを使って実戦の戦略を練ったものだった。いまは単なる遊びだ。

途中で電話が鳴り、ジェイクが応答してにっこり笑った。彼の娘からだった。

「ああ、電話があるんじゃないかと思ってたんだ。検査結果はどうだった？　ほんとうに？」笑いながら言葉をつぐ。「男か女か、ほんとうに知りたくないのか？　いや、気持ちはわかる」そこで口をつぐみ、ロークのほうに目をやる。「いまロークとチェスをしていたんだ。むろん、わたしが優勢だ」

「よく言うよ」ロークはにやりと笑った。

「うるさいぞ」ジェイクはロークに人さし指を突きつけた。「え、何だって？」再び受話器に向かって言う。「いや、ラジオはつけてない」そこで眉根を寄せる。「ＲＨマイナスのＡＢ？　いや、わたしの周囲に該当者がいるという話は聞いた覚えがないな。すぐには見つからんだろう。サンアントニオから送ってもらったほうがいいんじゃないか？」

「ＲＨマイナスのＡＢ型の血液が必要なのか？」ロークが言葉を割りこませた。

「そうなんだ。カーソンの勤める病院に緊急手術の必要な患者がいるんだが、血液のストックがないという話だ」

ロークは立ちあがった。「ぼくはRHマイナスのABだ。病院まで車を走らせて提供してこよう」

ジェイクはその旨をカーリーに伝えた。「きっと感謝されると言っている。マイカ・スティールが担当しているそうだ。彼が手術するんだと」

「すぐに行くと伝えてくれ。それと戻ってくるまでチェスの駒を動かすなよ」ロークは冗談めかして言った。

ジェイクは無言でしかめっつらをしてみせた。

ロークはすぐに処置室に案内され、そこで輸血のための血を抜かれることになった。看護師が質問をして手続き書類を記入するあいだ、ロークはマイカ・スティールに手をふった。マイカとは昔よく秘密の仕事をいっしょにしたのだ。

患者にとって幸いなことに、ロークは過去三年間マラリアにかかってはいなかった。三年のあいだに感染していたら血液は提供できないのだ。ロークがマラリアにやられたのは三年以上前のことであり、再発しないタイプのマラリアだったのも幸運だった。

「よく来てくれたな」血液をとられたあとのロークが起きあがってオレンジジュースを飲んでいると、マイカ・スティールが来て言った。「おかげですぐに手術ができる」

「たいしたことじゃない」ロークは言った。「RHマイナスのABは珍しいが、ぼくもK・Cもその血液型なんだ」

「聞いているよ」

ロークはマイカの肩を叩いた。「仕事にかかれ。ぼくは帰って、チェスでジェイクを打ち負かさなくちゃならない」

「そいつはたいへんだ」マイカはくすりと笑って小部屋から出ていった。

病院を出ようとして救急処置室のそばを通りかかったとき、クラリスがティピー・グリヤとともに椅子に座っていることに気がついた。

「こんなところで何をしてるんだい？」ロークは声をかけた。「誰か怪我《けが》でもしたのか？」

「赤ちゃんよ」ティピーが心配そうにクラリスを見やった。クラリスの顔はゆがんでいる。「ヘルニアですって。手術が必要なのにＲＨマイナスＡＢ型の血液がなくて……」

「ぼくがたったいま献血してきた」ロークは言った。

「マイカが手術の準備をしている。きみの息子だな？」気遣わしげな顔で彼女に問いかける。

クラリスは涙に濡《ぬ》れて赤くなった目をあげた。

「ええ。ありがとう！」声がかすれた。

「タット」ロークは彼女の手をすくいあげるようにしながら腰かけ、膝の上に彼女を座らせると、その体に両腕をまわした。乱れたブロンドにキスしてささやく。「もう大丈夫だよ。マイカの腕は確かだ。すぐに元気なる」

クラリスは身を震わせてすすり泣いた。「ああ、なぜあの子が？　なぜいま？　あんまりだわ……」

ロークは彼女を抱きしめ、あやすように揺らした。

「大丈夫だよ、ベイビー。大丈夫だ」

ティピーは彼の表情に目を奪われていた。薬局でクラリスを罵倒した男と同一人物とはとても思えない。その表情は本人が決して語りそうにないことを物語っていた。

「あの子は死なせない」クラリスは彼の喉もとに顔をうずめてむせび泣いた。「死んではいけないのよ！　わたしはほかのすべてを失ってしまった。家族も、夫も。このうえあの子まで失うなんて耐えられないわ」

ロークは彼女を抱く腕に力をこめた。夫という言葉がナイフのように胸をえぐったが、その痛みを表には出さず、大きな手で彼女の濡れた頬を包みこんで、額やまぶたにキスをしてひたすら慰める。「大丈夫だよ、タット。嵐はいずれ去り、きみは必ず乗り越える」

彼女はロークにしがみついた。こんなに慰められたのは久ぶりだった。彼のたくましい体のぬくもりやにおいがほんとうになつかしい。長いあいだ彼を愛しつづけてきたのだ。彼女がつらい思いをしているとき、彼は必ずそばにいてくれた。

「わたしの父と妹が死んだときにも、あなたはそう言ったわ」弱々しい声でなんとか言う。

ロークは息をついた。「そうだな。そうかもしれない」

「そして、わたしはほんとうに乗り越えた。いつもかろうじて生きのびてきたような気がするわ。毒蛇にかまれたときも……」

「ああ、あのときはもうだめかと思ったよ。きみを抱いて必死に病院へと走った。一キロ近く離れていて、とても間にあわないんじゃないかと心配でたまらなかった。きみはぼくをしきりに慰めていたね」

彼女に笑いかける。「タフな十五歳をまだ十歳だった小さなおてんば娘がずっと慰めていたんだ」

「あなたたち、長いつきあいなのね」ティピーが言った。

「ああ、とても長い」ロークはポケットからハンカチをとりだし、彼女の涙を拭いた。「彼女の一家がK・Cの隣に引っ越してきたのは、彼女が八つ、ぼくが十三歳のときだった」忍び笑いをもらして続ける。「ぼくは十歳で孤児になってから傭兵《ようへい》グループの一員となって戦闘に加わっていた。K・Cは正式にぼくの後見人になっていたが、彼自身が任務で世界のあちこちを飛びまわっていたから、ぼくはかなり好き放題できたんだ。だが、彼が帰ってきたときに、ぼくが仲間の傭兵たちと敵の野営地にとらわれている捕虜を解放しに行っているのをタットが告げ口してしまったんだ」彼はタットをにらんだ。

「それ以来、K・Cはあなたに監視をつけるようになったわ」クラリスはうなずいて言った。「わたしが言いつけなかったら、無謀な偉業をなしとげようとしてばらばら死体になっていたでしょうね」

「それできみのニックネームが決まったんだよな、小さな告げ口屋《タトルテール》ちゃん?」ロークはからかうように言って、ティピーに視線を移した。「それから彼女は〝タット〟になったんだ」

ティピーは興味をそそられたように二人を見つめた。「十八年。ちょっとした歴史ね」

「だろう?」

そのときマイカ・スティールが待合室に現れた。

「準備ができたから、これから手術にとりかかる。心配いらないよ」クラリスに笑顔を向ける。「ぼくはプロだ」

「コルビー・レインの命も救ったしね」ロークがほほえんで言った。「アフリカで戦火のもと、切断手術をやったんだ」

「コルビーがどこにでもいるRHプラスのO型だったのは、われわれにとって幸運だったよ」マイカ・スティールはくすりと笑った。「それにクラリスの赤ん坊とロークが同じ血液型であることも非常に幸運だった」

「ジェイクなら神のみわざと言うだろうな」ロークはにんまり笑った。

「どのくらいで終わるかしら?」クラリスが言った。

「そう長くはかからない。終わったらここに来て、経過を説明する」

「ありがとう」クラリスは低く言った。

マイカはクラリスがロークの腕の中で文句ひとつ言わずにくつろいでいるのを内心面白がりながらうなずいた。ロークのほうも彼女を放したくはないようだ。マイカはスイングドアの向こうに戻っていった。

何杯もコーヒーを飲んだところで、マイカが笑顔で出てきた。「もう大丈夫だ」安心させるようにクラリスに言う。「念のため何日かは入院してもらうから、きみが付き添えるよう簡易ベッドを病室に運ばせよう」

「ほんとうにありがとうございます!」クラリスは声をかすれさせた。

「この仕事が好きなんだよ」マイカは笑った。

ロークは彼女の頬にそっと手を触れた。「ぼくが必要になったら、ジェイクの家に電話してくれ。ぼくがいなくても、彼が居場所を知っている。少なくとも、あと数日はね」そこでため息をつく。「数日後にはナイロビに帰らなくちゃならないんだ。ぼくが扱っている事件がもうすぐ片づくから」

クラリスは感情を隠して彼に笑いかけた。「いろいろとありがとう」

ロークは彼女の表情に痛みを見てとり、せつなくなった。「あの子はいい子だ」

「ええ、わたしのすべてだわ」

「きみも体に気をつけて」

「あなたもね、スタントン。K・Cによろしく伝えて。彼、少しは元気になったかしら?」

「なんとか現実を受け入れようとしているよ。まだ立ち直れてはいないけどね。隙あらば部下のいる現場に飛んでいこうとしているが、ぼくがさりげなく脅してなんとか思いとどまらせてきた」

「K・Cは彼女を愛していたんだわ」

「そうだ」K・Cの傷心ぶりを見るかぎり、愛とはじつに苦しいもののようだ。ロークはそう思った。

ぼくはそういう強い執着を感じたことはない。いや、ひとりぼっちの夜、記憶の断片がストロボの光のように頭にひらめくときに耐えがたい心の痛みを覚えることはある。謎の女性と離れるのがほとんど肉体的な苦痛となって喪失感を呼びさます。なぜならぼくには彼女のもとに戻るすべがないから。

彼女を見ると、ロークは妙な胸騒ぎを覚え、その場から逃げだしたくなった。じつに奇妙だ。

なんとか笑顔を作って言う。「少し休めよ。ずいぶん気を張っていたんだから」

「ついててくれてありがとう」クラリスは静かに言った。

「きみがぼくを必要とするときにはいつだってそばについていただろう?」ロークは無意識に言葉を返し、はっと息をのんだ。「ええと、ぼくはもう行くよ。こうしているあいだにもジェイクがぼくのチェスの駒を隠しているかもしれない。彼は負けるのが大嫌いなんだ」

クラリスは寂しげにほほえんだ。ティピーはロークを反感のまじらない、純粋な好奇心に満ちたまなざしで見守っていたが、クラリスといっしょに集中治療室のほうへと歩きだした。

ロークはレンタカーに乗り、ジェイクの家に戻った。

13

ナイロビの空港で飛行機を降りたロークは深い喪失感に見舞われていた。テキサスを離れるのがなぜこんなにつらかったのか見当もつかない。タットはもう大丈夫だ。友だちもいるし、子どももいる。彼女にぼくは必要ない。実のところ、ぼくを必要としている人などひとりもいないのだ。

ロークはシャーリーンのことを思い、苦々しい気分になった。自分がなぜ彼女と婚約したのか理解できなかった。だが、そのとき思い出した。退院して自宅に帰ってきたとき、タットが会いに来るとK・Cから聞いたことを。ぼくはタットなんか眼中にないと見せつけるために婚約したのだ。

キャッシュ・グリヤに若い女性を苦しめて喜んでいる、と言われたことを思い出し、ロークはぎゅっと目をつぶった。確かに自分はタットを故意に傷つけた。しかもあれが初めてではなかった。全部は思い出せないが、良心が痛む程度には覚えている。

シャーリーンは自分が正気だったら決して結婚しようとは思わない相手だ。軽薄で落ち着きがなく、ファッションのことしか考えていない。そうだ、もうひとつある。父親の魅力的なビジネスパートナーのことだ。

空港にはK・Cが迎えに来ていた。彼は以前より年をとったように見えるが、ロークがテキサスに出発したときよりは気分的に落ち着いたようだった。

「少しは楽になったかい？」ロークは車の中で問いかけた。

「少しはな」K・Cはため息をついた。「人間というのは希望をささえにして生きているんだよな。最後まで希望を捨てられない。きっとわたしはいつかメアリー・ルークがすべてをなげうって結婚してくれるんじゃないかと思っていたんだ」やるせなさそうにほほえむ。「現実的な考えではなかったがね。彼女は世の中の役に立つことを人生の目的にしていた。わたしが他人の命を奪ってきたのに対し、彼女は人を救っていた。相性がいいわけはなかったんだ。だが、それでもわたしはあきらめられなかった」彼の表情が曇った。「彼女のいない世界にはなかなか慣れることができない」

「ぼくはそこまで女に執着したことはないな」ロークは思わずつぶやいた。

K・Cはちらりとロークを一瞥《いちべつ》し、それっきり黙りこんだ。

ロークは察しがよかった。顔をしかめ、父親に目をやる。「その顔はどういう意味だい？」

「その顔って？」K・Cは無邪気を装って言った。

ロークはK・Cをにらんだ。「何かぼくに言ってないことがあるはずだ」

「きみの記憶にないことだ。他人が教えても意味はない。医者がそう言っていた」

「ああ、もういらいらするな！」ロークは片手でブロンドの髪をかきむしった。「ジェイコブズビルでタットとタンゴを踊って、マナウスのラテンクラブに行ったことを思い出したんだ。よりによってマナウスだなんて。ぼくはマナウスでは踊りに行ったことなんかないはずなのに！」

沈黙がさらに重くなった。

「それともあるのか？」ロークの目が宙をにらんだ。

「クラリスは元気だったか？」K・Cが尋ねた。

「彼女はどんな苦難にも負けずに生きのびてきたんだ。心配いらないよ。赤ん坊の一大事にも、タットは……おっと、気をつけろよ！」K・Cがいきなりハンドルを切ったので、ロークは大声をあげた。

K・Cは道路の真ん中で車をとめた。「一大事って何だ？ ジョシュアは大丈夫なのか？」

ずいぶん心配するんだな、とロークは頭の片隅でぼんやり思った。「ヘルニアだったんだ。マイカ・スティールが手術して、ことなきを得た。幸いにもぼくが近くにいたから、輸血のための血液を提供したんだ。ぼくたちの血液型はほんとうに珍しいんだよね？」笑いながら締めくくる。

「ああ。これも運命だな」K・Cはほっとしたように言った。「しかし、クラリスもかわいそうに。次から次へと」

ロークはうなずいた。自分の頭の中で何かがうごめいた。何なのかはわからない。

「シャーリーンから連絡は？」彼は問いかけた。

K・Cは渋い顔になった。「今朝帰ってきた」

ロークは深く息をついた。「彼女との婚約は解消するよ。彼女はまだ結婚する心の準備ができてないんだ。それにぼくもね」

「彼女は安心するだろうな」K・Cは思案顔で言った。「父親のビジネスパートナーに夢中だから」

「気づいていたよ」

ロークが婚約解消を持ちかけると、シャーリーンは過剰なくらい喜んだ。それは彼の自尊心にはあまりいい効果を及ぼさなかった。

「ごめんなさい」彼女はにこやかに言った。「でも、あなたはわたしの手にあまるのよ、ローク。あなたの仕事にはついていけないの。心配のあまり、何もできなくなりそうだから」

自分の仕事が女性との関係において問題になるとは考えたことがなかった。どうやら自分は仕事を楽しみすぎているらしい。

「そうかもしれないな。まあ、きみならもっといい相手が見つかるよ」ロークはにっこり笑ってみせた。

シャーリーンはパティオのドアのそばで父親やK・Cと話をしている長身のハンサムな男を盗み見て言った。「それならもう見つかっているのかも」

「なるほどね」ロークは低く笑った。「それじゃ、幸運を祈ってるよ」

シャーリーンはためらいがちに言った。「あなたが退院してきたときに会いに来た女性はどうしているのかしら。あのときはずいぶん打ちひしがれていたけれど……」ロークの片方だけの目がぎらりと光ったのをみて、唇を噛《か》む。「ごめんなさい」

ロークは怒りをなんとか押しやった。この娘を怖がらせても仕方がない。「いいんだよ。ぼくはちょっとコーヒーを飲んでくる」

シャーリーンは無言でうなずいた。もうロークを刺激したくはなかった。彼はやっぱり怖かった。

ロークはキッチンでブラックコーヒーを飲みながら、あのときのタットの愕然《がくぜん》とした表情を思いかえした。シャーリーンの言葉で、タットが訪ねてきたときのことがまざまざとよみがえっていた。タットはしおれていた。自分が邪険にしたことを思い出すと、胸が痛くなってくる。

ぼくは知らなかったけれど、あのとき彼女のおなかにはジョシュアがいた。もしぼくのせいで彼女が流産していたら……。その考えが頭にとりついて離れなかった。

自分がなぜこんなにもタットを忌み嫌っていたのか、ロークはいまでも思い出せない。ぼくからこんな反応を引きだすなんて、彼女はぼくにいったい何をしたのだろう？　彼女は本来優しい女性だ。わざと人を傷つけるようなことは決してしない。それなのに、なぜぼくは彼女を苦しめるのか？

ロークはコーヒーを飲みほし、立ちあがると外に出た。ペットのライオンは、彼がテキサスに旅立つときに入れておいた囲い地の中にいた。

「ごめんよ、リーウ」ロークはライオンに声をかけた。「客が帰ったら、すぐに家に入れてやるからな」

ライオンはただあくびをしただけだった。

「ぼくといるのは退屈かい？」ロークは笑いながら言った。

フェンスの前に立つ彼のところに、K・Cがやってきた。「返事をしてもらえるのか？」

「いいや、まだ」ロークはくすりと笑った。「しかし、いつか返事をしてくれたら、ぼくもリーウをCTスキャンにかけて画像をネットにアップするよ！」

「ところで婚約を解消したそうだな」

「ああ。指輪は返さなくていいと言ってやった」ロークは軽い口調で答えた。「もしぼくがほんとうに結婚するとしたら、死んだ母の指輪を贈るつもりなんだ」母の指輪。愛する女性にはそれを贈るのだ。心の底から愛している女性に。ぼくを愛し、ぼくの子どもを産み、ぼくとともに暮らす女性に。

K・Cは話題を変えた。「仕事はどうだった？」

「もう片づいたと思っていたんだが、キーマンのひとりが逃げている。また出向く必要があるかもしれない」ロークはそれを内心楽しみにしていた。またタットに会えるのだ。

「たいへんだな」

「今夜は早く寝るよ。長いフライトだったから。そうそう、小型ジェット機を出してくれてありがとう」

「いいんだよ」

それからロークはライオンを囲い地から出すと、いっしょに家へ歩いて戻り、寝るために服を脱いだ。財布とキーをベッドサイドテーブルの引きだしにしまおうとしたとき、何かが目を引いた。手紙だ。開封済みの手紙。

ロークはそれをとりだし、中を読んだ。とたんに心臓が暴れだした。それはバレラでとりおこなわれた表彰式への招待状だった。日付は十カ月前だ。その横にはマナウスへの航空券の半券。こちらの日付は表彰式の翌日になっている。受章者リストの中にはタットの名前があった。

ロークはどさりと椅子に腰を落とした。自分はマナウスに行っていたのだ。タットはたいていマナウスで暮らしているし、自分があそこに行くとしたら、彼女に会うため以外の目的は考えられない。十カ月あまり前に、ぼくはマナウスにいたのだ。そしてタットの赤ん坊は生後六週間。ぼくが負傷したあとに訪ねてきたとき、彼女は妊娠していた。RHマイナスAB型の赤ん坊を身ごもっていた。ぼくと同じ血液型の子を。ぼくの父親と同じ血液型の子を。

ロークは急いでスラックスをはき、裸足《はだし》のまま父親の家へと走った。K・Cは肘掛け椅子に座ってストレートのウィスキーを飲んでいた。

ロークは何も言わずに自分でグラスにウィスキーをついだ。それを何口か飲んでから、父親の向かいのソファーに腰をおろした。

「何か思い出したんだな？」K・Cが言った。

「ぼくは十カ月と少し前、マナウスにいた」ロークは切りだした。「航空券の半券を見つけたんだ。タットはマナウスに住んでいた。彼女の子どもは生後六週間だ。ぼくに会いにここへ来たときには妊娠していたんだ。そして生まれた子の血液型はRHマイナスのAB……」ロークの顔は真っ青だった。

K・Cは深く息をついた。それから携帯電話をとりだし、写真のデータを呼びだすとその電話機をロークに渡した。

そこにすべてがあった。婚約したという知らせとともに送られたタットとロークの笑顔の写真。ガラスごしに撮られたジョシュアの写真もある。ジョシュアを抱いてほほえむ疲れた表情のタット。満面に笑みをうかべて赤ん坊を抱くK・Cの写真も何枚かあった。

ロークは目をつぶり、身震いした。そしていま、一番思い出したくないことを思い出した。自分とタットが恋人同士であったことを。離れられない二人だったことを。母の指輪は自分が金庫から出して、バレラに持っていったのだ。タットにプロポーズするつもりで。自分たちに血のつながりはなく、いっしょになることができるのだと知ったから。タットは過去にさんざん彼女を傷つけたぼくを、なかなか信用しようとしなかった。だが、愛しているから信じてくれたのだ。ロークは目をとじた。考えると頭がおかしくなりそうだった。

彼はウエディングドレスもプレゼントした。二人で神父にも会いに行った。だが、結婚式を翌日に控え、仕事のために旅立った。最後の任務を完了するため、彼女を置いて国外に出たのだ。

すべてのことが――タットの結婚も、夫の死も、彼女自身が死に瀕《ひん》していたことも――同じ恐ろしい出発点に端を発していたのだ。すなわちぼくが彼女を妊娠させ、彼女のもとを去ったという現実に。ぼくは負傷して記憶を失い、彼女をまたもやぼくの人生から放りだしてしまったのだ。

「ちくしょう」ロークは胸をつまらせ、携帯電話を父親に返した。「ああ、ちくしょう!」

K・Cはロークの横に移動し、その体に両手をまわした。

「彼女は一生ぼくを恨むだろうし、恨んで当然だ」ロークはまた身震いした。「ぼくの子を身ごもっていたのに、ぼくは彼女を追いかえしてしまったんんだ」

K・Cはロークの背中をぎこちなく叩《たた》いた。

「ジョシュアはぼくの子だったんだ。ぼくには息子がいたんだ！」ロークは体を引き、目をぎらつかせて言った。「彼女のところに戻らなければ……」

「だめだ」K・Cが断固たる調子で言った。

「だめだ？」ロークは当惑した。

「もしきみがジョシュアのことに気づいたと知ったら、彼女は逃げるだろう。彼女は、あの子がきみの子だと知られたくなかったんだ。もし知られたら、きみにあの子をとりあげられるんじゃないかと恐れている」

「そんな……」

「われわれはいま彼女に逃げられるわけにはいかないんだ」K・Cの表情はかたい。

彼の口調にロークはぞっとした。「なぜだ？」いやな予感にさいなまれながら問いかける。


K・Cはウィスキーを口に含んだ。「バレラの前の独裁者、アルトゥーロ・サパラが子分どもの手引きでバレラの刑務所から脱獄したと話したことは覚えているか？　それに、やつが自分の権力を奪うのに手を貸した全員に復讐《ふくしゅう》を誓っていることは？」

ロークは頭の回転が速かった。「タットの夫は自然死を遂げたのではなかったんだな？」

K・Cはうなずいた。「われわれはそう考えている。ルイはマラリアの予防には神経を遣っていた。彼がマラリアを発症する前、クラリスが彼の寝室の外の人影に気づき、ガラス瓶の蓋をあけるような音を聞いている。サパラが逃げたと知ってから、ウィンスロー・グレーンジが彼らの身辺警護にひとり送りこんでいたのが災いし、クラリスは人影を彼が送りこんだ見張りだと思いこんで何も言わなかった」

ロークは胸がむかむかしてきた。「ガラス瓶の中身はハマダラ蚊で、それがルイの部屋の中に放されたたということか」

「そのとおり。彼女も刺された。まさか家の中に蚊がいるとは思ってなかったから、屋内ではしばらく薬は噴霧していなかったんだ」

「へたをしたら彼女も死んでいたわけだ」ロークはその言葉が胸に重く沈みこむのを感じ、目をとじた。「やつはそれを狙っていたんだな？　夫も彼女も殺すつもりだったんだ」

「ああ、われわれはそう見ている」K・Cは答えた。

「きみが榴散弾《りゅうさんだん》にやられたと聞いたとき、わたしはまずきみが標的になったのかと思った。だが調べてみたら、あれは事故だった。恐ろしい事故だったが、故意ではなかった」

「自分が狙われるとは考えていなかったが、彼女が逆恨みされていることにはもっと早く気づくべきだったよ。彼女は自分が経験したことについて何十枚もの調書に署名したんだ。サパラに不利な調書にね」

「そのうえマチャドの政権奪還を手助けした。勇敢な女性だ」

「非常に勇敢な女だ」ロークはまたごくごくとウィスキーを飲んだ。「彼女は過去に何度もたいへんな経験をしてきた。そのほとんどはぼくのせいだったんだ！」

「彼女はきみを責めてはいない。きみが記憶をなくしたことはわかっていたからな。たとえほかの女と結婚しようが、ただ生きててくれるだけで感謝していた」

ロークの目に熱いものがこみあげた。それを見られまいと顔をそむけ、またグラスを口に運ぶ。「サパラはあきらめないだろう。プロの殺し屋を手なずけているんだ。ぼくはそいつを知っている。昔いっしょに訓練を受けたんだ」

「そう、きみ以外にそいつの顔がわかるやつはいな

「エブ・スコットがタットに部下を張りつかせていた理由はそれだったのか」ロークはふいに気がついて言った。「サパラがまだ彼女を狙っているから！そもそも彼女がテキサスに行ったのもそのせいだったんだ！」

K・Cはうなずいた。「そうだ。わたしとウィンスロー・グレーンジとキャッシュ・グリヤで話しあって決めたんだ。ジェイコブズビルに移ればサパラに見つかりにくくなる。それで彼女と赤ん坊をジェイコブズビルに連れていったんだ。わたしもキャッシュのところに二、三日泊まるつもりだったが、メアリー・ルークが亡くなったという連絡を受け、すぐに辞去した」

「これからジェイコブズビルに戻るよ」ロークは腰をあげた。「記憶をとりもどしたことは彼女には言わない」K・Cを安心させるように言う。「しかし現地にぼくのチームがいて、まだ任務を完了していないから、それがジェイコブズビルに戻る格好の理由になるだろう。ぼくがいれば、殺し屋が現れたらわかる。明朝の便で飛んで――」

「わたしの小型ジェット機を出すよ」K・Cはさえぎった。

ロークは自分とよく似た顔を見つめた。「ありがとう」

「クラリスには、きみが知っていることを感づかれないようにしろよ」

「わかっている」ロークは深呼吸した。「少なくともぼくが彼女と赤ん坊を守ってやれるんだ。たとえ彼女にはそれがわからなくてもね。それにしても、結婚式の前に彼女のもとを離れた自分自身を蹴飛ばしてやりたいよ」

「きみはずっと他人を助けることに人生を費やしてきたんだ。その習慣から脱するのは容易ではない」

「最後の仕事のつもりだったんだ。何カ月も前から携わっていた子どもにかかわる事件だった。だが、即断をしいられたために間違った判断をくだしてしまった」ロークはうめくように言って吐息をもらした。「タットがウエディングドレスを選ぶのを手伝ったのに。二人で神父にも会ったのに」そこで表情が険しくなる。「神父は彼女の母親がわれわれにしたことを知っていた」

「マリアは娘を愛していたんだ」

「彼女はぼくたちの八年間を無駄にした！」

「きみの評判を聞いていたせいだ。きみが典型的な女ったらしだったことは自分でも認めざるを得ないだろう？　彼女は娘を守りたかったんだよ」

「それはそうかもしれないな」ロークはげっそりした顔でウィスキーをあおった。「ぼくはもう現場から退いてもいいと思ってるんだ。だんだん年をとってきて、反応速度が鈍っている」重苦しい声で言い、それから頬をゆるめる。「この年にしては銃創や骨折した箇所が多すぎるし」

「わたしが前線から退いたのも年を感じたからだ」

K・Cは無念そうに打ちあけた。

「だが、ジョシュアはそれを補ってあまりある存在だ」ロークは笑いながら言った。「きっと日常的に充分すぎるほどの興奮を味わわせてくれるだろう」

「もうこの国に腰を落ち着け、動物園でライオンの子を飼育するのもいいんじゃないか？」K・Cは考えこむような表情で言った。

「悪くない考えだな。しかし、その前にサパラと殺し屋をなんとかしないと。以前ぼくが常備していたあの特製の弾薬はまだあるかな？」

K・Cはおごそかにうなずいた。「それとセットの狙撃用キットもな。ただし、実行に移す前に許可をとれよ」ロークに向かって人さし指をふってみせる。

「いつもそうしてるよ」ロークはにやりと笑った。「残りの人生を官憲から逃げまわって過ごしたくはないからね。まして養うべき家族ができたいまは」

二日後、彼は再びジェイコブズビルのジェイクの家にいた。記憶は怒涛《どとう》の勢いで戻ってきていた。バレラで彼の腕の中、いとおしげに自分を見つめたタット。彼女とルイが婚約したと聞かされて飲んだくれたとき、ぼくが逮捕されないようバーから連れだしにきてくれたタット。そのあとマナウスでぼくの情熱に屈し、その汚れない体を捧《ささ》げてくれたタット。

彼女はぼくを愛していたのだ。その彼女をぼくはまたしても傷つけてしまった。過去に何度も傷つけたように。だが、あれは自分たちが決していっしょにはなれないと思わされていたから、彼女を守るためにあえてしたことだった。彼女の母親が言ったとおり二人の血がつながっているのなら、お互い理性を失って悲劇的な結果を招いてしまわないよう、彼女に嫌われるしかなかったのだ。

だが、最近になってから彼女を傷つけたのは、優しさや情熱や二人がかわした約束をすべて忘れてしまったせいだった。タットはぼくの記憶はもう戻らないとあきらめ、ルイと結婚した。その理由がいまはわかる。タットはぼくの子を身ごもっていたのに、ひとりぼっちだった。マナウスでは誰もが聖女さながらのタットの母親のことをいまでも覚えている。だからタットは婚外子を産むわけにはいかなかった。そのような形で家族に恥をかかせることはできなかったのだ。ロークと同様、彼女も古い人間なのだ。

そしていま、ロークの子どもは別の男の姓になっている。

ロークは心の中でうめいた。なんともやりきれない気分だった。タットは危うく死ぬところだった。その危険はいまも消えてはいない。ロークが早く殺し屋を見つけださなければ殺されてしまうかもしれないのだ。

すでに自分とつながりのある政府機関や国際機関から協力者を集め、エブ・スコットにも話をして、タットを警護する者を増やしてもらってある。ジェイクの家の客用寝室に置かれた第二のスーツケースには、狙撃用キットと弾薬がおさまっている。だが、そのことをジェイクには言っていない。昔はジェイクも暗殺にかかわっていたとはいえ、いまの彼は牧師なのだ。自分の客が計画していることを知ったら喜びはしないだろう。

愛する女性を守るために自ら殺人に手を染めたことがある分、理解はしてくれるかもしれない。だが、それでもロークは黙っているつもりだった。ジェイクはジェイクで心に重荷をかかえているのだ。

「サパラの殺し屋は見ればわかると言ったな」キッチンで夕食をとりながら、ジェイクが言った。

「ああ」ロークはうなずいた。「だが、やつは変装しているかもしれない。十年以上も前に、ぼくといっしょにそういう技術も習得したんだ」

「やつはもうこっちに来ていると思うか？」

「ああ」ロークは答え、ピザをブラックコーヒーで流しこみながら鋭い目をジェイクに向けた。「じつは、もう誰に化けているのかも見当がついている。昨日、初めて気がついたんだけどね」

「誰がそいつなんだ？」

「いつもタットにつきまとっているあのカウボーイだ」ロークは静かに言った。「ぼくが知っている殺し屋は顎ひげと口ひげを生やし、髪ももっと長かった。だが、体格と声が同じみたいなんだ。断言はできないが、彼には監視をつけてある」

「エブ・スコットの部下か？」

ロークは首をふった。ふと顔をしかめ、小型の電子機器をとりだすと、スイッチを入れる。それから彼は肩の力を抜いた。「盗聴器のチェックを忘れていたとはうかつだったよ。ちょっと待っててくれ」

ロークはその機器を持って家の中をまわりはじめた。当然のように、ジェイクの書斎にあるデスクの下から盗聴器が見つかった。ロークはそれを手際よく処理し、ほかの部屋もチェックした。

「ひとつだけだった」戻ってきてジェイクに言う。

「だが、生死がかかっている場合にはひとつでも多すぎるくらいだ」

「カーリーが先週ここに来たな。あとは電話会社から書斎の接続の状態を調べに来た。あれが偽者だとは思いもしなかったよ。しかも自分で盗聴器の探査を思いつかなかったとは！」

「心配いらない。盗聴器の探査は任せてくれ。ただ、カーリーにはあなたが留守のときには誰もここに入れないよう言っておいたほうがいい」

「そこまで用心しても、やっぱり侵入されて盗聴器を仕掛けられることは防ぎきれないんだよな」ジェイクは言った。「きみも知ってのとおりだ」

「ああ、よくわかってる。定期的にチェックするよ。そして車の中にいるとき以外は、監視をつけていることは口にしないようにしよう」

「そうだな。それとクラリスの周辺に出没する人間の素性は必ず調べるべきだ」

ロークはほほえんだ。「ぼくはあなたの二歩先を進んでいるよ」


翌日彼はクラリスに会いに行った。彼女には記憶をとりもどしたことを知られてはならない。もし彼女が知り、そのことを口にしたら、こちらの態勢が整わないうちに殺し屋が行動に出てしまうかもしれないのだ。

だが、黙っているのは難しかった。想像していた以上にきつかった。彼女はキッチンで赤ん坊に授乳していた。マリエルが笑顔でロークを中に入れ、明るい黄色の部屋に通してくれた。

クラリスは顔をあげるとぎょっとし、慌ててむきだしの胸を薄い毛布で隠そうとした。羞恥に頰を染めている。ロークに授乳しているところを見られるのは初めてで、気持ちが動揺していた。彼がジェイコブズビルに戻ってきたことさえ知らなかったのだ。

「隠さないでくれ」ロークはやんわりと言って、テーブルの前に腰かけた。「きみが授乳している光景はとても美しい」

クラリスはますます赤くなった。マリエルに目をやり、笑顔でうなずいてみせる。マリエルは自分の仕事に戻っていった。

「あなた、また来るとは言ってなかったけど」クラリスはぎこちなく言った。

ロークは肩をすくめた。「ぼくのチームで監視していたやつが相棒を消そうと決心したようだ」これは嘘《うそ》だ。「それで監視の対象が二人になり、有罪判決を勝ちとるに足る証拠がつかめそうなんだ。ぼくは全体を監督するために戻ってきた」

「そうだったの」

ロークは柔らかなクリーム色の乳房に吸いついている赤ん坊をじっと見つめた。クラリスに抱かれているのが自分の子であることを知りながら、それをおくびにも出せないのはつらかった。

クラリスはその表情を誤解して言った。「あなたとシャーリーンにも、きっとかわいい赤ちゃんが生まれるわ」ロークの顔を見ずに言う。「子どもっていいものよね」

「そうかい？　シャーリーンはまだ子どもを持つ気にはなれないそうだ」

クラリスはその言葉に希望を抱いてしまった自分自身にいらだった。どのみち自分には関係ないことなのに。「それは残念ね」

ロークは椅子の背にもたれ、片方の足を腿の上にのせて、カーキのスラックスの皺《しわ》を伸ばした。「彼女は父親のビジネスパートナーに恋しているんだ」何も言うつもりはなかったのに、そう口にする。「だから婚約は解消した。指輪はそのまま持っててもらうことにしたけどね」

クラリスの心が舞いあがった。ほっとするなんて間違っている。ひどく間違ったことだ。自分が喜んでいることを彼に知られてはならない。

「きみの夫が生きていたら、その子を誇らしく思っただろうね」ロークの口調は穏やかだった。

「生まれるのを楽しみにしていたわ」クラリスは目をとじた。「でも、生まれる前に亡くなって、ついに顔も見られなかった」

「気の毒に」

クラリスはうなずいた。「ルイはいい人だったわ。いまでも深く感謝しているの」

ぼくも感謝している、とロークは心の中でつぶやいた。彼女の面倒を見てくれたのだから。

「ジョシュアはずいぶん元気になったようだね」

「ドクター・スティールのおかげだわ。彼は地域診療をやっていたんだけど、コパー・コルトレーンの負担が重すぎてもうひとり外科医が必要だっていうから、彼が外科を学び直したのよ」

「マイカ・スティールには前から外科的センスがあった」

クラリスはアフリカでマイカ・スティールといっしょにいたロークのことを思った。「あなたは昔から危険な仕事をしていたわ。まだ十代のときにも」

「K・Cみたいになりたかったんだ。当時は彼が自分の父親だとは知らなかったが、ずっと彼に心酔していたんだ。メアリー・ルークが亡くなってからの彼はしきりに現場に出たがって、引きとめるのに苦労した。それでも少しずつ立ち直ってきているよ」

ロークは首をかしげて赤ん坊に見入った。「彼には故郷に腰を落ち着けて、動物園でライオンの子を育てたらどうかと言われた」

「あなた、そんな生活には満足できないはずよ」クラリスは寂しげな口調になった。「あなたはアドレナリンが体を駆けめぐっていないと生きられないんだわ」

ロークはスラックスの皺を手で伸ばした。「そうなんだが、それについてちょっと考えたんだ。ぼくは戦闘地域で誤って榴散弾を食らい、一年近い年月を無駄にしてしまった。故郷にいたらこんなことにはならなかったんだ」

クラリスは顔をあげ、青い目を見開いた。

ロークは表情を引きしめた。「少なくとも、自分がなぜきみにあんなに残酷だったのかということは思い出したんだよ」しばしの沈黙の末にそう切りだす。「ぼくはきみのことを半分血のつながった妹だと思っていたんだ」

クラリスは目をそらした。顔がわずかに赤らんでいる。「ええ」

「K・Cがきみの母親と関係を持ったことをぼくがなじったせいで、彼に張りたおされたことは話したかな？」ロークはくすりと笑った。「あのパンチはほんとうに強烈だった」

クラリスはうなずき、無言で肩をすくめた。

「罪とは次々と重なっていくものなんだな。いつのことかはわからないが、以前きみにもう決して傷つけないと言ったことはなんとなく思い出したんだ」ロークは赤ん坊の小さな頭を見つめながら、自嘲的な笑みをうかべた。「ところが、ぼくはきみを傷つけてばかりだ。もう何年も前から」

クラリスは返事をしなかった。赤ん坊が吸うのをやめたので、ジョシュアを抱いたまま授乳用ブラジャーのホックをとめようと四苦八苦する。

「やりかたを教えてくれ」ロークは言った。

クラリスは彼の肩にタオルをかけてやり、赤ん坊の頭がその肩の上に来るようロークにささえさせて、肩甲骨のあいだを優しくさするのだと教えた。

「ちょっと汚れちゃうこともあるけど。お乳を吐くときがあるの」

「大丈夫」ロークは薄くほほえんだ。「汚れたら洗えばいいんだよ、ハニー」

その呼びかけが素肌にそっと触れられたような感覚を呼び起こしたが、クラリスはそれをロークには けどられないようにした。ロークは自分の言ったことなど気にもとめていないらしく、赤ん坊にげっぷをさせることに専念している。やがて小さな赤ん坊が大きなげっぷをした。

ロークは嬉《うれ》しそうに笑い声をあげた。

クラリスはその光景に微笑した。

ロークは彼女の目を見て、とたんに心臓がはねあがった。

「ぼくが抱いているよ」ロークは優しく言った。

クラリスはわずかに頬を染め、ジョシュアを彼の腕に抱かせた。それからうつむいてホックをとめたために、赤ん坊の目を見おろすロークの顔が苦悩にゆがんだことには気づかなかった。ジョシュアの目はすでにブルーではなくブラウンになる徴候を示し、耳はロークやK・Cの耳と同じ形をしていた。

「しっかりした体つきだ」ロークは子どもに笑いかけながら言った。「背が高くなるかもしれないな」

「わたしもそう思うわ」クラリスは身仕舞いを終え、ジョシュアを抱きとろうとして、腕の中の赤ん坊を見おろすロークの表情に気がついた。胸が痛くなり、涙がこみあげてくる。ロークがわが子を抱いている。だが、彼はそれがわが子だとは知らない。永遠に知ることはないのだ。

クラリスは悲しみをこらえて言った。「げっぷをさせなくちゃ」

がるのを感じた。ジョシュアの頭ごしにじっと彼女を見つめる。

「きみはまだ痩せすぎだな」静かな声音だ。「地獄を見てきたんだから無理もないが。少なくともこの町にはきみの友だちがいる。真の味方が」

クラリスはうなずいた。「キャッシュもティピーもほんとうに親切だわ。それにエブも……」言いかけて唇を噛む。

「エブ？」ロークは自然に見えるように聞きかえした。

「エブ・スコットよ。彼と奥さんが夕食によんでくれたことがあるの。サイ・パークスと彼の奥さんもね。みんないい人ばかりだわ」

「ああ、子育てにはいいところだ」

「いい学校もあるしね」クラリスはロークの肩先からのぞく赤ん坊の顔に目をやった。「ペグ・グレーンジと知りあうまでは、わたし、ほんとうの友だちっていなかったの。ペグには抗不安薬の影響でおかしくなっているときにひどいことをしてしまったけど、彼女は心の広い人だわ」

「あれは、きみのせいではなかったんだよ」ロークは言った。

「そう言ってくれるのはありがたいけど、いまでも気がとがめているの」クラリスはため息まじりに言った。

「きみはちゃんと償った」

「償おうと努力はしたけど」

ロークは彼女をひたと見つめた。「完璧な人間はいないんだよ、タット。人は誰でも過ちをおかす。だが、過去を生き直すことはできないんだ。ぼくたちには今日しかないんだよ」

クラリスはわが身を抱きしめた。寒気がしていた。サパラに狙われていることをロークには言えないのだ。不安で怖かった。

「どうしたんだい？」ロークが敏感に察して尋ねた。

「ちょっと寒いだけ」クラリスはごまかした。

ロークは顔をしかめた。「まだキニーネをのんでいる？」

「ええ、きちんとね」クラリスは答えた。「だからマラリアではないわ。ほんとうよ」

ロークは深いため息をついた。「きみはぼくに言った以上に死の淵《ふち》まで近づいていたんだな。K・Cから詳しく聞いたよ」

「わたしもルイもマラリアだとは気づかなかったの。ルイはインフルエンザの患者たちを診るのに忙しくて、自分も同じウィルスにやられただけだと思ったのよ。まさか……」蚊が家の中に故意に放されていたとは思わなかった、と続けそうになってクラリスは口をつぐんだ。

「人生いろいろあっても、なんとかなるものだ」ロークは赤ん坊の小さな頭にキスをした。「人間はみんな死ぬ。死ぬことも人生のうちだ。だが、いつだったか薬局できみに暴言を吐いたことは謝るよ。あのときは自分が何を言っているのかわかってなかったんだ」

「記憶をなくしてたんですもの、仕方がないわ」

彼女のその言葉にロークはいっそう胸の痛みを覚えた。彼女はいつもぼくを許してきた。だが、今度ばかりは許すべきではなかったのだ。

「ありがとう。もうわたしが抱くわ」クラリスは両手を出して言った。「授乳のあとは、お昼寝なの」

ロークはしぶしぶ赤ん坊を渡した。「夜はぐっすり寝てくれるかい？」

「たいていはね。夜泣きすることもあったけど、それはヘルニアのせいだったのよ。わたしったら、赤ちゃんがヘルニアになることも知らなかったの」そこでクラリスは顔をあげた。「あなたがこの子のために血液を提供してくれたこと、一生忘れないわ。

ジョシュアが助かったのは、たぶんそのおかげよ。少なくともマイカはそう思っているの」

「神がそこまできみに残酷になるはずはなかったんだよ、タット」ロークは優しく言った。「これまでさまざまな試練を経てきたきみに」

クラリスの口もとに笑みがちらついた。「わかったわ。あなた、こっちでは牧師さんと暮らしているのよね。いまの言葉は、あなたよりもジェイク・ブレアの言いそうなことだもの！」

14

ぼくをからかっているのだ、と一瞬遅れて気づき、ロークはにやっと笑った。「そうなんだ、彼の家のあいている寝室を使わせてもらっている。なるべくお行儀よくしているが、楽ではないよ」

クラリスは笑みを返した。「彼の影響で、あなたも少しはまるくなるかもしれないわね」

「いや、その逆になる可能性のほうが高いね」

「そういえば彼は赤いコブラを乗りまわしているわ。牧師さんの車らしくないわね」

ロークは笑いながら彼女のあとから子ども部屋に向かった。「彼も昔から牧師だったわけではないんだよ」

「あら、昔はどんな仕事をしていたの？」

「それは言わないほうがいいだろうな。気を悪くしないでくれよ。ほら、この町は小さいから」

「つまり、彼もあなたと似たようなものだったというわけね」

ロークは真面目な顔で答えた。「そう、いろいろな面でぼくと似ていたな。一箇所に腰を落ち着けられるタイプではなかった。少なくとも、ぼくはそう見ていた。だが、いまの彼にはきみよりいくつか若いだけの娘がいて、もうすぐ孫も生まれるんだ」

クラリスは寝入った赤ん坊をベビーベッドに寝かせ、軽い毛布をかけてやった。「子どもは人を変えるわ」

ロークは彼女にこっそり目をやった。「だろうね。子どもを抱いているきみはすごく自然だ」

クラリスは彼を見なかった。「ありがとう」かすれ声でつぶやく。「ほめてくれたわけではないかもしれないけど」

「ほめたんだよ」ロークは彼女の横に立ち、寝ているわが子を見おろした。自分の血を分けた子ども。ロークの中で長いこと凍りついていた何かがとけはじめた。

「婚約解消になってしまったのは残念ね」クラリスが言った。

ロークは吐息をもらした。「ぼくがなぜ婚約したのか、きみにはわかっているはずだ。ぼくに罪悪感を抱かせまいとして口には出さないけれど」

クラリスの顔がうっすらと赤くなった。「どういうことだかわからないわ」

「ぼくは周囲のみんなに自分が婚約したことを知れ渡るようにした。きみに伝わるようにね」ロークの表情が暗くなった。「長年にわたるひどい仕打ちをどうやったら償えるのかはわからない」

クラリスは彼の顔を見られなかった。「また一から新しく出直すことができるわ。シャーリーンとはあわなかったかもしれないけれど、いずれあなたにぴったりの女性が見つかるはずよ」そう口にするのはつらかったが、これだけ時間がたっては、もう失われた記憶が戻るとは思えなかった。

ロークは落胆した。彼女は勇気づけてはくれない。当然だろう。ぼくにあれだけ苦しめられてきたのだから。

彼は両手をスラックスのポケットに突っこんだ。「ところで、きみに訊《き》きたいことがあったんだ。ロペスのことで」

クラリスは顔をあげた。「ジャック・ロペス?」

驚いたように言う。

「そうだ。彼とは真剣なのかい?」

クラリスの心臓が飛びはねた。「そんなんじゃないわ。ときどき買ったものを持ってくれたり、イベントの会場で顔をあわせたりするだけ。この家にも一度も呼んだことがないわ」

「家に呼ばないのは何か理由があってのことかい？」ロークは静かに尋ねた。

クラリスは眉根を寄せた。「はっきりした理由があるわけじゃないわ。彼はいい人よ。何かと力になってくれるし、ジョシュアをかわいがってくれる。でも、何か気になるの……」そこで笑い声をあげる。「わたしったら、病気をしたせいでちょっと神経質になっているんだわ」

「彼といると落ち着かないんだろう。それもいい意味ではなく」

クラリスは彼に向き直った。「なぜわかるの？」

ロークは彼女の両肩に手を置いた。「きみとは長いつきあいだから、仕草でなんとなくわかるんだよ――きみが何かに落ち着かなくなっているときは」

「わたしの気のせいよ」クラリスはロークとの距離の近さに胸がとどろきだしたのを極力悟られまいとした。

ロークは彼女の顔を両手ではさみ、じっと見つめた。「ぼくといてもきみは落ち着かなくなる。だが、それは気味が悪いからではない」

クラリスは唾をのみこんだ。心臓が早鐘を打っている。「スタントン……」抗議の意をこめて呼びかける。

ロークは体温が感じとれるほど体を近づけて言った。「ぼくはいくつもの記憶を失った。でも、これは覚えている……」

彼は顔を寄せ、唇に唇を触れあわせた。クラリスが抵抗するか、逃げるか、怒るかするのを覚悟しながら。だが、彼女はじっとしていた。息をつめ、両手を彼の胸に置いて、ほとんど一年ぶりのめくるめく感覚に身をかたくしている。

ロークにもそれがわかった。

「シャーリーンには手も触れなかった」ロークは唇

を重ねたままささやいた。「怪我《けが》を負ったあのときから誰にも触れていないんだ」

クラリスは驚き、気持ちが舞いあがるのを感じた。彼の唇はあたたかく、コーヒーの味がした。強い飢餓感に襲われ、彼女は目をとじた。

「なぜこんなになじみ深いんだろう？」ロークはまたささやいた。「前にもぼくたちはこうしたことがあるんだよね、タット？」自分が思い出したことをすべて打ちあける度胸はなかった。

クラリスは返事をしなかった。だが、両腕があがって彼の首に巻きついた。

ロークは彼女の体を持ちあげ、よみがえる記憶とともに彼をのみこもうとする欲望に負けて、やにわにくちづけを深めた。

「最近のことは何も思い出せないんだ」事実を微妙に変えて言う。「でも、きみが十七歳のときのことは覚えている。仕事でマナウスに行ったついでに、クリスマスイブにきみのうちを訪ねた。きみはグリーンのドレスを着ていて、それまでに見たどんな女性よりきれいだった。ぼくはきみにキスをして、その瞬間からたちまち山火事のように燃えあがった。ソファーでもうとまらなくなりそうなところまで行ったとき、きみのお母さんが玄関を入ってくる音がした」

「ええ」クラリスはあえぐように言った。

ロークは彼女の後頭部に片手をやり、髪に指を差しいれた。「あのときはきみがほしかった……頭がおかしくなりそうなほど。ちょうどいまのように。ああ、キスしてくれ、タット！」

彼女の柔らかな唇を執拗《しつよう》に貪りながら、ロークは低くうめいて片手を背中からヒップへとすべらせ、自分の高ぶりを隠そうともせずに下半身を押しつけた。

クラリスは抗《あらが》わなかった。抗えなかったのだ。

彼女もわれを忘れてロークに体を押しつけた。

だいぶ時間がたってから、ロークはなんとか体を引いた。そして突然顔をしかめた。「傷痕が……。忘れていたよ！　ほんとうにごめん！」

クラリスはまだ呼吸を乱しながら、ブルーの目を見開いた。「何のこと？」

「縫った痕だよ」ロークは二人の体のあいだに手を入れ、コットンのスラックスの上から彼女の平たい腹部の縫合痕をそっと撫《な》でた。

「ああ、縫ったところね。忘れていたわ……」クラリスは顔を赤らめた。

ロークはほほえんだ。「きみはいまだにキスの仕方がよくわかってないんだね」

「だって……」クラリスは唾をのみこんだ。「だって、わたし……」

ロークは彼女の鼻に鼻をこすりつけた。「夫とさえも？」


クラリスは唇を噛《か》んだ。死んだ夫ともキスらしいキスをしたことがないなんて、認めるわけにはいかなかった。ロークは頭の回転が速いから、ジョシュアのことに気づくかもしれない。

「ばかな質問だったな。子どもがいるのにね」ロークは渋面を作った。「ごめん」

「いいのよ」

彼はクラリスの紅潮した頬にそっと指を触れた。

「きみはほんとうに美しい。矢車草のようなブルーの目。絹糸のような髪。だが、痩せすぎている。たいへんな思いをしてきたからだね。ぼくはまったく助けてあげられなかった。できるものなら時間を巻き戻したいよ」

「人生いろいろだわ。みんなそれぞれに選択をして生きているのよ」

ロークの顔がこわばった。「ときに愚かな選択をして、そのつけを他人に支払わせることもある」断れるのに断らなかった仕事のことを思いかえして言う。あのとき断っていたら、自分たちは結婚していたのだ。出産のときまでそばにいることもできたし、彼女がサパラに脅かされることもなかっただろう。

「いまでもアフリカーンス語はわかるよね？」唐突にロークは言った。

「ええ、もちろん」

その返事を聞き、彼はアフリカーンス語に切りかえてじつに奇妙な指示を出した。

「わけがわからないわ」クラリスもアフリカーンス語で応じた。

「わからなくていいんだ。きみのまわりできみの知り得ないことが起きている。ぼくを信じてくれ。今度ばかりは言うとおりにしてほしい。きみと赤ん坊のためなんだ」

クラリスは不安になった。「この家に盗聴器が仕掛けられていると思っているのね？」相変わらずアフリカーンス語で唐突に尋ねる。

「そうなんだ」ロークは別の疑惑は口にしなかった。「もしきみの友人のカウボーイが突然やってきたら、ぼくの言ったことを思い出してくれ。いいね？」

「でも、なぜ？」

「ぼくがきみを理由も言わずにンガワから連れだしたのを覚えているかい？」

「ええ」

「あれと同じようなものだ。きみには言えないことがあるんだよ。だが、ぼくは何よりもきみの安全を考えている。だから言うとおりにしてくれ。わかったね？」

「ええ、わかったわ」理由はどうあれロークが心配してくれていることにクラリスは胸をつかれた。

ロークは背をかがめ、彼女の唇に軽くキスした。

「きみは鉄のフライパンでぼくを引っぱたくべきだ。ティピーがフライパンを貸してくれるだろう」

クラリスは顔をほころばせた。「貸してくれないわよ。あなたはジョシュアの命を救ってくれた人だもの。あなたが血液を提供してくれなかったら、ドクター・スティールの手術が間にあわなかったかもしれないわ」

ロークの胸がひえた。血液を提供しに行ったときには、ジョシュアが自分の子だとは知らなかったのだ。「偶然が幸いしたね」クラリスに疑われないようにとぼけて言う。

「ほんとうに」クラリスはロークが自分とジョシュアの血液型の一致をただの偶然と片づけていることにほっとした。

ロークはしぶしぶ彼女を放し、わが子の顔を見おろした。誇らしさで胸がいっぱいになったが、それを表に出すわけにはいかない。

「ハンサムな子だ」優しく言う。「きみに似てるよ、タット」

「ええ」

「ぼくはもう行かないと。チームのみんなに合流して、うまくやっているか確かめなければ」クラリスに目を向けて言葉をつぐ。「それじゃ、気をつけて。もし何かあったら、ぼくか、ぼくに連絡がつかない場合にはK・Cに電話するんだよ。いいね?」

クラリスはうなずいた。「わかったわ」

「ジェイクが土曜の夜、地域センターで夕食の持ち寄りパーティがあると言っていたが、きみも行くかい?」

「ええ、たぶん」

ロークはほほえんだ。「ぼくもたぶん行くよ。ほかの人の料理を食べてみたいんでね。自分の料理にはもう飽きた」

「あなたは前からわたしよりも料理がじょうずだったわ」

「きみだってじょうずだよ、ダーリン。充分にね」

〝ダーリン〟という呼びかけがマナウスでそう呼ばれたときのことを思い出させ、クラリスは胸が熱くなった。ひょっとして思い出したのではないかと探るように顔を見る。だが、そのような気配はなかった。彼は危うく死ぬところだったのだ、と自分に言い聞かせる。たとえマナウスでの出来事を永遠に思い出せなくても、生きていてくれるだけで充分だ。

「悲しそうな顔をしているね」ロークが言った。

「この二年で自分の人生がずいぶん変わったことを考えていたの。以前のわたしはずいぶん薄っぺらな生活を送っていたわ」

「そんなことはない」ロークは静かに言った。「ベテランの手が必要なチャリティ・イベントや寄付集めのパーティがあると、きみは必ず協力していた。子どものための病院を増やしたり、孤児を救済したりといった、きみ自身が大事だと思うことに献身的に尽くしていた」

「母から学んだのよ」クラリスは悲しげに言った。「母はいつも人のために尽くしていたわ」

ロークの表情がかたくなった。片方だけの淡いブラウンの目が抑えきれない感情にきらりと光る。

クラリスはその表情にはっとし、ふっくらした唇を開いた。「スタントン、わたしたちの血がつながっているとあなたは誰かに聞かされたのよね?」そっと切りだす。「そして、その人の言葉を無条件で信じた」そこでごくりと唾をのみこんだ。ひとつ深呼吸する。「その人って、わたしの母だったのね?」

ロークは答えなかった。「もう行かなくては」

クラリスはロークに近づき、そのせいで彼がびくっとしたように立ちすくんだのを見て驚いた。ああ、彼がこんなに傷つきやすいなんて、わたしはちっとも気づかなかった。クラリスはロークの広い胸に両手をあて、彼がなんとか平静を保とうとするのを見つめた。

「きみはお母さんを愛していた」

「ええ、愛していたわ。でも、母の欠点が見えなかったわけではないの」クラリスはひっそりと言った。「母はわたしに対して過保護だったわ」力なく笑ってみせる。「わたしは十七歳のあの晩の時点でも、デートひとつしたことがなかったの。キスの経験もなかったわ」

ロークは息をのんだ。ひょっとしたらとは思っていたが、キスもしたことがなかったとはいままで知らなかったのだ。指先を彼女の柔らかな唇にそっと触れる。うっとりするような感触だ。「きみに男性経験がないことはわかっていたよ」かすれ声で言い、口もとを引きしめる。「あの晩きみと二人きりになるべきではなかったんだ。玄関を出てアフリカに帰るべきだった」

クラリスは感情を隠そうともしないで彼の目を見つめた。「わたしはあの晩をささえに何年も生きてきたわ」声をかすれさせて打ちあける。「あなたに嫌われているときでさえも——」

その先をロークの唇が封じた。クラリスの体を持ちあげ、これから断頭台に引かれていこうとしているかのようにがむしゃらにキスをする。彼女も自分を求めていることを感じとると、うめき声がもれた。これまでこんなに愛した女性はひとりもいない。

クラリスは抵抗しなかった。むしろロークを誘っていた。彼の首に両手をまわし、唇を開いてキスを受け入れ、そのキスが長く激しくなるにつれて抱きつく腕に力をこめる。

とうとうロークは体を引かなければならなくなった。いまは時期が悪い。クラリスを優しく押しやり、彼女と同様に顔を上気させてなんとか呼吸を整えようとする。

「ごめん」ロークの声はまだかすれていた。「久しぶりだったんでね」

「シャーリーンにもキスさえしなかったの？」クラリスは彼が前に言ったことを思い起こして、そう問いかけた。

「したいとも思わなかったよ」ロークは淡々と言った。「ほかの女はほしくないんだ……きみ以外は」

クラリスは言葉を失った。目に思いをにじませ、無言で彼を見あげる。

その目をロークはキスでとじさせた。「もう行かないと。行きたくはないけどね」

クラリスは彼に体を押しつけた。「わかったわ」

ロークは彼女の背中を撫でた。「いずれ事態が落ち着いたら、そのときには二人の立ち位置を見直せるだろう」謎めいた言いかただ。

意味がわからず、クラリスはたじろいだ。

ロークは笑った。「ぼくは働いているんだ。終わらせなければならない仕事がある」

「ええ、そうね」

クラリスをじっと見つめる。「ぼくを憎んで当然なのに、憎まずにいてくれて嬉《うれ》しいよ」

クラリスは肩をすくめた。「憎みたくても憎みかたがわからないわ」

ロークは彼女を放し、眠っている赤ん坊に目をやった。ぼくの息子。自分が生まれたときのK・Cの気持ちがいまわかった。誇らしさと愛で胸がはちきれそうなのに、それを隠さなければならないのだ。

クラリスは彼の苦しげな表情が理解できなかったが、彼女に対する縄張り意識のようなものを持っていて、彼女がルイの子を産んだことをすんなり受け入れられないのかもしれないと思いいたった。そしてほんとうのことを言いたくてたまらなくなったが、そこまでする勇気はなかった。

「それじゃ土曜の晩に迎えに来るからね。ジョシュアも連れていくかい？」ベビーベッドで眠る赤ん坊に笑いかけ、ロークは言った。

ジョシュアを見る彼の表情は信じられないほど優しい。「おとなのためのパーティだから、うちでマリエルに見ててもらうわ」

「それよりトリスといっしょに、ローリーに見てもらえよ」

クラリスは不安げな顔になった。「いったい何が起きているの、スタントン？」

「何がって？」ロークは眉をあげて微笑した。「べつに何も。マリエルもパーティに行きたいんじゃないかと思っただけさ。ここで働くようになってから、夜に休みをとったことはないんじゃないかな？」

クラリスは笑いだした。「ほんとだわ。ずっと働かせてばかりだった」

「それじゃ、誘ってみろよ。ぼくがいっしょに乗せてってあげるからって」

「ええ、そうする。ティピーとも話をしてみるわ。ローリーはまだ若いもの。いざというときにはいつも頼んでいるベビーシッターがいるかもしれないわ」

「それがいい」ロークは彼女の唇に軽くキスした。「きみの子はとてもきれいだ」そうささやくと、もう一度ジョシュアを見おろして出ていった。


「あなたも行かない？」その日クラリスはマリエルに訊いてみた。「ロークに言われて気がついたんだけど、あなたはここで働きだしてから夜に休みをとったことが一度もないでしょう？　彼、あなたもいっしょに乗せていくって」

マリエルはどぎまぎし、それから恥ずかしそうに笑った。「ええ、ぜひ。彼って、ほんとうによく気がつく人だわ」

「楽しいわよ」クラリスはにこやかに続けた。「いろいろな食べものが並んで、バンドの演奏もあるわ。ダンスもできるわよ」

「ダンスなんて何年もやってないわ」マリエルは笑い声をはじけさせた。「ああ、楽しみ！」

ロークはキャッシュ・グリヤのオフィスに話をしに行き、まず妨害電波発信機を置くからそれまで待ってくれ、とペルシャ語で言った。

「いったい全体どうしたんだ？」キャッシュは驚いて言った。「ぼくが自分のオフィスで盗聴器のチェックをしていないと思ってるのか？」

「チェックの必要があると考える理由は何もないだろう？」ロークは答えた。「いいか、よく聞け。ジャック・ロペスの正体はサパラに雇われている殺し屋だ。タットを襲うチャンスをうかがっているんだろう。彼女と赤ん坊を守るため、ぼくのチームを配置した。エブ・スコットの部下たちも交替で見張っている」

キャッシュは鋭く息を吐いた。「なんてことだ！よくもぼくの鼻先で……」

「ぼくだけが殺し屋の人相風体を知っていた。昔いっしょに訓練を受けたんだ。やつはぼくが記憶をなくしたと思って安心している」

キャッシュは眉根を寄せた。

ロークは頬をゆるめた。「うちに帰ったときに思い出したんだよ。血液型が一致していることから、関連性に気がついたんだ」痛みの波に襲われて目をとじる。「RHマイナスABはざらにある血液型ではない。K・Cがそれで、ぼくも同じ。そして……ぼくの息子も同じなんだ」感情が胸をふさぎ、言葉がとぎれる。「だが、思い出したことをタットに知られるわけにはいかない。知ったら彼女は逃げ、サパラの手にかかってしまうかもしれないとK・Cに言われたんだ」

これにはさすがのキャッシュも絶句した。

「だからぼくは知らないふりを続けている」ローク

は言葉をついだ。「ロペスには監視をつけている。じつは監視すべき法的根拠もあるんだ。ロペスはボスのサパラと同様、人身売買に深く関与している。サパラをバレラの刑務所から脱獄させた資金もそこから稼ぎだしたんだ」険しい顔で続ける。「もうひとつ言っておこう。この件が片づいたら、サパラはもう誰も脅かせなくなる。手下のロペスもだ。許可はとってある」

「ロペスには誰を差し向けるんだ?」キャッシュは抗議することなく尋ねた。

ロークは顎を突きだした。「ぼくがクラリスの命を託せると思える唯一の人物だ。つまり、ぼく自身さ」

キャッシュは目をむいた。

「おいおい、ぼくの仕事を何だと思ってるんだ?」ロークは言った。「諜報《ちようほう》や防諜が専門でも、狙撃手としての訓練も受けているんだ。だから三年間アルゼンチンで秘密工作に携わっていたんだよ。あそこを格好の潜伏先と考える犯罪者の多さにはあきれるばかりだ」

キャッシュは声をあげて笑った。「いままで気づきもしなかったよ」

「ぼくが自分の武器一式を持っていけるよう、K・Cが自家用の小型ジェット機を貸してくれた。時が来たら、やるべきことをやる。ずっとタットを守りつづけてきたんだ。彼女と子どもの安全のためなら命だって投げだしてやる」

キャッシュはロークの顔に目をこらした。そこに隠しきれない感情を読みとり、自分が間違っていたことを悟る。ロークがクラリスを嫌っているなんて、とんでもない間違いだった。

「もし協力できることがあったら――」

「いや」ロークはきっぱりと言った。「きみには妻子がいる。それに、この件はぼくが指揮している隠《おん》密《みつ》作戦とも関係しているんだ。かかわらないほうがいい。べつにきみの腕がさびついていると思っているわけじゃない」低く笑って締めくくる。

「狙撃用キットの使いかたは忘れてないんだな?」キャッシュは真剣な口調で続けた。「だが、一生の重荷となるような記憶をしょいこむのはきついぞ」

「ぼくは子どもを撃たなければならなかったこともあるんだ」ロークは返した。「十代のときからアフリカのあちこちで秘密の戦いに加わってきたんだ。実際、十歳になったときにはもう狙撃の技術を身につけていた」

「十歳!」

「ぼくの親は二人とも殺されたんだ」ロークの顔がゆがんだ。「父は権力と土地をめぐって対立する無数の派閥のひとつに通りで犬ころみたいに撃ち殺された。母はまだ生きていたが、健康上の問題があってぼくを制御できる状態ではなかった。ぼくは地元の部隊のリーダーについて戦闘地域に出ていき、そのリーダーから生き残るためのあれこれを教えてもらった。二年ほどたって、今度は母が内乱のさなかに焼《しょう》夷《い》弾《だん》で殺された。ぼくは逆上し、奇襲部隊に入ってAK四七を手に紛争地域を探しに行った。K・Cはまだ働いていたから、母が死んで何カ月もたったころにようやく事態に気がついた。そして……」ロークはそこで含み笑いをもらした。「ああ、K・Cはかんかんになったよ! ぼくを判事のところに引きずっていき、正式にぼくの後見人になったんだ。ぼくはちょっと不満だったけど、タットの一家が隣に越してきたあと、またこっそりと紛争地に出かけていったことがあった。タットはそれをK・Cに告げ口した。それで彼女のニックネームが告《タ》げ《トル》口《テー》屋《ル》を縮めたタットになったんだ。K・Cにはめちゃくちゃ怒られたよ」

「その当時は、彼がきみのほんとうの父親だとは知らなかったんだろう?」

ロークはうなずいた。「そのことが長年ぼくの泣き所になっていたんだ。噂《うわさ》や憶測が飛びかっていたからね」胸を大きく上下させる。「ぼくが父親だと思っていた男を母が裏切ったとは思いたくなかったんだよ。成長するにつれて、親といえども間違いはおかすことが理解できるようになったけどね。母はK・Cを愛していたんだ」ためらいがちに言葉をつぐ。「むろん、ぼくも愛している。ぼくの姓を正式に変える手続きをしたんだ。ぼくが完全に記憶をとりもどすまでは保留ということにしたけれど、このあいだ帰ったとき書類にサインした」

「K・Cがきみにけじめをつけることを教えたんだろうな」キャッシュは言った。

「ああ、彼に教育されたんだ。軍でも教育は受けたけどね」ロークはほほえんだ。「ぼくは今度反乱軍に加わったらタットもついてくると気がついて、ようやくやめたんだ。子どものころの彼女は子犬みたいにぼくにまとわりついていたからね。まったく肝のすわった子どもだったよ」

「毒蛇に噛まれた話は聞いている」

「あのときはぞっとしたよ。死んでしまうのではないかと思った。まだ十歳だったのに、何も怖がらないんだ。彼女の一家がマナウスに引っ越していったときには、ある意味ひとりぼっちになってしまったよ、何年かぶりでね。なんとも寂しかった」

「きみと彼女がそんな関係だとは知らなかった」キャッシュは言い、先を続けそうになった。

ロークは片手をあげてそれを制した。「すべては自業自得なんだ。きみの美人の妻からやりこめられたことも含めてね」くすりと笑って言葉をつぐ。「あんな山猫と暮らしているとは勇気がある」

キャッシュはにやっと笑った。「あのくらいの女じゃないとそそられないんだ。身をかためるのは不本意だったよ。ほんとうに腰を落ち着けられるのか自信がなかった」彼の表情が改まった。「結婚前のぼくは彼女にずいぶんつらく当たったんだ。彼女が出演していた映画の撮影中、助監督に危険なスタントをやらされたせいで、彼女は流産してしまったんだが、ぼくは彼女が女優の仕事を優先したせいだと誤解してしまったんだ。ぼくの子だったんだよ。ぼくはすでにひとり子どもを失っているんだ……」

ロークは無言でキャッシュを見つめた。

キャッシュは悲しげにほほえんだ。「ぼくはその前に一度結婚してたんだ。相手は金目あてで、ぼくの子どもを産みたがりはしなかった。ぼくが仕事で家をあけているあいだに、勝手に中絶してしまったんだ」

「それはひどい」ロークは言った。「そのときの気持ちは察してあまりある」

「誰にも暗い過去はあるが、なかには幸運をつかめる者もいる」

「実際、われわれは幸運だ。土曜の晩に地域センターで開かれるパーティには行くだろう?」

「もちろん」キャッシュは口をすぼめた。「ティピーとタンゴの練習をしているんだ。楽しみに待ってろよ」

ロークはくすりと笑った。「われわれがパーティに行っているあいだ、赤ん坊をローリーやトリスのいるお宅に預けていいかと、タットがティピーに訊くつもりでいる。ベビーシッターはローリーにやらせるのかい? それとも——」

「ぼくたちが留守のとき、いつも子どもたちのそばにいてもらう男がいる。一時期エブ・スコットの下で働いていたが、いまはフリーだ。きみも知っているんじゃないかな。チェット・ビリングズというんだが……」

「何だって?」

「おいおい、チェットは有能だぞ」キャッシュが笑いながら言った。「キャピーとその兄のケル・ドレイクを彼女の前のボーイフレンドから守るべく護衛していたときに、彼と何日か同じ部屋に泊まらなくてはならなかったんだ。地元の獣医のドクター・リデルに少々問題があったもので――」

キャッシュは笑い声をあげた。「リデルはいままでも問題があるが、結論に飛びつくのが危険だってことはすぐに学んだよ。彼とキャピーには子どもが生まれるらしいな」

「幸せな男だな。ぼくももうひとりいてもいいと思ってるんだ。すでにひとりいる子どもの成長も楽しみでならないけどね」

「われわれも、もうひとりほしいんだ」キャッシュが言った。「だが、なかなか恵まれない」

「ぼくの国にその種の魔法を使えるやつがいる」

キャッシュはおどけた表情をしてみせた。

「自然の摂理ってやつも時にはちょっとつついてやる必要があるんだよ」ロークは笑いながら言った。「魔法は自分のためにとっておけ」

「そう言うと思った。魔法や呪術を信じるには頭がよすぎるものな。だが、ぼくはアフリカ出身だ。アフリカは超自然的なものとともにあるんだ」

「きみの母親はアメリカ人だったんだろう？」

ロークはうなずいた。「メリーランドの出だ。だが先祖はボーア人なんだ。父親が家族を連れてアメリカに移住したんだよ。母はアフリカに帰ったときに、ぼくが父親だと思っていた男と出会ったというわけだ。彼はK・Cの下で働いていた。運命とは不思議なものだよ」

「まったくだ」

クラリスは持ち寄りパーティに、凝った刺繍《ししゅう》を施したメキシカンドレスを着ていった。あたたかな春の晩、地域センターは音楽や笑い声でさんざめいていた。

マリエルは着いて間もなくダンスを申しこまれた。ロークとクラリスはダンスフロアのカップルたちを眺めながら、フライドチキンとマッシュポテトを食べた。

「少なくとも、これはグリッツではないな」ロークはポテトを味わって言った。

「グリッツにいったいどんな恨みがあるの？」クラリスは笑いながら言った。彼はグリッツ――ひき割りとうもろこしが嫌いらしい。

「恨みがあるわけじゃないさ。ぼくの友だちには食べるやつもいる。ただ砂塵《さじん》――グリッツという語感がいやなんだよね。じゃりじゃりしているような気がして」

クラリスは笑った。

ロークは食べるのをやめ、彼女を見つめた。彼女は信じられないほど美しい。

クラリスは恥ずかしそうにもじもじした。

「ごめん。つい見とれてしまった」ロークの声にはからかうような響きがまじっていた。「きみはここにいる女性の中で誰よりきれいだ」

「あなたもなかなかのものだわ」

その言葉には低く笑う。「ああ、片方の目は役立たずでもね」

クラリスはコーヒーを一口飲んで言った。「役立たずだなんて思ったことはないわ」

ロークは彼女の目を見つめた。「わかっている。きみはアイパッチをはずして、隠れていたところにキスしてくれた。きみみたいな人はいない。外見も心も美しい」

クラリスはじっと座ったまま青い目を見開いた。

「思い出したのね？」声がかすれる。

ロークは顔をしかめた。「ああ」彼女を見つめたまま言葉をつぐ。「どうして目を失ったのかはきみに話してなかったね。きみはナイロビの病院に飛んできてくれたのに、ぼくはさっさと帰れと言い放って何も説明しなかった」

「ええ」

ロークは自分の皿を見おろした。「あの直前に、きみのお母さんから……例の話を聞かされたんだ。じつは、ぼくにはある計画があった」なつかしげにほほえむ。「きみのお母さんには想像もつかなかったようなことを考えていたんだ。家庭を持ち、子どもがほしいと……」

クラリスはたじろいだ。

「だから彼女に……あんな話を聞かされたあとは、もう生きて帰れなくても構わないくらいの気持ちで仕事に行った。もう大事なものは何も残されていなかったから。きみと結ばれることができないなら、生きているかいなどないと思った。それで伏兵が待ち構えているところに踏みこんでいったんだ」クラリスを見ずに続ける。「意図的に」

クラリスの頬に涙が伝い落ちた。彼女はナプキンでそそくさと拭いたが、涙がとめどなくあふれてくる。

「こんなところで泣かないでくれ」ロークがかすれ声で言った。「タット！」彼女の手をとって立ちあがり、ダンスフロアに連れだす。そして彼女を抱きよせ、ゆったりしたリズムにあわせて体を揺らしはじめた。

クラリスは彼の喉もとに顔をうずめ、なんとか涙をとめようとした。

「ごめん」ロークはささやいた。「あんな話をするんじゃなかった」

「母に悪気がなかったのはわかるわ」クラリスはむせび泣いた。「でも、なぜ？　なぜなの？」

ロークは彼女を抱きしめた。「わからない。人生にはなぜこんなことになったのか理解できないこともあるんだ。ジェイクの哲学によれば、生きることは修行であって、誰もが試練を経験するのだという。ほんとうにそのとおりなのかもしれない」ため息まじりに言う。

クラリスは涙を拭きながら彼に体を押しつけた。

ロークは彼女の額に唇を触れた。「早く泣きやんでくれないと、ぼくまで泣いてしまうよ。そうしたらみんなにどう思われるだろう」

クラリスはなんとか落ち着こうとした。

ロークは赤くなった彼女の目を見おろした。「人は過去には戻れないんだ。ぼくたちも未来に進むだけなんだよ。きみがぼくのしたことをすべて許してくれさえすればね」

彼女の目に、また涙があふれだした。

「ああ、もう、あそこでティピーが鉄のフライパンを探している！　泣きやまないと、ぼくが殺されちまう。またきみを攻撃していると思われてるんだ」

クラリスはもう一度涙を拭いて笑った。「ごめんなさい」

「こっちこそごめん。いろいろと」ロークは背をかがめ、彼女の唇にそっとキスをした。「ほんとうに……ごめん……」

やがてクラリスのほうから唇を離し、わずかに赤らんだ顔を隠そうと、ロークのシャツに額を押しあてた。「みんなが見てるわ」笑いながら言う。

ロークも笑った。「それじゃ、堂々と見る理由を与えてやろう」顔をあげ、バンドリーダーと目をあわせて合図を送る。

するとバンドがブルースを中断し、タンゴを演奏しはじめた。

「おい、グリヤ、挑戦だ！」ロークはキャッシュに声をかけた。

「受けて立とう!」キャッシュは笑いながら応じた。

「練習してきたんだ!」そう付け加えてティピーをフロアに導く。

「ちょっと待った。われわれを忘れてもらっちゃ困る!」マット・コールドウェルも妻のレスリーとともにフロアに出てきた。「このタンゴはぼくが考案したんだぞ」二人の男を不遜な目つきで見やる。

「まあ、せいぜいがんばるんだな、コールドウェル」ロークが言ってにやりと笑った。「どうせ一番うまいやつが勝つんだ」

クラリスは声をあげて笑った。

15

接戦ではあったけれど、ロークとクラリスがほかの二組よりまさっていたのは衆目の一致するところだった。少なくとも、いまの時点では。

「そのうちリターンマッチをやろう」マットがそっけなく言った。「それまでせいぜいいばってろ」

ロークはにやりと笑っただけだった。

グリヤ夫妻と軽食の並ぶテーブルの前に戻ったとき、ロークの携帯電話が鳴りだした。彼はひとこと断って、応答するため外に出た。

「ぼくだ」仕事モードに切りかえて短く言う。「どうした?」

相手は監視をしていて集めた最新情報を伝えてきた。いよいよ正念場だった。サパラの殺し屋が動きだす準備を終えたようだというのだ。

「絶対に目を離すなよ」ロークは厳しい口調で言った。「どじを踏んだら、この地球上のどこにも居場所がなくなるからな」

相手は大丈夫だと請けあった。

ロークは電話を切り、それから回線に盗聴防止のスクランブル信号をかけてキャッシュの家にいるチェット・ビリングズに電話した。

「どうした?」チェットが驚いたように言った。

「どっちがタンゴがうまいかで、キャッシュに挑戦したんだ」ロークは答えた。「冗談だよ、仕事の話だ。そっちに何か変わったことはないか?」

「ある」

「何だ?」ロークはにわかに心配になった。

「キャッシュの義理の弟がバトルグラウンドでキルレイブンに圧勝した」

「キルレイブンに？　それはキャッシュに伝えないと！　きっと喜ぶぞ」

「だろうな。まったくゲームおたくのやつらときたら。俺に言わせれば時間の無駄だよ。飲んだくれたり銃のとりかえっこをしたりする時間がなくなっちまう」

「おい、いい加減におまえを更生させてくれる女を見つけたほうがいいぞ」ロークは言った。「誰か若くてきれいな女を……」

「若くてきれいな女なんていらない。年を食った不細工な女もね。ひとりで生きていたいんだ。テレビのリモコンをとりあげられずにすむように」

「しょうがないな。自分がどれだけもったいない生きかたをしているかわかってないらしい」

「そっちは仕事でサンアントニオに行っていたそうだな」

「ああ、退屈な仕事だったよ」ロークは万一盗聴されている場合に備えてそう答えた。「あと何日かしたら国に帰るつもりだ」

チェットはちょっと押し黙った。「ミセス・カルヴァハルが寂しがるぞ」

ロークはどきっとした。むろん彼女は寂しがるだろう。だが、彼女を置いていくつもりはない。いっしょに来るよう説得するつもりでいる。時期尚早ではあるけれど、彼女はあれだけのことをしたぼくを憎んではいないのだ。彼女とジョシュアで家庭を作り、もう何人か子どもをもうけていっしょに年をとっていきたい。

「彼女とやっていくには、現場の第一線から退くことを検討する必要があるぞ」チェットは言った。「こういう仕事をしていると、女を四六時中心配させるはめになる」

ロークはくすりと笑った。「おや、おまえのことを心配してくれる人もいるのか？」

チェットはつかの間黙りこんだ。「心配したがるのはいる。ただし、まだ子どもだ」

「年齢は問題じゃない。問題は距離だ」ロークは静かに言った。「とにかく、くれぐれも油断するなよ。よくはわからないが、トラブルの予感がする。しかも思いがけない形でやってくるかもしれない」

「俺はいつもトラブルに備えている」

「それじゃ、国に帰る前にまた連絡する」

「ああ、またそのときに」

ロークはいったん電話を切り、最後にもう一本かけた。「ちょっと調べてほしいことがあるんだ」ノルウェー語で切りだす。

「なぜぼくがノルウェー語を話せると知っているんだ？」相手もノルウェー語で返してきた。

「外国語はお手のものだろう？　八カ国語を自由自在に操れるのはわかっているんだ」

相手はおかしそうに笑った。「まあ、ぼくの稼業で敵を欺ければ損はないからな。で、何を知りたいんだ？」

ロークは説明した。

「おいおい、まさかアメリカに来ているわけではないだろう？」驚いたような返答があった。

「本人は来てないが、やつに雇われた殺し屋が来ているんだ。それでいま仲間に情報を集めさせているんだが、まだ連絡がなくてね。その殺し屋のほかにもやつの手下が来ているかどうかを確かめたい。それも早急にだ。人の命がかかっているんだ。誇張じゃないぞ。事実だ」

「わかった。十分くれ。こちらから電話する」

「使い捨ての携帯の番号にかけてくれ」ロークはその番号を伝えた。

「ほんとうに誰も信用しないんだな」

「長年秘密工作に携わっていたからな。どうしても用心深くなる」

「それじゃ、調べたらすぐに電話する」

「ありがとう。借りができたな」

「そのとおりだぞ。こっちも忘れないからな」

ロークは吐息をもらした。「ああ、恩に着るよ」

相手は低く笑って電話を切った。


最後のダンスはゆったりしたブルースだった。

ロークはクラリスを抱きよせ、小さな手を握った。

「長いつきあいなのに、きみとは一度もダンスをしたことがなかったね」彼はささやいた。

クラリスはあのマナウスでの夢のような日々、いっしょに踊ったのだとは言わなかった。「きっとわたしのこと、踊れないと思っていたんでしょう」笑いながら言う。

ロークは彼女の目をのぞきこんだ。「自分がどれほど感じやすいか知られたくなかったんだ」真剣な表情で続ける。「きみを見ただけで興奮してしまうんだよ、タット」

クラリスの頬がうっすらと色づいた。

「恥ずかしがるようなことじゃない」ロークは彼女の唇に口を寄せた。「きみがあまりに美しいからだ。自然な反応だよ」

「まあ」

ロークはかすかに吐息をもらした。「十代から二十代前半にかけて、ぼくはプレイボーイだった。同じ女と二度デートすることはなかった。病気にかかったことがないのはほんとうに幸運だったよ」彼の手がクラリスの背を撫《な》でた。「だが、ぼくの女遊びはマナウスでクリスマスイブを過ごしたあのとき以来、ふっつりやんだ」熱い思いに声をかすれさせて続ける。「あの晩を境に、ほかの女はほしくなくなってしまったんだ。きみ以外はね」

彼女は唇を噛《か》んだ。「それは、ただの欲望――」

ロークは首をふった。「違う」クラリスの指に指をからませて勢いよく引きよせ、彼女が密着した体の感触に小さく身震いするのを感じとる。「きみがほしくてたまらないのは事実だ。けれど、それは単なる肉体的な欲求とはまったく違うんだよ」

クラリスは深いため息をついた。「男の人のことはよくわからないわ」そう言ってから顔を赤らめたのは、自分が結婚していて、ジョシュアはルイの息子ということになっているのを思い出したせいだ。

「ぼくを見て」

その静かな声で彼女は目をあげた。

「ぼくはきみが思っている以上にきみのことを知っているんだよ、タット」静かな声のままロークは言った。「この仕事が終わったら、腰をすえてきみと話がしたいんだ。二人でいろいろと決めよう」

「どんなことを……決めるの？」

ロークは彼女の柔らかな唇にそっと唇を触れあわせた。「将来のこと」そうささやく。「ぼくたちの一生のこと」

クラリスは胸がどきどきしてきた。「あなたの知らないことがあるのよ」悲しい気持ちで切りだす。

「だとしても関係ない」ロークは彼女を抱きよせてダンスをやめ、息が切れるまでキスをした。「もう二度と離れないよ。生きているかぎり」淡いブラウンの目を輝かせて言う。「もう仕事なんかくそくらえだ。すでに代償は充分すぎるほど支払ってきた」

クラリスは軽いショックを受け、顔を紅潮させた。その場に立ちすくみ、彼をひたと見つめる。ほかにできる人がいそうにないからと、最後の仕事をするためにわたしを置いて出かけていったことを思い出したの？　記憶が戻ってきたの？

彼にそう問いかけたかったけれど、音楽がやみ、周囲の人々がダンスフロアから去りはじめた。

ロークは優しくほほえんだ。「話しあう時間はあとでたっぷりとれる」クラリスの鼻先にキスをして続ける。「いまはジョシュアを迎えに行って、連れて帰ろう。きみも疲れているようだ」

クラリスは小さく笑った。「かもしれないわ」

「まだ体力が回復してないんだ。体も細いままだし。この仕事が片づいたらなんとかしよう」

「この仕事って危険じゃないの？」クラリスは心配になった。

ロークは彼女の頬に指先をすべらせた。「いや」それは嘘《うそ》だ。「ただの情報集めだから。人身売買の組織をつぶそうとしているだけなんだ。銃が出てくる余地はない」事実をかなりねじ曲げて言う。むしろん彼女のためだ。彼女のほうがいまの自分よりずっと危険な立場にあるなんて、ほんとうのことを伝える気にはなれない。「さあ、きみの息子を迎えに行って、二人とももう寝るんだ。いいね？」

クラリスは眠そうにほほえんだ。「いいわ」


キャッシュの家に着くと、二人は赤ん坊をベビーシートに寝かせ、後部座席のマリエルが隣であやしてやった。

「楽しかった？」クラリスはマリエルに尋ねた。

「それはもう」マリエルは答えた。「ダンスなんてほんとうに久しぶりだったから」

「ジャックが来ていなかったのは意外ね」クラリスは眉をひそめた。「来るって言っていたのに。昨日スーパーで会ったのよ。あなたも覚えてるわよね、マリエル？　いっしょに行ったんだもの」

「ええ、確かに来るって言ってたわ。きっとデートの予定が入ってしまったのよ」

「そうかもね。とにかく楽しかったわ」クラリスはロークに言った。

ロークはあたたかな目で彼女を見た。「ぼくも楽しかったよ」

「お二人のダンスはすてきだったわ」マリエルがた

め息をついた。「わたしは不器用で」

「でも、料理はフランス人のシェフ並みにじょうずだわ」クラリスは言った。「誰でも得意なことはあるのよ」

「そうね」

クラリスの家に着くと、ロークはジョシュアを抱きあげて子ども部屋に運び、ふっくらした頬にキスをしてからベビーベッドに寝かせた。

ジョシュアはあれだけ頬ずりされても目を覚まさずに眠っていた。ロークはいとおしさで胸をいっぱいにしながら見おろした。ぼくの息子。ぼくの子ども。だが、誇らしさもせつなさも顔に出すわけにはいかない。

クラリスはジョシュアの体に軽い毛布をかけてやった。だが、彼女の横で、ロークはどこか上の空になっている。先刻クラリスがマリエルといっしょにキャッシュの家に入ったとき、またロークに電話がかかってきたけれど、あれから彼はどことなく心配そうな顔をしている。

「さっきの電話、何だったの？」クラリスは帰ろうとするロークを玄関先まで送って問いかけた。

彼はクラリスの頬にそっと手を触れた。「仕事に関することだ。たいしたことじゃない。おやすみのキスをしてくれるかい？」

クラリスは赤くなった。「からかわないで」

「からかってなんかいない」ロークはふいに彼女を抱きすくめ、唇を寄せた。「ぼくは大真面目だよ……」

キスは長く、熱く、激しかった。ロークはクラリスを抱きしめ、もどかしげにうめいた。クラリスもまた、いまのキス以上に狂おしく情熱的なものを求めて体をうずかせていた。

ロークの両手が背中を這《は》ってヒップにかかり、強く引きよせた。「きみがほしい」声がかすれている。

「ほら、わかるだろう?」力のみなぎったものを彼女の腰に押しつけ、唇を重ねあわせてささやく。

「ええ……わかるわ」クラリスはいまでも少し恥ずかしかった。

「ああ、きみを抱きたい!」彼のキスがいっそう熱っぽくなった。

ほっそりした体の中を情熱が荒れ狂い、クラリスは小さく身震いした。「だめよ、スタントン」うめくように言う。「こんな小さな町ではすぐに噂《うわさ》になってしまう……」

「ダウンタウンの宝石店でとてもきれいな指輪を見つけたんだ」キスをしながらロークは言った。「サイズも絶対きみにあう」

クラリスは驚いた。「指輪?」

「それも二つだ」ロークはまだキスを続けている。

「ダイヤとサファイア。サファイアはきみの美しい目と同じブルーだ」

クラリスは彼を見あげた。「結婚しようってことなの?」口ごもりながら言う。「わたしと?」

ロークは真剣な表情でうなずいた。「そうだ。結婚しよう。遅すぎるくらいだけど。ほんとうならきみが十七歳のときにするべきだったんだ。だが、遅くなってもしないよりはいい」

「ほんとうにわたしと結婚したいの?」

「もちろんだよ!」ロークは彼女の体を持ちあげ、柔らかな喉もとに顔をうずめた。彼女の夫、そしてジョシュアの父親になり、いっしょに家庭を築くことを考えただけで体に震えが走る。「この町には友だちが大勢いるから、ここに住んでもいいね。だが、夏にはナイロビ近郊で過ごそう。K・Cの隣の家でね。ジョシュアをぼくのライオンと遊ばせられる」くすりと笑って続ける。「あの子がもう少し大きくなってからの話だけどね」

クラリスは口がきけなかった。彼女の夢がすべてかなおうとしているのだ。「でも、あなた、この数カ月のことはまだ全部思い出せずにいる……」

ロークは顔をあげた。淡いブラウンの目がブルーの目をしっかりととらえる。「きみがぼくの全世界だということは思い出したんだ」静かな声だ。「それだけ思い出せれば充分だよ。きみのいない人生は考えられない。きみなしで生きられないんだ。結婚してくれるね、タット？」

彼女の頬に涙が伝った。「ええ」声をつまらせて答える。「ええ、結婚するわ……」

ロークは彼女を言葉以上に雄弁なまなざしで見おろした。宝くじにあたったかのような純然たる喜びと渇望にあふれた表情だ。再びクラリスの体を持ちあげ、彼女の唇が腫れるまでキスをする。欲望が苦しすぎて、早く退散しないともうひとつの選択肢を追求してしまいそうだ。

「もう行かなくては」うなるように言う。「いま、この場で立ったままできるくらいにきみがほしいが、もうジェイクの家に帰らなくては。いますぐに」

「いや」クラリスはすがりつくように言った。「まだ帰らないで」ロークにしがみつき、挑発的に体をこすりつけながらキスを求めて彼の頭を引きよせる。

ロークはそれに抗《あらが》えるだけの意志の力をなんとか奮いたたせた。彼女の腕をつかみ、そっと首から引きはがす。「タット、ダーリン、きみと初めて結ばれるのに、外で立ったまま人の耳を気にしながらではいやなんだよ」苦いユーモアをきかせてなんとか言う。ほんとうは初めてでないことはわかっているのだが、無事に結婚するまで真実を打ちあけるわけにはいかない。ましていまは。ロークは自分の頭が彼女の美しい肉体のことでいっぱいだと、見ている者たちすべてにあえて思わせようとしているのだ。ほかのことは何も考えていないと。

クラリスは彼の言葉に笑い声をあげ、しぶしぶ体を引いた。「わかったわ。わたしに誘惑させてくれないってことは、ほんとうにもうジェイクの家に帰らなくちゃならないんでしょう」彼の顔にいとおしげに手を触れる。「サファイアは好きよ」

ロークは以前彼女にあげた亡き母の指輪――エメラルドの指輪を思い出していた。だが、思い出したことも、そのときのつらさも告げることはできない。「ぼくもサファイアは好きなんだ」ロークは笑顔で言って未練を残しながら彼女の体を押しやった。「それじゃ、また明朝会おう」その口調はどこか変だった。

クラリスはなぜか落ち着かなくなった。「何も問題はないんでしょうね？」

「ああ、もちろん」ロークはアフリカーンス語に切りかえたが、誰が見ても深刻になっているとは思われないよう笑顔を保った。「ロペスがここに現れたらどうすべきか、きみに話したことを覚えているね？　ぼくの言ったとおりにすると約束してくれ」

「いいわ。でも、何事なの？」

「たいしたことじゃない」彼は嘘をついた。もう一度キスをすると、海に出ていく戦艦を思わせるような顔でクラリスを見つめる。まるでまた会えるのかどうか確信が持てないかのように。

「ほんとうに大丈夫なの？」クラリスは不安を声に出して言った。

ロークは彼女の顔を両手ではさんで優しくキスをした。「きみはぼくのすべてだ」相変わらずアフリカーンス語でささやく。「ぼくの愛、ぼくの人生だ」

クラリスの目頭が熱くなった。「あなたもわたしのすべてだわ」同じ言語でささやきかえす。

ロークはようやく彼女から離れ、ひとつ深呼吸した。「それじゃ、また明朝。ぐっすり眠るんだよ」

クラリスはロークが前回マナウスをあとにして以来の幸せな気分に満たされてにっこりした。「あなたもね」

ロークは片方の目をつぶって笑いかえすと、向きを変えて階段をおりた。今夜、彼は重大かつ危険な仕事をやりとげなくてはならない。すべてが計画どおりにいくように、心の中でひたすら祈った。

マリエルはまだ眠くないからテレビを見ると言った。ジョシュアが目を覚ましたときにはわかるように聞き耳を立てているから心配いらないとも。クラリスが病みあがりで、疲れているのを知っているのだ。

「ありがとう。悪いわね」クラリスは言った。

「気になさらないで」マリエルは応じた。それから一分とたたないうちに玄関扉がノックされた。

「わたしが出るわ」クラリスは言った。「きっとロークが、何か忘れ物をして……」

彼女の言葉が終わらないうちに、マリエルがさっと奥に引っこんでいった。

クラリスは怪訝《けげん》に思いながらドアをあけた。ジャック・ロペスが立っていた。だが、彼は笑みをうかべてはいなかった。妙にとりすました顔をしている。

クラリスは不思議に思ってポーチに出た。

「人を訪ねるにはちょっと時間が遅いわね」

「いや、まさに絶好のタイミングだよ」ジャックは片手をポケットに入れながら、薄笑いをうかべた。

「いつも誰かといっしょで、ひとりきりでいるところをつかまえるのはなかなか難しかったからね」

「どういうこと?」

「わからないかい?」ジャックはポケットから拳銃をとりだした。「サパラがよろしくってさ」声をあげて嘲笑し、言葉をつぐ。「さようなら、ミセス・カルヴァハル。死んだだんなに会ったら、パティオのドアは閉めて寝ろと言ってやりな。それと赤ん坊のことはご心配なく。あの子もすぐにあんたのあとを追うから」

彼は拳銃を持ちあげた。

クラリスはロークの警告を思い出した。いまのいままで意味がわからなかった約束を。

「あなたが自分で言えばいいわ」彼女はかたい声で言うと、ぱっと身を伏せ、地面をころがってジャックから離れた。ロークが誰かに見張らせてくれているかどうかはわからないが、そうする以外に助かる道はなかった。

その直後、ジャックが頭から血しぶきをあげながら茫然《ぼうぜん》とした表情で彼女を見おろした。

クラリスは見なくてすむよう目をつぶった。そむけた顔に血しぶきがかかり、金属臭にも似た血のにおいが鼻をついたが、なんとか吐くまいとこらえる。一瞬のちに雷鳴のような耳ざわりな音とメロンがつぶれたようなぐしゃっという音が聞こえた。

駆けよってくる足音が続く。クラリスは伏せたまま動かなかった。口の中がからからだった。心臓は狂ったように激しい鼓動をきざんでいる。目をあけると、ロークが走ってきたところだった。

「大丈夫か？」彼は即座に尋ねた。

「ええ」クラリスの声はうわずっていた。いまになってようやく心身が反応し、泣きながら彼の名前を呼ぶ。「スタントン！」

ロークは大きな手にまだ狙撃銃を持ったまま、倒れている男の頸動脈《けいどうみゃく》のあたりに指をあて、脈がないことを確かめた。それから彼女を立たせ、かたく抱きしめて無我夢中でキスをした。

「覚えていてくれてよかった！」ロークはうめくように言って、またキスをした。

際どいところだったのだと思うと、たくましい体がぶるっと震えた。ほんの一瞬で彼女を失うところだった。もう一度キスをしたが、今度はすぐにやめた。いまはそれどころではない。

ロークは携帯電話をとりだして番号をプッシュした。「どうだ?」怒りと安堵《あんど》で声がかすれている。「ああ、そう思ってたんだ。撃て。文句を言わずにやるんだ。いますぐ撃て……。うん?　そうか!」彼はほっとしたようにため息をついた。「いいや、待てない。時間がないんだ。また電話する」そう言うと電話を切り、また別のところにかけて、今度はたったひとことを発しただけで切った。そして家の中に駆けこみ、途中で壁に銃を立てかけた。

ロークはクラリスについてくるよう合図してから子ども部屋へと走っていった。クラリスはなぜそんなに急ぐのかと思いながらあとに続いた。冷たい地面に横たわっている男はもうジョシュアに危害を加えることなどできないのだ。

子ども部屋では揺り椅子に腰かけたマリエルが赤ん坊を抱いて、いまにも哺乳瓶をくわえさせようとしているところだった。ロークとそのすぐあとからクラリスが入っていくと、ぎょっとしたように顔をあげる。クラリスのブラウスや顔や首は血で汚れているのだ。殺し屋の血で。

「たいへん、そんなに出血して!」マリエルは叫んだ。「銃声が聞こえたような気がしたけど、大丈夫ですか?」

「わたしは……大丈夫。それよりなぜジョシュアに哺乳瓶を?」クラリスが授乳しているのを知っているのに、ミルクを与えるのは変だ。

「おなかがすいたみたいなんだけど、あなたはもうお休みになったと思ったから」

「でも、ジョシュアは眠っていたはずだわ」クラリスは状況が把握できずに言いかえした。

ロークがネコのように素早い動きで進みでると、手袋をはめた手でマリエルの手から哺乳瓶をとった。「立て」威厳に満ちた口調で言う。「早く!」

「いったいどういうこと?」マリエルは慌てて立ち

あがり、びくびくしながら言った。「わたしはただミルクを飲ませようとしていただけよ」

ロークは哺乳瓶を床に置いた。「クラリス、子どもをとりあげろ。早くするんだ、ハニー!」

クラリスはためらわなかったが、ますます当惑顔になっていた。マリエルの腕からほとんど無理やりといった形でジョシュアを抱きとると、彼女の目に宿る奇妙な光に気づいて一歩さがる。

「心臓の鼓動を確かめるんだ」ロークが言った。

クラリスはジョシュアの胸に耳を押しつけた。ジョシュアは目を覚ましており、泣きもせずに母親を見あげている。「大丈夫みたい」クラリスはおずおずと言った。「いったいどういうことなの?」

「座れ」ロークはマリエルに命じた。彼女が逡巡《しゅんじゅん》していると、ホルスターからコルト四五ACPを抜き、銃口を向ける。「内臓まで達する傷を見たことがあるだろう? 決してきれいなものじゃない」

「冗談よね?」マリエルはそう言いつつも腰をおろした。「セニョーラ・カルヴァハル、この人、頭がどうかしてるわ」

確かにそう見えた。一瞬クラリスは頭の後遺症でロークらしからぬ行動に出ているのではないかと思った。だが、ロペスに銃を突きつけられたことを思い出し、ロークが理由もなくこんなことをするわけはないと考え直した。

そのときサイレンの音が近づいてきて、間もなくドアが勢いよく開かれる音がした。

キャッシュ・グリヤが二人の制服警官を従えて家の中に駆けこんだ。彼はロークが短く発した声をたどり、拳銃を抜いて子ども部屋に入っていった。

そしてクラリスがジョシュアを抱いているのを見ると、大きく息を吐いた。

「よかった。間にあわないかと思ったよ」

「ぼくもだよ」ロークが言った。その目はマリエルに向けたままだ。「ぼくの仲間が彼女に関する調査書類を国際刑事警察機構《インターポール》から入手した。彼女はかつてのぼく以上に多くの国で指名手配されている」

「何か重罪の令状も出ているのか？」

「ああ、ベルギーで殺人をおかしている。だからあちらの警察と連絡をとったが、身柄の引き渡しの話より、まずはその哺乳瓶の中身を調べてくれ」ロークは揺り椅子のそばの床に置かれた哺乳瓶を指さし、目を怒りできらめかせた。「ぼくが入ってきたとき、彼女はジョシュアにそれを飲ませようとしていたんだ。ジョシュアも病院に運んで異常がないか検査してもらったほうがいい。念のためにね」

「哺乳瓶……」クラリスはぼんやりと言い、ジョシュアを強く抱きしめた。

「ぼくの推測に間違いがなければ、毒が入っているはずだ」ロークはマリエルをにらんだまま言った。

マリエルはその目に射すくめられ、顔を赤く染めている。

クラリスはわれに返ったように息をのみ、自分がジョシュアの世話を任せていた女を恐ろしげに見た。

「わたしは何も認めないわよ」マリエルが嘲るように言った。「へまをしたかもしれないけど、こんなのは殺人未遂にすらなりはしない――」

「いいや、充分なるな」ロークが言った。

「明日の夜明けまでには保釈されるよう、セニョール・サパラが手をまわしてくれるわ」キャッシュが被疑者の権利を読みあげても、マリエルはせせら笑うように言った。

ロークは携帯電話をとりだして電話をかけた。それまで以上に表情が険しくなっている。「そうか。よくやった。ああ、彼には話しておく」電話を切ると、殺し屋志望の女に冷たく笑いかけた。「いましがたマナウスの警察がアルトゥーロ・サパラの遺体を収容したそうだ。手下の殺し屋二人の遺体といっしょにね。もうサパラが保釈してくれることは望めない」

マリエルの顔から血の気がひいた。「嘘よ！」

ロークは返事もしなかった。「ジャック・ロペスは玄関の外に放置してある」キャッシュに言う。

「ああ、見たよ」キャッシュは口をすぼめた。「リック・マルケスの義理の父親から電話をもらったばかりだ」

ロークはうなずいた。「許可はとっていたんだ。たとえとっていなかったとしても――」クラリスと赤ん坊を熱い感情のこもった目で見やる。「ためらわなかったけどね。やつは彼女に銃を向けていたんだ」

「そのときの気持ちはよくわかるよ。サパラがどこで見つかるか、どうして知っていたんだ？」みんなと部屋の外に出ながら、キャッシュは尋ねた。マリエルは警官のひとりの手で、すでにパトカーに乗せられている。

ロークは狙撃銃を手にとった。「チームの仲間にちょっと特殊な能力を持ったのがいてね」笑いながら言う。「その彼は世界のあちこちに協力者がいるんだ」

「それは幸運だったな」

ロークはクラリスの細い肩に腕をまわした。「数ある中でも最大の幸運だったよ」彼女の髪にキスをして言葉をつぐ。「行こう、タット。ジョシュアが哺乳瓶の中身を飲まされていないことを確かめないと。ぼくが運転していくよ」

「きみたち両方から供述をとらなけりゃ」キャッシュが言った。「だが、それは明日でいいだろう」

「ありがとう」ロークは言った。「長い夜だったんだ。まだ結果はわからないけどね」クラリスをちらりと見おろす。「きみがぼくの言いつけを守ってくれてよかったよ」

「聞いたときには、ずいぶんおかしなことを言うと思ったわ」クラリスは言った。「それに、なぜアフリカーンス語を使うのかもわからなかった。あれはマリエルに聞かせないためだったのね」顔をゆがめて続ける。「彼女はジョシュアを殺すつもりだったんだわ！」

ロークはクラリスの肩をぎゅっと抱きよせた。「あの女も怪しいと気づいたのは、ジャック・ロペスの正体に気づいたときだったんだ。ぼくはロペスの顔を知っていたんだよ。十年以上も前に、いっしょに訓練を受けたんだ。手遅れになる前に思い出せて、ほんとうによかった」

クラリスはほかにも思い出したことがあるのではないかと訊《き》きたかったが、ロークはすでに彼女を車のほうにせきたてていた。銃をトランクにしまってロックし、クラリスがジョシュアを後部座席のベビーシートにくくりつけると、彼は赤ん坊の柔らかな頬を笑顔でつついた。

「今回の事件がすべて片づいたあかつきには、神経衰弱にかかっていそうだわ」車が病院の前でとまると、クラリスは言った。

「ぼくもだよ」ロークは言った。

病院ではドクター・コパー・コルトレーンが待っていた。ざっと診察して、ジョシュアの小さな口にマリエルがいかなる毒物も流しこんでいないのを確かめるとにっこり笑った。

「マイカは、今夜は非番なんだ。ルーとはやはり内科医の妻ルイーズのことだ。ルーもね」「彼女もいよいよ妊娠後期に入って動きまわるのがつらそうだから、ぼくがかわりにシフトに入っているんだ。ドルー・モーリスが放射線医療を専門にすることにしたのが恨めしいよ。彼が残っていたら、ルーが働けないときに頼めたのに」コパーは元パートナーの名前を出してくすりと笑った。

「ドルー・モーリスのあとにはカーソン・ファーウォーカーが入ると聞いている。彼が内科医になるかどうかを決めればね」ロークは感慨をこめて言った。「ああ、そのとおりだ。彼も優秀だよ。さて、もう一度来てくれ。これから採血して、徹底的に調べるから。しかし、金のために子どもを殺そうとする女がいるとはな」首をふりながら言うと、赤い髪が頭上の照明を受けて燃えるように輝いた。「この地球上にそんな連中がいるなんて信じがたいよ」

「まったくだ」ロークはクラリスの肩を抱いて小部屋に入っていった。

「ここの検査技師が採血をする。念には念を入れたほうがいいからね」コパーは言った。「すぐに戻ってくる」

彼が立ち去ると、クラリスはロークの顔を愛情のこもった柔らかなまなざしで見つめた。「あなたはわたしの命を救ってくれたわ」かすれ声で言う。

「それにジョシュアの命も。まさかマリエルがあんなことをするとは……」彼女は唇を噛んだ。「わたしって、人を見る目がないのね。もう二度と家政婦なんて雇わないわ！」

「あの女の芝居がうますぎたんだ。気づかなかったのも無理はない」ロークは言った。「ハマダラ蚊をきみの家の中に放したのはロペスだったんだな。あいつがきみの夫を殺したんだ」厳しい表情で続ける。「そして、きみも危うく死ぬところだった」

クラリスは適切な言葉を探したが、見つけられずに口ごもった。「ハマダラ蚊のこと、知っていたのね。でも、どうして？　わたしは話してないのに」

16

「きみから聞かなくてもわかっていることはいろいろあるんだよ、ダーリン」ロークは静かに言い、クラリスの唇に唇を触れあわせると、彼女が抱いている赤ん坊にもキスをした。「ああ、あんなに緊張したのは生まれて初めてだった! ロペスがきみの家に向かっていると聞いて、ぼくは準備を整え、待ち構えていたんだ。だが、引き金を引くのはほんとうに怖かった!」

クラリスは口をあけた。「あなたが……彼を撃ったの?」

「そうだ」ロークは冷たく険しい目をして答えた。

「その役目は誰にも任せられなかった」

クラリスは彼を見つめた。「あなたに言われたことを思い出し、わたしはとっさに床に倒れこんでころがったわ」

「弾丸は骨に当たるとはねかえる。狙撃手はそういう形で被害者やその場にいあわせた罪のない第三者を誤って殺してしまうことがあるんだ。だからといって躊躇《ちゅうちょ》している暇はなかった」彼はクラリスを赤ん坊ごと抱きよせ、言葉をついだ。「ぼくはきみがぼくの言ったことを覚えているよう祈りながら引き金を引いた。これまでつらいことも数々あったが、もし誤ってきみを撃ち殺してしまったら、ぼくも生きてはいなかっただろう」そう言って小さく身震いする。「きみなしでは、生きられないからね」

その言葉は絹のようにクラリスの体を柔らかく包みこんだ。ロークに寄りそい、目をとじてそのすばらしい感触にひたる。

「スタントン、あなた、どこまで思い出したの?」

クラリスは彼の顔を見ずに尋ねた。

そのときドクター・コパー・コルトレーンと看護師が入ってきたおかげで、ロークはばつの悪い告白をしないですんだ。むろん近い将来どこかの段階で真実を打ちあけなくてはならない。だが、そのときをなるべく先延ばしにしたかった。自分があのいまいましい仕事を断らなかったせいで彼女をひどく苦しめてしまったことに、いまも重苦しい罪悪感を抱いているせいだ。それに、そのことについては、近々別の人たちとも話をしなければならなかった。

ジョシュアに異常はなかった。コパーが笑顔でクラリスの手に赤ん坊を返すと、ロークは深い安堵《あんど》の吐息をもらした。

クラリスはジョシュアの顔にキスをしてあやした。

「かわいい子だ」コパーが言った。「名前もいい」

そう続けて低く笑う。

「ドクターの息子さんもジョシュアというんですってね」クラリスは顔を赤らめて言った。「わたし、ちっとも知らなくて……」

「われわれの友人のうち三人が息子にジョシュアと名づけているんだよ。ひとりはジョーと呼ばれ、もうひとりはジョッシュと呼ばれ、うちの子はティップと呼んでいるから、われわれみんなが同時にジョシュアとどなっても、飛んでくるのはきみの息子だけだろうよ。これで気が楽になったかな？」

「ええ」クラリスは答えた。「ありがとう」

「さて、もうきみを脅かすものはなくなったけれど、これからもこの町に住みつづけるかい？」

「ええ」クラリスはほほえんだ。「小さな町で暮らすのは初めてだったけど、ここがすっかり気に入ったの」

「友だちもできたしね。おまけにジョシュアがいなくなったらティピー・グリヤが寂しがる。彼女、その子が大好きなんだ。それに、きみのこともね」

「ティピーとキャッシュにも子どもがもうひとりできたらすてきね」クラリスは言った。

それに対してコパーは何も言わず、ただ片方の眉をあげて話題を変えた。


ロークはジョシュアとクラリスをジェイクの家に連れて帰った。

「でも、わたしたちまで押しかけてはご迷惑だわ」道々クラリスはそう言いつづけた。

「きみの家の玄関には死体がころがっているんだよ、ハニー」ロークは指摘した。実際ジョシュアを病院に連れていくときには、彼女がロペスの死体を見ずにすむように勝手口から連れだしたのだ。彼女が顔や体についた血を拭けるよう、タオルを濡《ぬ》らして渡してやりもした。「あの家では眠れないだろうし、きみをひとりにはしておけない」

「でも、ジェイクのお宅にはもうあなたが泊めてもらっているのに……」

「ジェイクの娘はカーソン・ファーウォーカーと結婚したから、部屋があまっているんだよ」

「ひとつだけね」

「ちょっと待ってくれ」ロークはポケットから折りたたんだ紙をとりだし、クラリスに差しだした。

クラリスはジョシュアをロークに抱きとってもらい、ジェイク・ブレアの家の玄関先で立ったまま紙を開いた。ロークの顔を探るように見つめる。「結婚許可証だわ」

「そうだ。二人ともつい最近血液検査を受けたばかりだから、いますぐジェイクに結婚させてもらえるんだ。ぼくのポケットの中には指輪だってある」ロークは首をかしげ、これ以上はないほど真面目な表情で続けた。「みんなを招いての披露パーティはぼくたちがもう少し落ち着いてからということにして、今夜ここでひっそりと結婚することもできるんだ。きみにその気があればね」

「もちろん、あるわ」クラリスは口ごもった。「でも、あなたはまだいろいろと……思い出せないことがあるんじゃないの？」心配そうな口調だ。

ロークは彼女の唇にそっとキスをした。「自分がきみを愛していることは思い出したよ」かすれ声で言う。「それ以上何を思い出す必要があるんだい？」

クラリスの顔が紅潮した。「わたしを愛しているのね？」

「心の底から。自分の命よりも深く」前にそう言ったときのことを思いかえし、ロークは声をつまらせた。

クラリスは小さく声をあげ、彼に体を押しつけた。ジョシュアがブラウスごしに小さな口で乳首を探しはじめたので、彼女は笑いながら体を引き、わが子を見おろした。「おなかがすいたみたい」

ロークも赤ん坊を見おろしてほほえんだ。「授乳する時間ならあるよ。立会人としてカーリーとカーソンに来てくれるよう、ジェイクから電話してもらったんだが、二人が来るまでちょっとある」

「まあ」クラリスは息をのんだ。「ずいぶん手まわしがいいのね」

「当然だよ」ロークは真剣な表情になった。「今度こそ仕事なんかに邪魔されないでちゃんと結婚するんだ。きみより仕事を優先するようなことはもう二度としない。約束するよ、タット」

クラリスは口を開いた。「スタントン……」

だが、彼女が疑問を口にする前にドアが開き、ジェイク・ブレアが楽しげな笑顔を見せた。「いま結婚するっていう話が聞こえたぞ」

「ああ、そのとおりだよ」ロークも笑顔になった。「ダーリン、こちらがジェイク・ブレア。ぼくの最良の友と言ってもいい存在だ」

「お目にかかれて光栄です」クラリスはそう言ってジェイクと握手した。

「まだ宗派の話をしていないが……」ジェイクは言った。

「問題ありませんわ」クラリスは言った。「話に聞いただけでも、あなたの教会は信頼が置けます。それにジョシュアを宗教的な環境で育てたいんです。わたし自身がそうした環境でいい影響を受けましたから」

「ぼくは宗教的な儀式にはあまり積極的なほうではなかったな」ロークがしかつめらしい口調で言った。「だが、子どもにしっかりした精神的な土台が必要だというのはぼくも同感だ。ぼくにはそれがなかったんだ。父親を目の前で殺され、その二年あまりのちに母親も爆死して、ぼくは暴走してしまった。精神的なささえがまったくなかったんだ。八歳の彼女から受けた説教以外にはね」クラリスをちらりと見て続ける。「タットは奇跡を信じる子どもだった」

「わたしがいま生きているのも奇跡みたいなものだから」クラリスはそう言うとブレア牧師に笑いかけた。「彼を教化するのをわたしも手伝いますわ。わたしたち二人だけでは難しいかもしれないけれど」

「そんなことはないさ」ロークが言い、彼女の腕の中の赤ん坊にほほえみかけた。赤ん坊は相変わらずもどかしげに母親の乳房を探っている。

「お乳をあげたほうがいいみたい」クラリスは言った。「あら、でも、ベビーベッドが……」

「客用寝室にあるよ」ジェイクがにっこり笑った。「ロークから電話をもらったあと、教区民から貸してもらったんだ。揺り椅子もある」

「まあ、ご親切に」クラリスは涙ぐんだ。

「親切なのはきみだよ」ジェイクは真剣な口調で言った。「こんなアフリカのライオンを飼い慣らせるなんて、たぐいまれな親切心と忍耐力の持ち主だ」

「確かに以前は野生のままだった」ロークは言い、それからクラリスに向かってにんまり笑ってみせた。「でも、いまは日々おとなしくなっている。授乳しておいで、ダーリン。それがすんだらささやかな結婚式を挙げよう」

クラリスはロークにおずおずとほほえみかえし、ジェイクが教えてくれた二階の客用寝室に向かった。

間もなくカーリーとカーソンが手をつないでやってきた。カーリーはおなかが大きくて大変そうだが、彼女もカーソンも見るからに幸せそうだった。

クラリスはジョシュアを寝かしつけたところで、二階からおりていった。二人を紹介され、握手する。

「話を聞いたときには信じられなかったよ」カーソンが言った。「ロークが結婚するなんて！」

「うるさい」ロークは笑いながら言った。「自分だって結婚したくせに」

「警察署では結婚式後の一週間以内に彼が夜逃げするか否かで賭けがおこなわれたくらいなのよ」カーリーが夫を顎で示しながら、聞こえよがしのささやき声で言った。

「夜逃げなんかするわけないさ」カーソンはにやっと笑った。「ぼくは、いいものは見ればわかるんだ」

「男の子かい？　それとも女の子？」ロークがカーソンに尋ねた。

「ああ、そうだといいんだが！」

ロークはふきだした。「バレラで仲間のひとりにエブ・スコットの子は男か女かと尋ねられたときにも、彼は――」カーソンのほうに顎をしゃくる。

「そうだと答えて立ち去ったんだよ」

「ぼくはマナーを知らないんでね」カーソンは明るく言った。

「あら、そんなことはないわ」カーリーが伸びあがって彼の顎にキスをした。「それに、あなたはすばらしい医師だわ。ルー・コルトレーンがいつもほめているもの。そればかりか、あのコパーさえも！」

「珍しいよな」ロークはくすりと笑った。「コパーは誰もほめたことがないいんだ。少なくとも、ぼくが聞いたかぎりではね」

「で、ぼくたちは結婚するんだよな？」つかの間の沈黙のあと、ロークは言った。「五分後に彼女の気持ちが変わってしまったら困るから、さっさと誓いの言葉を言わせたいんだ」

「どんなに時間がたっても、わたしの気持ちは変わらないわ」クラリスはかすれ声で言った。

ロークは愛をこめて彼女に笑いかけた。「嬉《うれ》しいな。だが、それでもいますぐ結婚しよう」

クラリスは前に進みでて、彼の手の中に小さな手をすべりこませた。すべての夢がかないつつある。グリーンのドレスを着ていた十七歳のクリスマスイブの日から、こうなることだけを夢見ていたのだ。

「八年遅かったね、ダーリン」同じことを思い出していたロークがささやくように言った。「だが、遅くなってもしないよりはいい」

「ええ」

ジェイクが聖書をとりだし、目の前に二人を並ばせてほほえんだ。「では、始めよう」

結婚式は短いけれども感動的なものとなった。クラリスにいとおしげなまなざしで見つめられ、ロークは胸を熱くしてそっと唇にキスをした。

「一生愛しつづけるよ。きみを守るためなら命だって投げだす。嵐のときにも雷雨のときにも、ぼくがきみの避難場所になる。そして命つきるときには最後の息できみの名前をささやくよ」

クラリスは紅潮した頬に涙をしたたらせていた。ロークは背をかがめ、キスでその涙を消し去った。

「八つのときからあなたを愛していたわ、スタントン」クラリスは泣き顔になんとか笑みをうかべた。

「これからもずっと愛しつづけるわ。たとえ命つきるときが来ても」

ロークは彼女を両手で抱きしめた。「ここにいたるまで長い道のりだったよ、タット」

クラリスはほほえんだ。「長い旅の終わりに、こんなすばらしいやすらぎが待っていたなんて」

「まったくだ」

ロークは体を引き、こみあげてきた涙を散らすためにつかの間顔をそむけた。

「さて、ケーキでもどうかね？」ジェイクが言った。

二人は彼を見つめた。「ケーキ？」

「ケーキだよ。バーバラのお手製のウエディングケーキだ」

クラリスはため息をついた。「すてき」

「ケーキは大好きだ」ロークが言った。

「わたしもよ」カーリーが口をはさんだ。

カーソンがにやりと笑って続けた。「すごく大きなケーキだから、みんなで食べるのに異存はないんじゃないかな？」

「みんなで食べる？」ロークはきょとんとした。

カーソンが戸口に近づき、ドアを開け放った。バーバラやグリヤ夫妻を筆頭に、ジェイコブズビルの住民の半分は集まっているかと思うような人数がそこに顔を揃《そろ》えていた。

ロークはクラリスの肩を抱きよせ、嬉しそうな笑い声をあげた。

「コーヒー豆を三キロも買ってあるんだ」ジェイクが陽気に言った。「さっそくいれてくるよ」

パーティは楽しかった。深夜をまわっても、誰も眠そうではなかった。みんなコーヒーを飲みながらケーキを食べ、にぎやかに談笑した。

やがてキャッシュがティピーを立たせ、ロークとクラリスにわびるように笑いかけた。「ぼくたちはもう帰らなくてはならないんだ」

「うちにチェットが来て、子どもたちのおもりをしてるわ」バーバラが目をきらめかせてキャッシュに言った。「明日の朝、迎えに来ればいいわよ」

キャッシュの目もきらめいた。

「トリスはバーバラのところにいるの？」ティピーが尋ねた。

「いいからみんなにおやすみを言って、スイートハート」キャッシュは彼女を戸口のほうに引っぱっていきながら、そう促した。

「おやすみなさい」ティピーはその言葉を最後に外に連れだされた。

帰宅したキャッシュはティピーを寝室に引っぱりこみ、ドアを施錠すると小さな瓶を彼女に投げてよこした。

「何、これ？」

「赤ん坊の薬さ」キャッシュは服を脱ぎ、それからティピーの服をも脱がせた。

「赤ん坊の薬？」そう聞きかえしたティピーは、こちらに向き直ったキャッシュを見て息をのんだ。こんなに猛《たけ》り立った彼を見るのは、かつてニューヨークで一夜を過ごしたとき以来だ。

「すごいだろう？」彼は言った。「プレッシャーはかけられるし、二人きりになれる時間はなかなかとれない。それでコパー・コルトレーンが問題のひとつを、バーバラがもうひとつを解決しようと協力してくれたわけだ。今夜ひと晩だけ」妻の美しい裸身を見て、口をすぼめる。「だが、そのひと晩を絶対無駄にはしないぞ」

ティピーの目が輝いた。「赤ん坊の薬？」からかうような口調だ。

キャッシュはたっぷりの愛情とユーモアを目ににじませ、彼女をベッドに押し倒した。「数週間後にはわかるよ。さあ、この足をこっちにやって、ハニー……」

笑いを彼の唇で封じられ、テイピーは過去のどのときにもましてすばらしい情熱の饗宴《きょうえん》に身を任せはじめた。


翌朝ロークはクラリスとジョシュアを教会に連れていった。クラリスは彼が赤ん坊の扱いかたをよく心得ていることに驚いた。ロークはもうジャガーの後部座席のベビーシートに赤ん坊をくくりつけることもできるようになっていた。

クラリスは後部座席をふりかえってジョシュアに声をかけた。「ちょっとの辛抱だから、いい子にしててね、ジョシュア」

「ほんとうは、あの子だけ後ろに乗せるのはいやなんだが」ロークが考えこむように言った。

「わたしもよ。でも、エアバッグは赤ちゃんには危険すぎるわ」

「ぼくが十一歳のときには、K・Cはあの古いランドローバーの助手席にぼくを乗せて出かけたものだった。きみが隣に引っ越してきたときにも、まだあの車を運転していたっけ」

「覚えているわ」クラリスはロークをじっと見つめた。「あなたとほんとうに結婚できたなんて信じられない」

「あのとき結婚できなかったのはぼくのせいだ。きみのおなかの中にはジョシュアがいたのに」悔恨がロークの声を震わせた。「ぼくが仕事を優先したばっかりに、つらい思いをさせてしまった。これからはきみを何より優先する。誓うよ。すでに最後の任務を別の工作員に引き継いで、彼らとじっくり話しあった。管理部門に移るか、さもなければ辞めるよ。辞めても生活には困らないからね。これから何人子どもが生まれても、全員を大学に行かせられるくらいの収益を自然動物公園があげてくれてるからね。だからもう現場には出ない。もう二度と」

彼の記憶はどの程度戻っているのだろうかと、クラリスは興味を引かれてロークを見た。

ロークは彼女を一瞥《いちべつ》して言った。「話の続きは家に帰ってからにしよう。いいね？」

「いいわ」

彼は片目をつぶり、教会の駐車場に車を入れた。

初めて出席した礼拝はロークにとって感慨深いものだった。ジョシュアがぐずると、ロークはクラリスの腕から抱きとってあやした。帝王切開の傷跡が癒えたとはいえ、彼女はまだ本調子ではなかった。

「この子の扱いがほんとうにじょうずね」ジェイコブズビルの住民たちと食事をしに〈バーバラズ・カフェ〉へと歩いているとき、クラリスはそっとささやいた。

ロークはジョシュアの額に唇をつけた。「この子は宝物だよ。きみと同様にね」

クラリスは赤くなって笑った。「一年前までわたしを疫病神だと思っていたのにね」

「それは違う」ロークは建物に入る人の列に連なりながら、彼女に軽くキスをした。「ぼくがなぜきみに嫌われるようなことばかりしていたのか、きみは知っているはずだよ、タット。ひとつの嘘《うそ》が、その後何年にもわたって波紋を広げていったんだ」厳しい表情になって続ける。「きみのお母さんの気持ちはわからないでもない。しかし彼女はぼくたちを騙《だま》したんだ。ぼくたちの歳月を無駄につぶさせた」

クラリスは彼の肩に頭をもたせかけた。「わかっているわ。ほんとうにごめんなさい」

「きみが謝ることはないんだよ、ハニー」ロークはジョシュアを抱き直し、目をつぶると心の中でうめいた。「それに、ぼく自身も二人の時間を無駄にしてしまった」

「例の仕事を引きうけたことを言ってるの？」クラリスは尋ねた。

ロークは苦しげな顔で彼女を見おろした。「そうだ。きみはぼくのすべてだったのに、現場に出てくれという要請に応じてしまった。とんでもない間違いだったよ」

「でも、いまはいっしょになれたわ。肝心なのはそこよ」

「ぼくはずっとやりたい放題に生きてきた。だが、きみがカルヴァハルからのプロポーズを受けたと言ったときには、不安のあまりいても立ってもいられなかったよ」彼は低いかすれ声で続けた。「バレラでの表彰式の晩、ぼくがバーで酔って暴れたのはなぜだったかわかるかい？」

クラリスは顔をしかめた。「わからないわ」

「きみが少しでもぼくのことを好きなら、きっと助けに来てくれると思ったんだ」ロークの顔に明るい笑みが戻った。「そして実際きみが来てくれたときには、まだ引きとめられる可能性はあると感じたんだ」笑顔がまた翳《かげ》る。「だが、マナウスですべてがおかしくなってしまった。ぼくがきみを置いて仕事に行ったばっかりに」ため息まじりに締めくくる。

クラリスは顔をほてらせた。「思い出したのね」

「ああ。K・Cのことで家に帰ったときにね」ロークは答えた。「きっかけは血液型だった。ジョシュアの……ぼくの息子の血液型」腕の中の赤ん坊をいとおしげに見おろす。「もう少しでこの子を失うところだった。この子ときみを」彼は苦しげに顔をゆがめ、クラリスと目をあわせた。「ぼくの子を宿していたきみを、ぼくは邪険に追いかえしてしまったんだ。すべては自業自得だったんだよ」

クラリスはなんと言ったらいいのかわからなかった。彼の記憶が完全に戻っているとは思っていなかったのだ。「スタントン」そっと呼びかける。「時間を巻き戻して過去を変えることはできないわ。みんな前に進むしかないのよ」

「カルヴァハルがきみと結婚したのは、きみの母親が聖女とあがめられる町できみを未婚の母にしないためだったんだ」ロークは声をかすれさせた。「そうだろう?」

「ええ。彼は優しかったわ。じつは、彼は事故で男性としての機能を失っていたの。彼には……できなかったのよ。だから結婚も一生できないと思っていたの。だけどわたしと結婚したおかげで、世間からジョシュアは彼の子だと思ってもらえた。彼はそれだけで喜んでいたわ」クラリスは下唇を噛《か》んだ。「わたしは彼に同情したけれど、それ以上に感謝もしていたの。ひとりでどうしたらいいのかわからずにいたから。おなかの赤ちゃんをあきらめることなんかできなかったし……」

ロークは彼女の肩をぎゅっと抱きしめた。「ぼくはきみを苦しめてばかりだった。ほんとうにごめん。できるものなら、この八年間をやりなおしたい……」

クラリスは彼の口を指先でそっと押さえた。「わたしたちには育てるべき子どもがいるわ」優しくほほえんで言葉をつぐ。「過去なんて関係ない。もう関係ないのよ」

「K・Cが、ジョシュアが生まれたときに携帯で撮った写真を見せてくれたよ」ロークの口調も優しくなった。「まさか彼がお祖父《じい》ちゃんになるとは思わなかったが、ジョシュアが心底かわいいみたいだ」

「ジョシュアも彼が大好きになるでしょうね」クラリスはロークを見つめた。「わたしがあなたを大好きなように。ずっとあなたを愛しつづけていたわ」

ロークはぎゅっと目をつぶった。「ぼくはその愛に値しない」

「記憶を失っていたんだもの。あなたに罪はないわ、スタントン」

「あのとき仕事を引きうけさえしなければ！」

「もうやめて」クラリスはたしなめるように言い、爪先立ちになって彼の顎にキスをした。「これからおいしいランチをいただくのよ。そのあとは公園に行ってもいいわね」

ロークは彼女の目を見つめた。「もっといいことがある」

クラリスの顔がうっすら染まった。

「ジェイクが現場検証の終わったきみの家を清掃会社に掃除させたから、今夜は家に帰れるよ」

クラリスは彼と目をあわせられなかった。「それは……すてきだわ」

「すごくすてきだろう？」ロークは彼女の耳もとでささやき、耳たぶに唇をすべらせた。「だけど帰る前に薬局に寄らないと。それとも、きみは……？」


クラリスは彼の目を見あげてささやきかえした。

「必要ないわ。わたしはなくていいの」

「ぼくはすべてを見逃してしまった。きみが妊娠したことも知らず、ぼくの子をおなかにかかえたきみを見ることもできず、生まれたときにそばにいることもできなかった……」ロークは無念そうに歯ぎしりした。

クラリスはまた彼の口を押さえた。「次があるわ、スタントン」

彼はクラリスの手首をつかみ、手のひらにキスをした。「まだ早すぎるんじゃないかな」目をあわせ、問いかけるように言う。

クラリスの胸がとどろきだした。「ジョシュアはもう二カ月になるわ。あなたが望むなら……作れるわよ」

「マナウスできみを抱いたときにも子どもができるよう祈っていた。でも、今度はもう決してそばを離れれないよ。一日たりとも」

クラリスは彼に寄りそった。「一日たりともね」

彼女の心は浮きたっていた。いままでこれほど幸せだったことはない。

その晩ロークはクラリスのベッドで、ゆっくりと時間をかけて彼女を愛した。

「この心地よさは何があろうが忘れないと思っていたのに」彼は柔らかな胸に頬ずりしながらささやいた。

「わたしは忘れなかったわ」クラリスはロークの傷ついた目にそっと手を触れた。彼女にせがまれ、ロークはもうアイパッチをはずしていた。抵抗はなかった。彼女に傷痕を見られても平気だった。クラリスが自分を深く愛していて傷痕など気にもとめないことを理解しているのだ。

ロークはゆっくりと動きながら、彼女の口からもれるかすかなあえぎ声を聞き、陶然とした顔を見つめた。

「あなたがそんなに……我慢強いとは思わなかったわ」クラリスはとぎれとぎれにささやいた。

「どうして？　記憶をなくしているあいだにほかの女を抱いたと思っていたのかい？」ロークはうわずった声でからかうように言った。「ほかの女には手を触れる気にもなれなかったよ。シャーリーンにもね。誰もほしくなかったんだ。その理由がわかったのはジェイコブズビルの薬局できみとばったり会ったときだった。あのときは驚いたよ。たちまちきみに欲望を覚え、そんな自分に動揺してきみを攻撃してしまったんだ」

「欲望？」クラリスは息を切らした。

「そう、欲望を覚えたんだ」ロークの動きが激しくなった。「負傷して以来、欲望なんかまったく感じなくなっていたのに、きみを見ただけで体が反応してしまったんだよ」唇を重ねあわせ、彼は言った。「脚をぼくの腰に巻きつけて。そう……その調子だ……」リズミカルな動きが激しさをまし、ロークは叫んだ。「ああ、タット！」

クラリスも彼とともに動き、体をひとつにとけあわせるように弓なりにした。そしてついに巨大な快楽の波にのみこまれ、彼の肩に口を押しあてて泣き叫んだ。気絶しそうなほどのエクスタシーだった。

ロークの激しい動悸《どうき》を感じ、汗ばんだあたたかな体の重みを感じる。二人とも息があがっていた。

クラリスの柔らかな胸に唇を触れ、ロークはつぶやいた。「ぼくは絶頂に達した」

「わたしもよ」クラリスはまだ身を震わせながらささやいた。

「初めてきみを抱いたとき、ぼくはきみを妊娠させた」ロークはかすれ声で言った。「ぼく自身が強く望んだとおりに」

「わたしも同じことを望んでいたわ」

「それなのに……」ロークはなんとか頭をもたげ、彼女の柔らかなブルーの目を見おろした。

クラリスは彼の頬に指を触れた。

「結婚にいたるまでの道はほんとうに険しかったな。だが、その分これからは平穏な旅路をたどれるかもしれない」

「ええ」クラリスは胸毛におおわれた広い胸を両手で撫《な》でた。「あなたってきれいだわ、スタントン。いくら見ても見飽きない」

「それはこっちのせりふだよ」ロークは笑いながらキスをした。「ぼくのいとしいタット」

クラリスはため息をついて彼を引きよせた。「眠くなってきたわ」

「ぼくもだ」ロークは身を横たえて彼女を抱いた。「ジョシュアの部屋にベビーモニターを設置してあるかい？」

「もちろんよ」クラリスはふと顔をしかめた。「マリエルにあの子を任せていたなんてぞっとするわ。わたしったら、なんてばかだったの……」

「マリエルが害をなすなんて、きみに疑う理由はなかったんだから仕方がないさ」ロークは彼女の眉を指でなぞった。「ぼくのせいでいろいろとつらい思いをさせてしまって、ほんとうにごめん。カルヴァハルにも気の毒なことをしてしまった。もし彼がいまも生きていたら、全力できみと息子をとりもどそうとしていたよ」

「そうしたら彼は引きとめはしなかったわ。わたしがあなたを愛していることはわかっていたのよ」クラリスは悲しげな口調になった。「彼もかつては恋をしていたの。でも事故にあって身をひいた。彼女には健全な結婚生活を楽しんでほしかったのよ」

「いい人だったんだな」ロークはしぶしぶ言った。

「あなたもね」クラリスは彼の唇にキスした。「死ぬほど愛しているわ」

ロークは低く笑い、キスを返した。「ぼくもだよ。でなかったら、八年間も女っけなしではいられなかっただろう」

クラリスは彼の首に腕をからみつけた。「わたしがその埋め合わせをしてあげるわ」

「ほんとうに？」ロークは笑いながら言った。

「ええ。いまから始めてもいいわよ」クラリスは長くしなやかな脚を彼の脚のあいだにすべりこませた。

「こういうのはいかが？」

「最高だ！」彼はうめいた。

「それじゃ、こういうのも？」

ロークはやにわに彼女にのしかかり、唇を貪った。

それから長いあいだ、二人はひとことも口をきかなかった。

生後四カ月になったジョシュアはジェイク・ブレ

アの教会で洗礼を受けた。ジョシュアの姓は、すでにローク同様カンターに変えられていた。クラリスはちょっと良心の呵責《かしやく》を感じたけれど、ジョシュアに父親でない男の姓をいつまでも背負わせるわけにはいかなかった。それに、ルイならきっとわかってくれるはずだ。

クラリスとロークはジョシュアの名づけ親になるグリヤ夫妻とともに立っていた。反対側には、名づけ親の栄誉を家族以外の二人に譲ったジョシュアの祖父、K・Cがいる。ほかにも大勢の人が集まっていた。

集会場ではパーティが開かれたが、ブッフェテーブルに料理が並べられると、ティピーはトリスを弟のローリーに、クラリスはジョシュアを彼の父親と祖父にそれぞれ任せ、ともに一目散に化粧室へと向かった。

間もなく顔を洗った二人の女性はいたずらっぽく目を見かわした。

「早すぎるのはわかっているんだけど、どうしてももうひとりほしかったの」クラリスが言った。

ティピーは涙をうかべながら笑った。「わたし、自分たちにはもう子どもはできないんじゃないかと思っていたわ」正直に言う。「きっとキャッシュが驚くわ」

驚くという言葉はあたらなかった。キャッシュは彼女の体を抱きあげてキスをしながら集会所の中を歩きまわった。クラリスに対するロークの態度も同じようなものだった。

「聖水のせいだな」ジェイク・ブレアが臨月を迎えている娘を見やりながらつぶやいた。

彼女の夫、カーソンは無言でにんまり笑った。

何カ月かのちに、それぞれの妻が分娩室《ぶんべん》に運びこまれたロークとキャッシュは待合室で行ったり来たりしていた。

「中に入って立ちあいたいんですが」入ってきた女性の産婦人科医にキャッシュは言った。

「ぼくも」ロークが続けた。「今回は自然分娩ということなので……」

「ミセス・グリヤは準備が整うより早く出産されましたわ」産婦人科医はキャッシュに笑顔を向けた。「男の子ですよ、グリヤ署長。元気なかわいい息子さんです」

「男の子」キャッシュは青ざめた。「ティピーは無事なんですか?」

「ええ、元気ですよ。もう会えますよ。マリー、署長を奥さんと息子さんのところに案内してあげてくれないかしら?」産婦人科医は看護師を呼びとめた。「喜んで。こちらですよ、グリヤ署長」

「タットは?」ロークがじれたように問いかけた。「帝王切開しなければならなかったけれど、彼女も大丈夫。無事に乗りきりましたよ」産婦人科医は笑いながら続けた。「今度は女の子をお望みだったでしょうけど、また男の子だったわ」

ロークはほほえんだ。「健康ならどっちだっていいんです。それに妻が元気でさえいれば」心配そうな顔になる。

「もちろん、元気ですよ。こちらにどうぞ。わたしがお連れするわ」産婦人科医はまた笑った。「もしかしたら、ほんとうに聖水のせいかもね」

ベッドではクラリスが新しく家族に加わったばかりの赤ん坊を幸せそうな顔で抱いていた。

ロークはそのかたわらにかがみこみ、赤ん坊の小さな頭を指の先でそっとさわった。片方だけの目には涙がにじんでいる。「いままでずっと自分の居場所がどこにもないような気がしていたけど、いまついに見つけたよ」クラリスのうっとりしたような顔を見あげて言う。「いまのぼくは死ぬほど幸せだ」

クラリスは優しくほほえんだ。「わたしもよ、ダーリン」

「K・Cがこれからこっちに来る。ジョシュアのためにおもちゃを山ほど買い、生まれたばかりの子のためにも鞄《かばん》いっぱいのプレゼントを持ってくるそうだ」

「この子はK・Cの名前をいただいてケントと名づけたいわ」ケントというのがロークの父親のほんとうのファーストネームだった。

ロークの顔がほころんだ。「きっと喜ぶよ」

「それに、わたしの父のミドルネームのモリソンをミドルネームにしたいわ」

「ケント・モリソン・カンターか」ロークは噛みしめるように言って、クラリスのまぶたにキスをした。

「今日はどれほどきみを愛しているか、もう言ったかな、ミセス・カンター?」

「十回くらいしか聞いてないわ」クラリスはそう答えてキスを返した。「まだまだ足りないわ」

ロークはくすりと笑った。「きみをめちゃくちゃに愛してる」

「わたしもめちゃくちゃに愛してるわ」クラリスは唇を触れあわせたまま言った。

「永遠にね」ロークの顔はまばゆいばかりの愛に輝いている。

クラリスはこみあげる喜びに涙をこらえながらキスをした。長かった不毛の歳月をふりかえると、いまはまるで天国にいるみたいだ。

「泣かないで」ロークが彼女のまぶたに唇で触れてささやいた。「もう二度とそばを離れないよ。絶対に」

クラリスはなんとかほほえんだ。「わかってるわ、ダーリン」

ロークは小さな息子の頭にキスをした。「嵐のあとは日が輝く」アフリカーンス語でささやく。

クラリスはうなずいてささやきかえした。「その輝きはまばゆく美しい」

「美しい」ロークはおうむ返しに言ったが、その目は彼女の顔を見ていた。

クラリスは腕の中の赤ん坊を見おろした。「K・Cにメールを送ったほうがいいんじゃないの?」

ロークは笑いながら携帯電話をとりだし、自分たち三人の写真を撮ると父親に送信した。

すぐに返信が届いた。画面では先端に白い玉がついている赤くて長い帽子をかぶったK・Cが、満面に笑みをたたえながら小さなサッカーボールとライオンのぬいぐるみをかかげていた。その下のメッセージはこうだ。

〝途中で別のおもちゃ店にも寄っていく。トナカイの引くそりでね!〟

「そうか、明日はクリスマスだ!」ロークが叫んだ。

「そうよ。あなたはサンタクロースの存在を信じてなかったのね」クラリスがたしなめるように言った。「でも、ほら、サンタさんがあなたにこれを持ってきてくれるって」クラリスはわが子に画面を見せた。

ロークは身をかがめて彼女にキスしてから、息子の頭にも唇で触れた。「きっと今年のぼくはものすごくいい子だったに違いない!」

「ええ、もちろん」クラリスは笑った。

キャッシュ・グリヤがドアの向こうから顔をのぞかせた。「コーヒーを買ってくるけど、きみたちもいるかい?」

「ああ、ぼくもいっしょに行くよ」

「名前はもう決めたの?」

クラリスの問いにキャッシュはこう答えた。

「マーカス・ギルバート・ローク・グリヤ」

ロークは息をのんだ。顔に朱が差している。

キャッシュはにっこり笑った。「ぼくのキャシアスという名前も加えたいところだが、カーソンが息子にその名前をつけたから、ぼくたちの息子にはロークの名前をもらうことにしたんだ」ロークの肩に腕をまわして続ける。「これがジェイコブズビルなんだよな。みんな家族だ。そうだろう？」

ロークはこみあげる感情を表に出すまいとしていた。妻と生まれたばかりのわが子に目をやり、こちらに向かっているK・Cのことを思う。「そうだな」

気を落ち着け、ようやく言った。

クラリスが目に喜びをあふれさせ、冗談めかして言った。「ねえ、わたしにはステーキを買ってきてくれない？」

ロークはしかめっつらをしてみせた。「そんなことをしたら看護師に点滴のチューブで首を絞められてしまう。だが、もうすぐぬいぐるみの熊が来る」

「ライオンよ」クラリスは言った。「あなたのペットにちなんで、そのぬいぐるみにはリーウと名づけましょう」

「コーヒーのほかに、何か適当に見繕ってくるよ」ロークは彼女にウインクし、キャッシュとともに出ていった。

クラリスは深く息を吸いこんだ。彼女は世界を手にしていた。全世界を。赤ん坊の頭にキスをし、うっとりと目をとじる。人生ってすばらしい。夢よりももっと。

訳者あとがき

読者の皆さま、お喜びください。安定した筆力と圧倒的な人気を誇るロマンス界の女王、ダイアナ・パーマーがここにまた新たな傑作を生みだしました。

ダイアナ作品はどれもドラマティックかつロマンティックかつサスペンスフル（片仮名ばかりですみません。翻訳作業を終えて、日本語に置きかえる気力が残っていません）で、ほとんど当たりはずれがないのですが、本作は当たりも当たり、大当たりの最高傑作です。アメリカの各書評誌で絶賛され、アマゾンの読者レビューで高い評価を受けているのも当然と言えましょう。

ヒーローは隻眼の色男、スタントン・ローク。ご存じのかたはご存じでしょうが、傭兵《ようへい》や秘密工作員や狙撃手の顔を持つ謎めいた男です。過去の作品に何度となく登場し、彼を主役とする物語が長らく待たれていました。

ヒロインは名門の家に生まれたフォトジャーナリストのクラリス・キャリントン、愛称タット。これまたご存じのかたはご存じでしょうが、クラリスはかねてより幼なじみのロークに思いを寄せていました。けれど、ロークはなぜか彼女を傷つけるようなことを言ってばかり。そこにいったいどんな事情が隠されているのかと疑問に思ったことをご記憶のかたもいるかもしれません。

ロマンス小説にはだいたいお約束として二人の恋を阻む障害が――ちょっとした誤解や気持ちのすれ違いといったささやかなものから、身分違いとか年の差、遠距離、ライバルの横槍《よこやり》などの外的な要因にいたるまで――出てくるものですが、本作のロークがクラリスを拒絶しつづけてきた理由はなかなか複雑です。あまり内容には触れたくないのですが、その理由が明かされた場面で（一章で早々に明かされます）、訳者は本気で驚き、軽く怒ってしまいました……その理由を作った人物に対して。

しかも驚きはそれだけにとどまりませんでした。その第一の障害がとりのぞかれ、二人が晴れて結婚しようかというところで、第二の障害が二人を引き裂いてしまうのですが、この障害もまた、訳者をのけぞらせるのに充分な意外性に満ちていたのです。やはりダイアナ・パーマーはすぐれたストーリーテラーだと改めて再認識させられました。

そのほかにも読ませどころ、読みどころは多く、たとえばクラリスを拒絶し、侮辱するときのロークの残酷さ、憎たらしさと、彼女への愛を認めているときのメロメロさ加減や情熱家ぶり、その両極端なところは笑えるほど人間的です。登場人物はオールスターキャストといった趣で、過去に主役を張ったカップルや、今後主役になりそうな人々が本筋のストーリーをささえるべくいきいきと描かれています。ダイアナ作品を初めて読んだかたも、過去の作品をさかのぼって読みたくなることでしょう。二〇一三年五月に刊行された『愛される日は遠く』は本作とも関連の深い、ペグとウィンスロー・グレーンジの恋物語です。おすすめです。

最後に、本書の十三章に出てくる〝ライオンをCTスキャンにかける〟のくだりについてひとこと解説を。実際に本物のライオンがCTスキャンにかけられている画像がインターネット上にアップされており、一時期それがツイッターなどで話題になっていたようです。CTスキャンはCATスキャンとも呼ばれ、当該画像のタイトルにはライオンがネコ科であることに引っかけた言葉の面白さもあるのですが、日本ではCTスキャンと呼ぶほうが一般的ですので、その駄洒落《だじゃれ》を訳にいかすのはあきらめざるを得ませんでした。画像はいまでも見ることができますので、興味がおありでしたら検索してみてください。

では、まだ本編を読んでいないかたは著者渾身《こんしん》のこの一作を存分にご堪能ください。

霜月　桂

ハーレクイン®

はかなく散った夢
2016年6月20日発行

著　　者	ダイアナ・パーマー
訳　　者	霜月　桂（しもつき　けい）
発 行 人	立山昭彦
発 行 所	株式会社ハーパーコリンズ・ジャパン 東京都千代田区外神田 3-16-8 電話 03-5295-8091（営業） 0570-008091（読者サービス係）
印刷・製本	大日本印刷株式会社 東京都新宿区市谷加賀町 1-1-1
装　　丁	岡　彩栄子
デジタル校正	株式会社鷗来堂

ISBN978-4-596-80084-8 C0297

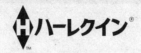

7月1日発売

ハーレクイン・シリーズ 7月5日刊

ハーレクイン・ロマンス

愛の激しさを知る

メイドが夢見た9カ月	スーザン・スティーヴンス／遠藤靖子 訳	R-3171
灼熱の足枷	メイシー・イエーツ／馬場あきこ 訳	R-3172
疑惑のイタリア大富豪 (7つの愛の罪Ⅵ)	マヤ・ブレイク／山本みと 訳	R-3173
暴君とナニー	アン・ハンプソン／柿沼摩耶 訳	R-3174

ハーレクイン・イマージュ

ピュアな思いに満たされる

置き去りにされた天使	エリー・ダーキンズ／大谷真理子 訳	I-2425
薄幸のシンデレラ (ギリシアの花嫁Ⅱ)	レベッカ・ウインターズ／小池　桂 訳	I-2426

ハーレクイン・ディザイア

この情熱は止められない！

個人授業をプリンスと (地中海のシンデレラⅢ)	アンドレア・ローレンス／北岡みなみ 訳	D-1713
大富豪の父親適性テスト	シャーリーン・サンズ／秋庭葉瑠 訳	D-1714

ハーレクイン・セレクト

もっと読みたい“ハーレクイン”

二週間のダーリン	ミランダ・リー／高田恵子 訳	K-409
ラブ・マジック	ノーラ・ロバーツ／刈込恵里 訳	K-410
愛の暗い谷間から	イヴォンヌ・ウィタル／江口美子 訳	K-411

ハーレクイン・ヒストリカル・スペシャル

華やかなりし時代へ誘う

公爵と内気な乙女	クリスティン・メリル／日向ひらり 訳	PHS-138
花嫁の憂鬱	ヘレン・ディクソン／飯原裕美 訳	PHS-139

※発売日は地域および流通の都合により変更になる場合があります。